Victor Hugo

Les Misérables (1862)

Texte abrégé

LE DOSSIER

Un roman historique et une fresque sociale

L'ENQUÊTE

Paris, de la révolution de juillet 1830 aux barricades de juin 1832

Notes et dossier
Dominique Lanni
maître de conférences
à l'université de Malte

Collection dirigée par
Bertrand Louët

Hatier s'engage pour l'environnement en réduisant l'empreinte carbone de ses livres. Celle de cet exemplaire est de :
700 g éq. CO_2
Rendez-vous sur
www.hatier-durable.fr

Sommaire

OUVERTURE

Honoré Daumier,
Ouvrier emmené
à la prison pour dettes.
Gravure, 1843.

ISBN : 978-2-218-96284-4

Les Misérables

* Les mots suivis d'un astérisque sont expliqués dans le lexique p. 285.

Qui sont les personnages ?

Les personnages principaux

JEAN VALJEAN

Libéré du bagne de Toulon où il a été envoyé pour avoir jadis volé un pain, Jean Valjean décide de consacrer sa vie à faire le bien, après une rencontre décisive avec monseigneur Myriel. Sa puissance, sa force de caractère et son courage vont lui permettre de venir en aide à Fantine, à Cosette et à Marius.

L'INSPECTEUR JAVERT

Ancien gardien au bagne de Toulon promu inspecteur, Javert incarne l'autorité dans toute son inflexibilité. Défenseur de la loi et de l'ordre, il est intimement convaincu que celui qui s'est rendu coupable d'un crime ne peut devenir vertueux ; d'où son acharnement à vouloir coûte que coûte renvoyer Jean Valjean au bagne.

Les personnages secondaires

MGR MYRIEL : sa bonté et sa générosité ont raison de la haine que Valjean voue à la société à sa sortie du bagne, et le convainquent de dédier sa vie à faire le bien.

LES THÉNARDIER

Tenanciers d'une gargote, monsieur et madame Thénardier exploitent par tous les moyens possibles la misère humaine afin de s'enrichir : mensonges, délations, exploitation... rien ne les arrête. C'est à eux que Jean Valjean viendra arracher Cosette, qu'ils ont réduite en esclavage.

COSETTE ET MARIUS

Confiée au couple Thénardier par sa mère Fantine, qui ne peut s'occuper d'elle, Cosette est prise en charge par Jean Valjean, qui a juré à Fantine sur son lit de mort de s'occuper de son enfant. Il va l'élever comme sa propre fille, jusqu'à son mariage avec Marius, un étudiant que Valjean sauvera lors des barricades en le portant sur son dos à travers les égouts de Paris.

ANTINE : mère de Cosette, elle va jusqu'à endre ses cheveux pour faire face aux sommes oujours plus importantes que lui réclament es Thénardier. Elle meurt jeune, d'épuisement.

GAVROCHE : gamin de Paris, il devient un martyr des barricades en tombant héroïquement pour la cause des insurgés.

Quelle est l'histoire ?

Les circonstances

Les Misérables raconte la vie de Jean Valjean entre 1815, date à laquelle il est libéré du bagne après y avoir passé dix-huit ans, et 1833, année de sa mort. Tout au long du texte, l'histoire individuelle de l'ancien forçat est le prétexte pour l'auteur de brosser une vaste fresque politique et sociale de la France de l'époque. « Le soir d'un jour de marche », en octobre 1815, Jean Valjean cherche un lieu pour souper et passer la nuit…

L'action

1. Grâce à la mise au point d'un procédé révolutionnaire, Jean Valjean a fait fortune. Il est devenu maire de Montreuil-sur-mer, sous le nom de M. Madeleine. Mais, reconnu par Javert, il se sait en danger.

2. Jean Valjean a promis à Fantine de prendre soin de Cosette. Après avoir échappé aux Thénardier et à Javert, Valjean, devenu Fauchelevent, et Cosette trouvent refuge dans un couvent.

Taudis près de Paris à la fin du XIXe siècle. Gravure d'après Henri Meyer.

Le but

Roman historique, roman d'aventures, roman épique, *Les Misérables* fait découvrir la France depuis la fin du Premier Empire jusqu'au soulèvement des Parisiens en juin 1832, mais surtout le livre permet à Hugo de se faire l'avocat de la misère et de clouer au pilori la violence et l'injustice sociales.

3. Lors d'une promenade dans le jardin du Luxembourg, Marius, un étudiant idéaliste, tombe sous le charme de Cosette, avec qui il parvient à échanger un premier baiser. Mais, dans Paris, la révolte gronde, les insurgés dressent des barricades.

4. Les insurgés sont en passe de perdre la bataille des barricades. Valjean, qui peut se venger de Javert, que les insurgés ont fait prisonnier, lui laisse la vie. Il doit maintenant sauver Marius, qui a été blessé, et quitter à tout prix les barricades…

Qui est l'auteur ?

Victor Hugo (1802-1885)

● LES PREMIERS SUCCÈS

Victor Hugo naît à Besançon en 1802. Après des études de droit, il compose ses premiers textes littéraires qui l'imposent comme le héraut des romantiques : *Han d'Islande* (roman, 1823) ; *Les Orientales* (poésie, 1829) ; *Hernani* (théâtre, 1830), qui déclenche une querelle entre romantiques et classiques ; *Notre-Dame de Paris* (roman, 1831)…

● LES ANNÉES DE COMBAT

En 1830, Hugo s'engage en politique et soutient la monarchie de Juillet. Mais la profonde misère du pays, qui lui inspire la rédaction des *Misérables* en 1845, l'incite à s'impliquer davantage. Élu député en 1848, il soutient Louis-Napoléon Bonaparte avant de rallier ses opposants de la gauche républicaine, et de lutter contre l'illettrisme, la misère sociale et la peine de mort…

● L'EXIL ET LES DERNIÈRES ANNÉES

Après le coup d'État de 1851, Hugo doit s'exiler. Il s'installe à Jersey puis à Guernesey. Il compose ou achève plusieurs œuvres à la tonalité sombre : *Les Châtiments* (1853), *La Légende des siècles* (1859), *Les Misérables* (1862). À la chute de l'Empire en 1871, Hugo rentre en France et est élu député de Paris. Las du conservatisme de l'Assemblée, il démissionne, et compose ses dernières œuvres, parmi lesquelles figurent *Quatrevingt-treize* (1874) et *L'Art d'être grand-père* (1877). Il meurt en 1885.

VIE DE VICTOR HUGO	**1802**	**1822**	**1830**	**1845-1848**	**1848**	**1852**	**1853**
	Naissance de Victor Hugo	Débuts littéraires : *Odes et Poésies diverses*	Bataille d'*Hernani*	Début de la rédaction des *Misérables*	Élu député de Paris	Exil à Jersey et à Guernesey	*Les Châtiments*

HISTOIRE ET LITTÉRATURE	**1804**	**1805**	**1815**	**1824**	**1830**	**1848**	**1851**
	Premier Empire	Victoire d'Austerlitz	Les Cents-Jours. Waterloo. Fin du Premier Empire. Seconde Restauration	Mort de Louis XVIII et règne de Charles X	Les « Trois Glorieuses ». Chute de Charles X. Monarchie de Juillet (Louis-Philippe)	Révolution de février et proclamation de la IIe République	Coup d'État 2 déce

Que se passe-t-il à l'époque ?

Sur le plan politique

● LA FIN DE L'EMPIRE

Après sa défaite à Waterloo, Napoléon Bonaparte, déchu, est envoyé en exil. Louis XVIII devient roi de France : c'est la Restauration.

● LA FIN DE LA MONARCHIE

La révolution de juillet 1830 (les Trois Glorieuses) met fin au règne de Charles X. Louis-Philippe devient roi de France : c'est la monarchie de Juillet. En 1848, la IIe République est proclamée.

● LE SECOND EMPIRE

Le 2 décembre 1851, Louis-Napoléon Bonaparte prend le pouvoir grâce à un coup d'État. Il proclame le Second Empire et devient Napoléon III.

Dans le domaine des arts

● LE ROMAN HISTORIQUE

Se nourrissant des anecdotes de l'histoire, le roman historique rencontre un immense succès grâce à des auteurs comme Victor Hugo, Walter Scott (*Ivanhoé*, 1819 ; Quentin Durward, 1823) ou Alexandre Dumas (*Le Comte de Monte-Cristo, Les Trois Mousquetaires*, 1844).

● LA PEINTURE

Des peintres comme Eugène Delacroix ou Théodore Géricault traduisent les conflits et les misères de l'époque dans d'immenses fresques, comme *Le Radeau de la Méduse* (Géricault, 1819), ou *Les Massacres de Scio* et *La Liberté guidant le peuple* (Delacroix, 1824 et 1831).

856	**1862**	**1871**	**1872**	**1874**	**1876**	**1885**
es ontemplations	*Les Misérables*	Retour en France. Élu député de Paris	Défend les Communards. *L'Année terrible*	*Quatrevingt-treize*	Élu sénateur de la IIIe République	22 mai : mort de Hugo. Funérailles nationales

52	**1856**	**1870**	**1871**	**1877**	**1880-1883**	**1885**
oclamation Second npire, poléon III	Flaubert, *Madame Bovary*. Baudelaire, *Les Fleurs du mal*	Fin du Second Empire et proclamation de la IIIe République	Commune de Paris	Zola, *L'Assommoir*	Lois Ferry sur l'enseignement	Zola, *Germinal*

Les Misérables

Les Misérables *sont divisés en cinq parties, subdivisées chacune en livres, lesquels sont eux-mêmes subdivisés en chapitres. On ne peut en donner le détail pour des raisons que le lecteur comprendra aisément : la table des matières compte une vingtaine de pages... Dire que l'ouvrage comporte des longueurs est un euphémisme... Aussi a-t-on choisi de présenter ici une sélection d'extraits correspondant aux temps forts du roman. L'intérêt des parties étant très inégal, la sélection en est le reflet.*

Tant qu'il existera, par le fait[1] des lois et des mœurs, une damnation[2] sociale créant artificiellement, en pleine civilisation, des enfers, et compliquant d'une fatalité humaine la destinée qui est divine ; tant que les trois problèmes du siècle, la dégradation de l'homme par le prolétariat[3], la déchéance de la femme par la faim, l'atrophie[4] de l'enfant par la nuit, ne seront pas résolus ; tant que, dans de certaines régions, l'asphyxie sociale sera possible ; en d'autres termes, et à un point de vue plus étendu encore, tant qu'il y aura sur la terre ignorance et misère, des livres de la nature de celui-ci pourront ne pas être inutiles●.

Hauteville-House●, 1er janvier 1862.

1. **Par le fait** : à cause.
2. **Damnation** : condamnation.
3. **Le prolétariat** : la condition ouvrière.
4. **Atrophie** : diminution du volume d'un organe due à diverses causes ; ici, au sens figuré : arrêt dans le développement intellectuel de l'enfant en raison de ses conditions de vie misérables (« la nuit »).

● **Hugo est assez coutumier de ces textes préfaciels qui ont pour fonction d'indiquer au lecteur la portée sociale de l'œuvre qu'il va lire et son utilité.**

● **C'est à Hauteville-House, en Angleterre où il est en exil, que Victor Hugo a achevé la composition de son roman.**

Première partie - Fantine

Livre premier
Un juste

I
M. Myriel

En 1815, M. Charles-François-Bienvenu Myriel était évêque de Digne. C'était un vieillard d'environ soixante-quinze ans [...]. En 1804, M. Myriel était curé de B. (Brignolles). Il était déjà vieux, et vivait dans une retraite[1] profonde. Vers l'époque du
5 couronnement●, une petite affaire de sa cure[2], on ne sait plus trop quoi, l'amena à Paris. Entre autres personnes puissantes, il alla solliciter[3] pour ses paroissiens M. le cardinal Fesch. Un jour que l'empereur était venu faire visite à son oncle, le digne curé, qui attendait dans l'antichambre, se trouva sur le passage
10 de sa majesté. Napoléon, se voyant regardé avec une certaine curiosité par ce vieillard, se retourna, et dit brusquement :

1. **Vivait dans une retraite profonde** : vivait retiré.
2. **Cure** : paroisse.
3. **Solliciter** : s'adresser à.

● **Il s'agit du couronnement de Napoléon Bonaparte, lequel a lieu le 2 décembre 1802. Ce jour-là, il devient Napoléon Ier, empereur des Français.**

– Quel est ce bonhomme qui me regarde ?

– Sire, dit M. Myriel, vous regardez un bonhomme, et moi je regarde un grand homme. Chacun de nous peut profiter. 15 L'empereur, le soir même, demanda au cardinal le nom de ce curé, et quelque temps après M. Myriel fut tout surpris d'apprendre qu'il était nommé évêque de Digne. Qu'y avait-il de vrai du reste dans les récits qu'on faisait de la première partie de la vie de M. Myriel ? Personne ne le savait. Peu de familles 20 avaient connu la famille Myriel avant la Révolution [...].

II

M. Myriel devient monseigneur Bienvenu

Le palais épiscopal de Digne était attenant à l'hôpital[1]. Le palais épiscopal était un vaste et bel hôtel bâti en pierre au commencement du siècle dernier par monseigneur Henri Puget, docteur en théologie de la faculté de Paris, abbé de Simore, 5 lequel était évêque de Digne en 1712. Ce palais était un vrai logis seigneurial. [...] L'hôpital était une maison étroite et basse à un seul étage avec un petit jardin. Trois jours après son arrivée, l'évêque visita l'hôpital. La visite terminée, il fit prier le directeur de vouloir bien venir jusque chez lui. – Monsieur le 10 directeur de l'hôpital, lui dit-il, combien en ce moment avez-vous de malades ?

– Vingt-six, monseigneur.

– C'est ce que j'avais compté, dit l'évêque.

– Les lits, reprit le directeur, sont bien serrés les uns contre 15 les autres.

1. **Était attenant à l'hôpital :** était accolé à l'hôpital.

– C'est ce que j'avais remarqué.

– Les salles ne sont que des chambres, et l'air s'y renouvelle difficilement.

– C'est ce qui me semble.

20 – Et puis, quand il y a un rayon de soleil, le jardin est bien petit pour les convalescents.

– C'est ce que je me disais.

– Dans les épidémies, nous avons eu cette année le typhus[1], nous avons eu une suette militaire[2] il y a deux ans, cent malades

25 quelquefois : nous ne savons que faire.

– C'est la pensée qui m'était venue.

– Que voulez-vous, monseigneur ? dit le directeur, il faut se résigner.

Cette conversation avait lieu dans la salle à manger-galerie

30 du rez-de-chaussée.

L'évêque garda un moment le silence, puis il se tourna brusquement vers le directeur de l'hôpital.

– Monsieur, dit-il, combien pensez-vous qu'il tiendrait de lits rien que dans cette salle ?

35 – La salle à manger de monseigneur ! s'écria le directeur stupéfait.

L'évêque parcourait la salle du regard et semblait y faire avec les yeux des mesures et des calculs.

– Il y tiendrait bien vingt lits ! dit-il, comme se parlant à lui-

40 même ; puis élevant la voix :

1. **Typhus** : maladie infectieuse, contagieuse et épidémique dont l'apparition est favorisée par des conditions d'hygiène déplorables.
2. **Suette militaire** : maladie contagieuse caractérisée par une sudation abondante et l'apparition de petits boutons purulents.

– Tenez, monsieur le directeur de l'hôpital, je vais vous dire. Il y a évidemment une erreur. Vous êtes vingt-six personnes dans cinq ou six petites chambres. Nous sommes trois ici, et nous avons place pour soixante. Il y a erreur, je vous dis. Vous
45 avez mon logis, et j'ai le vôtre. Rendez-moi ma maison. C'est ici chez vous. Le lendemain, les vingt-six pauvres étaient installés dans le palais de l'évêque et l'évêque était à l'hôpital. M. Myriel n'avait point de bien, sa famille ayant été ruinée par la révolution. Sa sœur touchait une rente viagère de cinq cents francs
50 qui, au presbytère, suffisait à sa dépense personnelle. M. Myriel recevait de l'État comme évêque un traitement de quinze mille francs. Le jour même où il vint se loger dans la maison de l'hôpital, M. Myriel détermina l'emploi de cette somme une fois pour toutes [...]. Pendant tout le temps qu'il occupa le siège de
55 Digne, M. Myriel ne changea presque rien à cet arrangement [...].

Livre deuxième
La chute

I

Le soir d'un jour de marche

Dans les premiers jours du mois d'octobre 1815, une heure environ avant le coucher du soleil, un homme qui voyageait à pied entrait dans la petite ville de Digne. Les rares habitants qui se trouvaient en ce moment à leurs fenêtres ou sur le seuil de
5 leurs maisons regardaient ce voyageur avec une sorte d'inquiétude. Il était difficile de rencontrer un passant d'un aspect plus

misérable. C'était un homme de moyenne taille, trapu[1] et robuste, dans la force de l'âge. Il pouvait avoir quarante-six ou quarante-huit ans. Une casquette à visière de cuir rabattue cachait en partie son visage brûlé par le soleil et le hâle[2] et ruisselant de sueur. Sa chemise de grosse toile jaune, rattachée au col par une petite ancre d'argent, laissait voir sa poitrine velue ; il avait une cravate tordue en corde, un pantalon de coutil[3] bleu, usé et râpé, blanc à un genou, troué à l'autre, une vieille blouse grise en haillons[4], rapiécée[5] à l'un des coudes d'un morceau de drap[6] vert cousu avec de la ficelle, sur le dos un sac de soldat fort plein, bien bouclé et tout neuf, à la main un énorme bâton noueux[7], les pieds sans bas[8] dans des souliers ferrés, la tête tondue et la barbe longue.

La sueur, la chaleur, le voyage à pied, la poussière, ajoutaient je ne sais quoi de sordide[9] à cet ensemble délabré.

Les cheveux étaient ras, et pourtant hérissés ; car ils commençaient à pousser un peu, et semblaient n'avoir pas été coupés depuis quelque temps.

Personne ne le connaissait. Ce n'était évidemment qu'un passant. D'où venait-il ? Du midi[10]. Des bords de la mer peut-être. Car il faisait son entrée dans Digne par la même rue qui sept mois auparavant avait vu passer l'empereur Napoléon allant de Cannes à Paris●. Cet homme avait dû marcher tout le

1. **Trapu** : court et large, ramassé sur lui-même.
2. **Hâle** : bronzage.
3. **Coutil** : toile croisée et serrée, en fil ou en coton.
4. **En haillons** : en lambeaux.
5. **Rapiécée** : raccommodée.
6. **Drap** : tissu.
7. **Noueux** : ayant des nœuds, comme les ceps de vigne.
8. **Sans bas** : sans chaussettes.
9. **Sordide** : ridicule.
10. **Du midi** : du sud.

● **C'est de retour de l'île d'Elbe où il a été exilé et d'où il s'est enfui en février 1815 pour débarquer à Cannes, que Napoléon, décidé à reconquérir son trône, passe par Digne pour marcher sur Paris.**

30 jour. Il paraissait très fatigué. Des femmes de l'ancien bourg qui est au bas de la ville l'avaient vu s'arrêter sous les arbres du boulevard Gassendi et boire à la fontaine qui est à l'extrémité de la promenade. Il fallait qu'il eût bien soif, car des enfants qui le suivaient le virent encore s'arrêter, et boire, deux cents pas plus 35 loin, à la fontaine de la place du marché.

Arrivé au coin de la rue Poichevert, il tourna à gauche et se dirigea vers la mairie. Il y entra, puis sortit un quart d'heure après. Un gendarme était assis près de la porte sur le banc de pierre où le général Drouot● monta le 4 mars pour lire à la foule 40 effarée[1] des habitants de Digne la proclamation du golfe Juan[2]. L'homme ôta sa casquette et salua humblement le gendarme.

Le gendarme, sans répondre à son salut, le regarda avec attention, le suivit quelque temps des yeux, puis entra dans la maison de ville.

45 Il y avait alors à Digne une belle auberge à l'enseigne de *la Croix-de-Colbas*. Cette auberge avait pour hôtelier un nommé Jacquin Labarre, homme considéré dans la ville pour sa parenté avec un autre Labarre, qui tenait à Grenoble l'auberge des *Trois-Dauphins* et qui avait servi dans les guides[3]. Lors du débarque-50 ment de l'empereur, beaucoup de bruits avaient couru dans le pays sur cette auberge des *Trois-Dauphins*. On contait que le général Bertrand●, déguisé en charretier, y avait fait de fréquents voyages au mois de janvier, et qu'il y avait distribué des

1. **Effarée** : stupéfaite.
2. **Golfe Juan** : lieu du débarquement de Napoléon.
3. **Qui avait servi dans les guides** : qui avait été guide.

● **Le général Drouot, demeuré fidèle à Napoléon, l'a accompagné dans son exil à l'île d'Elbe et l'a suivi dans sa tentative de reconquête du pouvoir.**

● **Le général Bertrand est un autre général demeuré fidèle à Napoléon.**

croix d'honneur à des soldats et des poignées de napoléons[1] à
55 des bourgeois. La réalité est que l'empereur, entré dans Grenoble, avait refusé de s'installer à l'hôtel de la préfecture ; il avait remercié le maire en disant : *Je vais chez un brave homme que je connais,* et il était allé aux *Trois-Dauphins.* Cette gloire du Labarre des *Trois Dauphins* se reflétait[2] à vingt-cinq lieues de
60 distance jusque sur le Labarre de *la Croix-de-Colbas.* On disait de lui dans la ville : C'est le cousin de celui de Grenoble.

L'homme se dirigea vers cette auberge, qui était la meilleure du pays. Il entra dans la cuisine, laquelle s'ouvrait de plain-pied sur la rue. Tous les fourneaux étaient allumés ; un grand feu
65 flambait gaîment dans la cheminée. L'hôte, qui était en même temps le chef, allait de l'âtre[3] aux casseroles, fort occupé et surveillant un excellent dîner destiné à des rouliers[4] qu'on entendait rire et parler à grand bruit dans une salle voisine. Quiconque a voyagé sait que personne ne fait meilleure chère[5] que les rou-
70 liers. Une marmotte grasse, flanquée[6] de perdrix blanches et de coqs de bruyère tournait sur une longue broche devant le feu ; sur les fourneaux cuisaient deux grosses carpes du lac de Lauzet et une truite du lac d'Alloz.

L'hôte, entendant la porte s'ouvrir et entrer un nouveau venu,
75 dit sans lever les yeux de ses fourneaux :

– Que veut monsieur ?

– Manger et coucher, dit l'homme.

1. **Napoléons** : pièces d'or frappées à l'effigie de Napoléon Ier.
2. **Se reflétait** : était connue.
3. **Âtre** : partie de la cheminée où l'on fait le feu.
4. **Rouliers** : marchands itinérants se déplaçant à bord de grands charriots.
5. **Ne fait meilleure chère** : ne mange plus copieusement.
6. **Flanquée** : accompagnée.

– Rien de plus facile, reprit l'hôte. En ce moment[1] il tourna la tête, embrassa[2] d'un coup d'œil tout l'ensemble du voyageur, et
80 ajouta : ... en payant.

L'homme tira une grosse bourse de cuir de la poche de sa blouse et répondit :

– J'ai de l'argent.

– En ce cas on est à vous, dit l'hôte.

85 L'homme remit sa bourse en poche, se déchargea de son sac, le posa à terre près de la porte, garda son bâton à la main, et alla s'asseoir sur une escabelle[3] basse près du feu. Digne est dans la montagne. Les soirées d'octobre y sont froides.

Cependant, tout en allant et venant, l'homme considérait le
90 voyageur.

– Dîne-t-on bientôt ? dit l'homme.

– Tout à l'heure, dit l'hôte.

Pendant que le nouveau venu se chauffait, le dos tourné, le digne aubergiste Jacquin Labarre tira un crayon de sa poche,
95 puis il déchira le coin d'un vieux journal qui traînait sur une petite table près de la fenêtre. Sur la marge blanche il écrivit une ligne ou deux, plia sans cacheter et remit ce chiffon de papier à un enfant qui paraissait lui servir tout à la fois de marmiton[4] et de laquais[5]. L'aubergiste dit un mot à l'oreille du mar-
100 miton, et l'enfant partit en courant dans la direction de la mairie.

Le voyageur n'avait rien vu de tout cela.

Il demanda encore une fois : – Dîne-t-on bientôt ?

1. **En ce moment** : à ce moment précis.
2. **Embrassa** : considéra.
3. **Escabelle** : petit escabeau.
4. **Marmiton** : aide-cuisinier.
5. **Laquais** : serviteur.

– Tout à l'heure, dit l'hôte.

L'enfant revint. Il rapportait le papier. L'hôte le déplia avec empressement, comme quelqu'un qui attend une réponse. Il parut lire attentivement, puis hocha la tête, et resta un moment pensif. Enfin il fit un pas vers le voyageur qui semblait plongé dans des réflexions peu sereines.

– Monsieur, dit-il, je ne puis vous recevoir.

L'homme se dressa à demi sur son séant.

– Comment ! avez-vous peur que je ne paye pas ? voulez-vous que je paye d'avance ? J'ai de l'argent, vous dis-je.

– Ce n'est pas cela.

– Quoi donc ?

– Vous avez de l'argent...

– Oui, dit l'homme.

– Et moi, dit l'hôte, je n'ai pas de chambre.

L'homme reprit tranquillement : – Mettez-moi à l'écurie.

– Je ne puis.

– Pourquoi ?

– Les chevaux prennent toute la place.

– Eh bien, repartit l'homme, un coin dans le grenier. Une botte de paille. Nous verrons cela après dîner.

– Je ne puis vous donner à dîner.

Cette déclaration, faite d'un ton mesuré, mais ferme, parut grave à l'étranger. Il se leva.

– Ah bah ! mais je meurs de faim, moi. J'ai marché dès le soleil levé. J'ai fait douze lieues. Je paye. Je veux manger.

– Je n'ai rien, dit l'hôte.

L'homme éclata de rire et se tourna vers la cheminée et les fourneaux.

– Rien ! et tout cela ?

– Tout cela m'est retenu.

– Par qui ?

– Par ces messieurs les rouliers.

– Combien sont-ils ?

– Douze.

– Il y a là à manger pour vingt.

– Ils ont tout retenu et tout payé d'avance.

L'homme se rassit et dit sans hausser la voix :

– Je suis à l'auberge, j'ai faim, et je reste.

L'hôte alors se pencha à son oreille, et lui dit d'un accent qui le fit tressaillir[1] : – Allez-vous-en.

Le voyageur était courbé en cet instant et poussait quelques braises dans le feu avec le bout ferré de son bâton, il se retourna vivement, et, comme il ouvrait la bouche pour répliquer, l'hôte le regarda fixement et ajouta toujours à voix-basse : – Tenez, assez de paroles comme cela. Voulez-vous que je vous dise votre nom ? Vous vous appelez Jean Valjean. Maintenant voulez-vous que je vous dise qui vous êtes ? En vous voyant entrer, je me suis douté de quelque chose, j'ai envoyé à la mairie, et voici ce qu'on m'a répondu. Savez-vous lire ?

En parlant ainsi il tendait à l'étranger, tout déplié, le papier qui venait de voyager de l'auberge à la mairie, et de la mairie à l'auberge. L'homme y jeta un regard. L'aubergiste reprit après un silence :

– J'ai l'habitude d'être poli avec tout le monde. Allez-vous-en.

L'homme baissa la tête, ramassa le sac qu'il avait déposé à terre, et s'en alla. Il prit la grande rue. Il marchait devant lui au hasard, rasant de près les maisons, comme un homme humilié

1. **Tressaillir** : frissonner.

et triste. Il ne se retourna pas une seule fois. S'il s'était retourné, il aurait vu l'aubergiste de la Croix-de-Colbas sur le seuil de sa porte, entouré de tous les voyageurs de son auberge et de tous
165 les passants de la rue, parlant vivement et le désignant du doigt, et, aux regards de défiance et d'effroi du groupe, il aurait deviné qu'avant peu son arrivée serait l'événement de toute la ville.

Il ne vit rien de tout cela. Les gens accablés ne regardent pas derrière eux. Ils ne savent que trop que le mauvais sort les suit
170 [...].

Rejeté partout et par tous, Jean Valjean sombre dans une terrible mélancolie avant qu'une vieille femme l'invite à frapper à une dernière porte... Il s'agit de la maison de l'évêque, monseigneur Myriel, qui vit là avec sa sœur, Mlle Baptistine, et sa servante, Mme Magloire. Tandis que la table a été dressée pour le dîner, on frappe violemment à la porte.

III

Héroïsme de l'obéissance passive

[...] Un homme entra.

Cet homme, nous le connaissons déjà. C'est le voyageur que nous avons vu tout à l'heure errer cherchant un gîte[1].

Il entra, fit un pas, et s'arrêta, laissant la porte ouverte der-
5 rière lui. Il avait son sac sur l'épaule, son bâton à la main, une expression rude, hardie, fatiguée et violente dans les yeux.

Le feu de la cheminée l'éclairait. Il était hideux[2]. C'était une sinistre apparition.

1. **Gîte** : lieu pour passer la nuit et se restaurer.
2. **Hideux** : affreux à faire peur.

Madame Magloire n'eut pas même la force de jeter un cri.
10 Elle tressaillit[1], et resta béante[2].

Mademoiselle Baptistine se retourna, aperçut l'homme qui entrait et se dressa à demi d'effarement[3], puis, ramenant peu à peu sa tête vers la cheminée, elle se mit à regarder son frère et son visage redevint profondément calme et serein.

15 L'évêque fixait sur l'homme un œil tranquille.

Comme il ouvrait la bouche, sans doute pour demander au nouveau venu ce qu'il désirait, l'homme appuya ses deux mains à la fois sur son bâton, promena ses yeux tour à tour sur le vieillard et les femmes, et, sans attendre que l'évêque parlât, dit
20 d'une voix haute :

– Voici. Je m'appelle Jean Valjean. Je suis un galérien[4]. J'ai passé dix-neuf ans au bagne. Je suis libéré depuis quatre jours en route pour Pontarlier qui est ma destination. Quatre jours que je marche depuis Toulon. Aujourd'hui, j'ai fait douze lieues
25 à pied. Ce soir, en arrivant dans ce pays, j'ai été dans une auberge, on m'a renvoyé à cause de mon passeport jaune● que j'avais montré à la mairie. Il avait fallu. J'ai été à une autre auberge. On m'a dit : Va-t'en ! Chez l'un, chez l'autre. Personne n'a voulu de moi. J'ai été à la prison, le guichetier n'a pas ouvert.
30 J'ai été dans la niche d'un chien. Ce chien m'a mordu et m'a chassé, comme s'il avait été un homme. On aurait dit qu'il savait qui j'étais. Je m'en suis allé dans les champs pour coucher à la belle étoile. Il n'y avait pas d'étoile. J'ai pensé qu'il pleuvrait, et

1. **Elle tressaillit** : elle frissonna.
2. **Béante** : bouche bée, incapable de parler.
3. **D'effarement** : de stupéfaction.
4. **Galérien** : bagnard, forçat.

● **Le passeport jaune auquel Jean Valjean fait allusion, est le document que tout forçat devait avoir en sa possession et présenter aux gendarmes lorsqu'il entrait dans une ville.**

qu'il n'y avait pas de bon Dieu pour empêcher de pleuvoir, et je
35 suis rentré dans la ville pour y trouver le renfoncement d'une porte. Là, dans la place, j'allais me coucher sur une pierre. Une bonne femme m'a montré votre maison et m'a dit : Frappe là. J'ai frappé. Qu'est-ce que c'est ici ? êtes-vous une auberge ? J'ai de l'argent. Ma masse[1]. Cent neuf francs quinze sous que j'ai
40 gagnés au bagne par mon travail en dix-neuf ans. Je payerai. Qu'est-ce que cela me fait ? j'ai de l'argent. Je suis très fatigué, douze lieues à pied, j'ai bien faim. Voulez-vous que je reste ?

– Madame Magloire, dit l'évêque, vous mettrez un couvert de plus.

45 L'homme fit trois pas et s'approcha de la lampe qui était sur la table. – Tenez, reprit-il, comme s'il n'avait pas bien compris, ce n'est pas ça. Avez-vous entendu ? Je suis un galérien. Un forçat. Je viens des galères. – Il tira de sa poche une grande feuille de papier jaune qu'il déplia. – Voilà mon passeport. Jaune,
50 comme vous voyez. Cela sert à me faire chasser de partout où je suis. Voulez-vous lire ? Je sais lire, moi. J'ai appris au bagne. Il y a une école pour ceux qui veulent. Tenez, voilà ce qu'on a mis sur le passeport : « Jean Valjean, forçat libéré, natif de... – cela vous est égal... – Est resté dix-neuf ans au bagne. Cinq ans pour
55 vol avec effraction. Quatorze ans pour avoir tenté de s'évader quatre fois. Cet homme est très dangereux. » – Voilà ! Tout le monde m'a jeté dehors. Voulez-vous me recevoir, vous ? Est-ce une auberge ? Voulez-vous me donner à manger et à coucher ? avez-vous une écurie ?

60 – Madame Magloire, dit l'évêque, vous mettrez des draps blancs au lit de l'alcôve[2].

1. **Ma masse** : il s'agit du maigre salaire accumulé durant ses années de bagne.
2. **Alcôve** : renfoncement pratiqué dans une chambre afin d'y placer un ou plusieurs lits, et qu'on peut fermer pendant la journée.

Nous avons déjà expliqué de quelle nature était l'obéissance des deux femmes.

Madame Magloire sortit pour exécuter ces ordres.

65 L'évêque se tourna vers l'homme.

– Monsieur, asseyez-vous et chauffez-vous. Nous allons souper dans un instant, et l'on fera votre lit pendant que vous souperez.

Ici l'homme comprit tout à fait. L'expression de son visage, 70 jusqu'alors sombre et dure, s'empreignit[1] de stupéfaction, de doute, de joie, et devint extraordinaire. Il se mit à balbutier comme un homme fou :

– Vrai ? quoi ? vous me gardez ? vous ne me chassez pas ! un forçat ! Vous m'appelez monsieur ! vous ne me tutoyez pas ! 75 Va-t'en, chien ! qu'on me dit toujours. Je croyais bien que vous me chasseriez. Aussi j'avais dit tout de suite qui je suis. Oh ! la brave femme qui m'a enseigné[2] ici ! Je vais souper ! un lit ! Un lit avec des matelas et des draps ! comme tout le monde ! il y a dix-neuf ans que je n'ai couché dans un lit ! Vous voulez bien 80 que je ne m'en aille pas ! Vous êtes de dignes gens ! D'ailleurs j'ai de l'argent. Je payerai bien. Pardon, monsieur l'aubergiste, comment vous appelez-vous ? Je payerai tout ce qu'on voudra. Vous êtes un brave homme. Vous êtes aubergiste, n'est-ce pas ?

– Je suis, dit l'évêque, un prêtre qui demeure ici.

85 – Un prêtre ! reprit l'homme. Oh ! un brave homme de prêtre ! Alors vous ne me demandez pas d'argent ? Le curé, n'est-ce pas ? le curé de cette grande église ? Tiens ! c'est vrai, que je suis bête ! je n'avais pas vu votre calotte[3] !

1. **S'empreignit** : se remplit.
2. **Enseigné** : envoyé.
3. **Calotte** : bonnet rond dont se coiffent les gens d'Église.

Tout en parlant, il avait déposé son sac et son bâton dans un coin, puis remis son passeport dans sa poche, et il s'était assis. Mademoiselle Baptistine le considérait avec douceur. Il continua :

– Vous êtes humain, monsieur le curé. Vous n'avez pas de mépris. C'est bien bon un bon prêtre. Alors vous n'avez pas besoin que je paye ?

– Non, dit l'évêque, gardez votre argent. Combien avez-vous ? ne m'avez-vous pas dit cent neuf francs ?

– Quinze sous, ajouta l'homme.

– Cent neuf francs quinze sous. Et combien de temps avez-vous mis à gagner cela ?

– Dix-neuf ans.

– Dix-neuf ans !

L'évêque soupira profondément.

L'homme poursuivit : – J'ai encore tout mon argent. Depuis quatre jours je n'ai dépensé que vingt-cinq sous que j'ai gagnés en aidant à décharger des voitures à Grasse. Puisque vous êtes abbé, je vais vous dire, nous avions un aumônier au bagne. Et puis un jour j'ai vu un évêque. Monseigneur, qu'on appelle. C'était l'évêque de la Majore, à Marseille. C'est le curé qui est sur les curés. Vous savez, pardon, je dis mal cela, mais pour moi, c'est si loin ! – Vous comprenez, nous autres ! Il a dit la messe au milieu du bagne, sur un autel, il avait une chose pointue, en or, sur la tête. Au grand jour de midi, cela brillait. Nous étions en rang. Des trois côtés. Avec les canons, mèche allumée, en face de nous. Nous ne voyions pas bien. Il a parlé, mais il était trop au fond, nous n'entendions pas. Voilà ce que c'est qu'un évêque.

Pendant qu'il parlait, l'évêque était allé pousser la porte qui était restée toute grande ouverte.

Madame Magloire rentra. Elle apportait un couvert qu'elle
120 mit sur la table.

– Madame Magloire, dit l'évêque, mettez ce couvert le plus près possible du feu. – Et se tournant vers son hôte : – Le vent de nuit est dur dans les Alpes. Vous devez avoir froid, monsieur ?

125 Chaque fois qu'il disait ce mot monsieur, avec sa voix doucement grave et de si bonne compagnie, le visage de l'homme s'illuminait. Monsieur à un forçat, c'est un verre d'eau à un naufragé de la Méduse●. L'ignominie[1] a soif de considération.

– Voici, reprit l'évêque, une lampe qui éclaire bien mal.

130 Madame Magloire comprit, et elle alla chercher sur la cheminée de la chambre à coucher de monseigneur les deux chandeliers d'argent qu'elle posa sur la table tout allumés.

– Monsieur le curé, dit l'homme, vous êtes bon. Vous ne me méprisez pas. Vous me recevez chez vous. Vous allumez vos
135 cierges pour moi. Je ne vous ai pourtant pas caché d'où je viens et que je suis un homme malheureux.

L'évêque, assis près de lui, lui toucha doucement la main. – Vous pouviez ne pas me dire qui vous étiez. Ce n'est pas ici ma maison, c'est la maison de Jésus-Christ. Cette porte ne
140 demande pas à celui qui entre s'il a un nom, mais s'il a une douleur. Vous souffrez ; vous avez faim et soif ; soyez le bienvenu. Et ne me remerciez pas, ne me dites pas que je vous reçois chez moi. Personne n'est ici chez soi, excepté celui qui a besoin d'un asile[2]. Je vous le dis à vous qui passez, vous êtes ici chez

1. **Ignominie** : déshonneur.
2. **Asile** : lieu pour se réfugier.

● **La *Méduse* est le nom d'un navire qui a fait naufrage et dont les rescapés ont survécu en dérivant à bord d'un radeau. Cet épisode a inspiré au peintre Géricault (1791-1824) un célèbre tableau, *Le Radeau de la Méduse*, qui est exposé au Louvre.**

145 vous plus que moi-même. Tout ce qui est ici est à vous. Qu'ai-je besoin de savoir votre nom ? D'ailleurs, avant que vous me le dissiez, vous en avez un que je savais.

L'homme ouvrit des yeux étonnés.

– Vrai ? Vous saviez comment je m'appelle ?

150 – Oui, répondit l'évêque, vous vous appelez mon frère.

– Tenez, monsieur le curé ! s'écria l'homme, j'avais bien faim en entrant ici ; mais vous êtes si bon qu'à présent je ne sais plus ce que j'ai ; cela m'a passé.

L'évêque le regarda et lui dit :

155 – Vous avez bien souffert ?

– Oh ! la casaque rouge[1], le boulet au pied, une planche pour dormir, le chaud, le froid, le travail, la chiourme[2], les coups de bâton ! la double chaîne pour rien. Le cachot pour un mot. Même malade au lit, la chaîne. Les chiens, les chiens sont plus 160 heureux ! Dix-neuf ans ! J'en ai quarante-six. À présent le passeport jaune ! Voilà.

– Oui, reprit l'évêque, vous sortez d'un lieu de tristesse. Écoutez. Il y aura plus de joie au ciel pour le visage en larmes d'un pécheur repentant[3] que pour la robe blanche de cent justes. 165 Si vous sortez de ce lieu douloureux avec des pensées de haine et de colère contre les hommes, vous êtes digne de pitié ; si vous en sortez avec des pensées de bienveillance, de douceur et de paix, vous valez mieux qu'aucun de nous.

Cependant madame Magloire avait servi le souper. Une 170 soupe faite avec de l'eau, de l'huile, du pain et du sel, un peu de lard, un morceau de viande de mouton, des figues, un fromage

1. **Casaque rouge** : veste portée par les forçats.
2. **La chiourme** : les forçats.
3. **Repentant** : désireux de se racheter.

frais, et un gros pain de seigle. Elle avait d'elle-même ajouté à l'ordinaire de M. l'évêque une bouteille de vieux vin de Mauves.

Le visage de l'évêque prit tout à coup cette expression de gaîté propre aux natures hospitalières : – À table ! dit-il vivement. – Comme il en avait coutume lorsque quelque étranger soupait avec lui, il fit asseoir l'homme à sa droite. Mademoiselle Baptistine, parfaitement paisible et naturelle, prit place à sa gauche.

Léon Bernard (Mgr Myriel) et Henry Krauss (Jean Valjean) dans Les Misérables. *Film de 1913 réalisé par Albert Capellani.*

180 L'évêque dit le bénédicité[1], puis servit lui-même la soupe, selon son habitude. L'homme se mit à manger avidement.

Tout à coup l'évêque dit : – Mais il me semble qu'il manque quelque chose sur cette table.

Madame Magloire en effet n'avait mis que les trois couverts 185 absolument nécessaires. Or c'était l'usage de la maison, quand l'évêque avait quelqu'un à souper, de disposer sur la nappe les six couverts d'argent, étalage innocent. Ce gracieux semblant de luxe était une sorte d'enfantillage plein de charme dans cette maison douce et sévère qui élevait la pauvreté jusqu'à la dignité.

190 Madame Magloire comprit l'observation, sortit sans dire un mot, et un moment après les trois couverts réclamés par l'évêque brillaient sur la nappe, symétriquement arrangés devant chacun des trois convives.

Après le dîner, monseigneur Myriel conduit Jean Valjean dans la chambre qu'il va occuper pour la nuit, et répond à ses interrogations, avant de le laisser s'effondrer sur le lit et sombrer dans un profond sommeil.

VI

Jean Valjean

Vers le milieu de la nuit, Jean Valjean se réveilla.

Jean Valjean était d'une pauvre famille de paysans de la Brie. Dans son enfance, il n'avait pas appris à lire. Quand il eut l'âge d'homme, il était émondeur[2] à Faverolles. Sa mère s'appelait

1. **Bénédicité** : prière adressée à Dieu en début de repas pour le remercier de sa bonté.
2. **Émondeur** : personne élaguant les arbres.

5 Jeanne Mathieu ; son père s'appelait Jean Valjean, ou Vlajean, sobriquet[1] probablement, et contraction de Voilà Jean.

Jean Valjean était d'un caractère pensif sans être triste, ce qui est le propre[2] des natures affectueuses. Somme toute, pourtant, c'était quelque chose d'assez endormi et d'assez insignifiant, en 10 apparence du moins, que Jean Valjean. Il avait perdu en très bas âge son père et sa mère. Sa mère était morte d'une fièvre de lait mal soignée. Son père, émondeur comme lui, s'était tué en tombant d'un arbre. Il n'était resté à Jean Valjean qu'une sœur plus âgée que lui, veuve, avec sept enfants, filles et garçons. Cette 15 sœur avait élevé Jean Valjean, et tant qu'elle eut son mari elle logea et nourrit son jeune frère. Le mari mourut. L'aîné des sept enfants avait huit ans, le dernier un an. Jean Valjean venait d'atteindre, lui, sa vingt-cinquième année. Il remplaça le père, et soutint à son tour sa sœur qui l'avait élevé. Cela se fit simplement, 20 comme un devoir, même avec quelque chose de bourru[3] de la part de Jean Valjean. Sa jeunesse se dépensait ainsi dans un travail rude et mal payé. On ne lui avait jamais connu de « bonne amie » dans le pays. Il n'avait pas eu le temps d'être amoureux.

Le soir il rentrait fatigué et mangeait sa soupe sans dire un 25 mot. Sa sœur, mère Jeanne, pendant qu'il mangeait, lui prenait souvent dans son écuelle[4] le meilleur de son repas, le morceau de viande, la tranche de lard, le cœur de chou, pour le donner à quelqu'un de ses enfants ; lui, mangeant toujours, penché sur la table, presque la tête dans sa soupe, ses longs cheveux tom- 30 bant autour de son écuelle et cachant ses yeux, avait l'air de ne

1. **Sobriquet** : surnom.
2. **Le propre (de)** : caractéristique.
3. **Bourru** : rude.
4. **Écuelle** : assiette.

rien voir et laissait faire. Il y avait à Faverolles, pas loin de la chaumière Valjean, de l'autre côté de la ruette[1], une fermière appelée Marie-Claude ; les enfants Valjean, habituellement affamés, allaient quelquefois emprunter au nom de leur mère
35 une pinte[2] de lait à Marie-Claude, qu'ils buvaient derrière une haie ou dans quelque coin d'allée, s'arrachant le pot, et si hâtivement que les petites filles s'en répandaient sur leur tablier et dans leur goulotte[3]. La mère, si elle eût su cette maraude[4], eût sévèrement corrigé les délinquants. Jean Valjean, brusque et
40 bougon, payait en arrière de la mère la pinte de lait à Marie-Claude, et les enfants n'étaient pas punis.

Il gagnait dans la saison de l'émondage vingt-quatre sous par jour, puis il se louait comme moissonneur, comme manœuvre, comme garçon de ferme bouvier[5], comme homme de peine[6]. Il
45 faisait ce qu'il pouvait. Sa sœur travaillait de son côté, mais que faire avec sept petits enfants ? C'était un triste groupe que la misère enveloppa et étreignit peu à peu. Il arriva qu'un hiver fut rude. Jean n'eut pas d'ouvrage[7]. La famille n'eut pas de pain. Pas de pain. À la lettre. Sept enfants !

50 Un dimanche soir, Maubert Isabeau, boulanger sur la place de l'Église, à Faverolles, se disposait à se coucher, lorsqu'il entendit un coup violent dans la devanture grillée et vitrée de sa boutique. Il arriva à temps pour voir un bras passé à travers un

1. **Ruette** : ruelle.
2. **Pinte** : ancienne mesure correspondant à 0,93 litre. Le mot désigne par extension un récipient dont la contenance équivaut à cette mesure.
3. **Goulotte** : cou.
4. **Maraude** : larcin.
5. **Bouvier** : personne gardant et conduisant les bœufs.
6. **Homme de peine** : homme à tout faire.
7. **D'ouvrage** : de travail.

trou fait d'un coup de poing dans la grille et dans la vitre. Le
55 bras saisit un pain et l'emporta. Isabeau sortit en hâte ; le voleur s'enfuyait à toutes jambes ; Isabeau courut après lui et l'arrêta. Le voleur avait jeté le pain, mais il avait encore le bras ensanglanté. C'était Jean Valjean.

Ceci se passait en 1795. Jean Valjean fut traduit devant les
60 tribunaux du temps « pour vol avec effraction la nuit dans une maison habitée ». Il avait un fusil dont il se servait mieux que tireur au monde, il était quelque peu braconnier ; ce qui lui nuisit. Il y a contre les braconniers un préjugé légitime. Le braconnier, de même que le contrebandier, côtoie de fort près le
65 brigand. Pourtant, disons-le en passant, il y a encore un abîme[1] entre ces races d'hommes et le hideux assassin des villes. Le braconnier vit dans la forêt ; le contrebandier vit dans la montagne ou sur la mer. Les villes font des hommes féroces parce qu'elles font des hommes corrompus. La montagne, la mer, la
70 forêt, font des hommes sauvages. Elles développent le côté farouche, mais souvent sans détruire le côté humain.

Jean Valjean fut déclaré coupable. Les termes du code étaient formels. Il y a dans notre civilisation des heures redoutables ; ce sont les moments où la pénalité[2] prononce un naufrage. Quelle
75 minute funèbre que celle où la société s'éloigne et consomme[3] l'irréparable abandon d'un être pensant ! Jean Valjean fut condamné à cinq ans de galères.

Le 22 avril 1796, on cria dans Paris la victoire de Montenotte remportée par le général en chef de l'armée d'Italie, que le mes-
80 sage du Directoire aux Cinq-Cents, du 2 floréal an IV, appelle

1. **Abîme** : fossé.
2. **Pénalité** : sentence.
3. **Consomme** : prononce.

Buona-Parte ; ce même jour une grande chaîne[1] fut ferrée à Bicêtre. Jean Valjean fit partie de cette chaîne. Un ancien guichetier de la prison, qui a près de quatre-vingt-dix ans aujourd'hui, se souvient encore parfaitement de ce malheureux
85 qui fut ferré à l'extrémité du quatrième cordon dans l'angle nord de la cour. Il était assis à terre comme tous les autres. Il paraissait ne rien comprendre à sa position, sinon qu'elle était horrible. Il est probable qu'il y démêlait aussi, à travers les vagues idées d'un pauvre homme ignorant de tout, quelque
90 chose d'excessif. Pendant qu'on rivait à grands coups de marteau derrière sa tête le boulon de son carcan, il pleurait, les larmes l'étouffaient, elles l'empêchaient de parler, il parvenait seulement à dire de temps en temps : J'étais émondeur à Faverolles. Puis, tout en sanglotant, il élevait sa main droite et
95 l'abaissait graduellement sept fois comme s'il touchait successivement sept têtes inégales, et par ce geste on devinait que la chose quelconque qu'il avait faite, il l'avait faite pour vêtir et nourrir sept petits enfants.

Il partit pour Toulon. Il y arriva après un voyage de vingt-sept
100 jours, sur une charrette, la chaîne au cou. À Toulon, il fut revêtu de la casaque rouge. Tout s'effaça de ce qui avait été sa vie, jusqu'à son nom ; il ne fut même plus Jean Valjean ; il fut le numéro 24 601. Que devint la sœur ? que devinrent les sept enfants ? Qui est-ce qui s'occupe de cela ? Que devient la poi-
105 gnée de feuilles du jeune arbre scié par le pied ? [...]

Vers la fin de cette quatrième année●, le tour d'évasion de Jean Valjean arriva. Ses camarades l'aidèrent comme cela se fait

1. **Une grande chaîne** : la chaîne qui relie entre eux les forçats ; par extension, le convoi qu'ils forment.

● **Il s'agit de la quatrième année de bagne de Jean Valjean, soit en 1800.**

dans ce triste lieu. Il s'évada. Il erra deux jours en liberté dans les champs ; si c'est être libre que d'être traqué ; de tourner la
110 tête à chaque instant ; de tressaillir au moindre bruit ; d'avoir peur de tout, du toit qui fume, de l'homme qui passe, du chien qui aboie, du cheval qui galope, de l'heure qui sonne, du jour parce qu'on voit, de la nuit parce qu'on ne voit pas, de la route, du sentier, du buisson, du sommeil. Le soir du second jour, il
115 fut repris. Il n'avait ni mangé ni dormi depuis trente-six heures. Le tribunal maritime le condamna pour ce délit à une prolongation de trois ans, ce qui lui fit huit ans. La sixième, ce fut encore son tour de s'évader ; il en usa, mais il ne put consommer[1] sa fuite. Il avait manqué à l'appel. On tira le coup de canon, et à la
120 nuit les gens de ronde le trouvèrent caché sous la quille d'un vaisseau en construction ; il résista aux gardes-chiourme[2] qui le saisirent. Évasion et rébellion. Ce fait prévu par le code spécial fut puni d'une aggravation de cinq ans, dont deux ans de double chaîne. Treize ans. La dixième année, son tour revint, il en pro-
125 fita encore. Il ne réussit pas mieux. Trois ans pour cette nouvelle tentative. Seize ans. Enfin, ce fut, je crois, pendant la treizième année qu'il essaya une dernière fois et ne réussit qu'à se faire reprendre après quatre heures d'absence. Trois ans pour ces quatre heures. Dix-neuf ans. En octobre 1815 il fut libéré ; il
130 était entré là en 1796 pour avoir cassé un carreau et pris un pain.

Place pour une courte parenthèse. C'est la seconde fois que, dans ses études sur la question pénale et sur la damnation par la loi, l'auteur de ce livre rencontre le vol d'un pain, comme point de départ du désastre d'une destinée. Claude Gueux avait

1. **Consommer** : profiter de.
2. **Gardes-chiourme** : gardiens des forçats.

135 volé un pain● ; Jean Valjean avait volé un pain. Une statistique anglaise constate qu'à Londres quatre vols sur cinq ont pour cause immédiate la faim.

Jean Valjean était entré au bagne sanglotant et frémissant ; il en sortit impassible. Il y était entré désespéré ; il en sortit sombre.

140 Que s'était-il passé dans cette âme ?

Le narrateur revient sur les idées qui se sont formées dans l'esprit de Jean Valjean au fil de toutes ces années, et qui ont fait de lui l'homme que tous ont rejeté partout où il est passé depuis sa sortie du bagne. Puis nous retrouvons Jean Valjean dans la chambre dans laquelle l'évêque l'a installé.

X

L'homme réveillé

Donc, comme deux heures du matin sonnaient à l'horloge de la cathédrale, Jean Valjean se réveilla.

Ce qui le réveilla, c'est que le lit était trop bon. Il y avait vingt ans bientôt qu'il n'avait couché dans un lit, et quoiqu'il ne se fût 5 pas déshabillé, la sensation était trop nouvelle pour ne pas troubler son sommeil.

Il avait dormi plus de quatre heures. Sa fatigue était passée. Il était accoutumé à ne pas donner beaucoup d'heures au repos.

Il ouvrit les yeux, et regarda un moment dans l'obscurité 10 autour de lui, puis il les referma pour se rendormir.

● En 1834, Victor Hugo a consacré un court roman à l'histoire de ce personnage, roman intitulé *Claude Gueux*.

Quand beaucoup de sensations diverses ont agité la journée, quand des choses préoccupent l'esprit, on s'endort, mais on ne se rendort pas. Le sommeil vient plus aisément qu'il ne revient. C'est ce qui arriva à Jean Valjean. Il ne put se rendormir, et il se 15 mit à penser.

Il était dans un de ces moments où les idées qu'on a dans l'esprit sont troubles. Il avait une sorte de va-et-vient obscur dans le cerveau. Ses souvenirs anciens et ses souvenirs immédiats y flottaient pêle-mêle[1] et s'y croisaient confusément, per-20 dant leurs formes, se grossissant démesurément, puis disparaissant tout à coup comme dans une eau fangeuse[2] et agitée. Beaucoup de pensées lui venaient, mais il y en avait une qui se représentait[3] continuellement et qui chassait toutes les autres. Cette pensée, nous allons la dire tout de suite : – il avait 25 remarqué les six couverts d'argent et la grande cuiller que madame Magloire avait posés sur la table.

Ces six couverts d'argent l'obsédaient. – Ils étaient là. – À quelques pas. – À l'instant où il avait traversé la chambre d'à côté pour venir dans celle où il était, la vieille servante les met-30 tait dans un petit placard à la tête du lit. – Il avait bien remarqué ce placard. – À droite, en entrant par la salle à manger. – Ils étaient massifs. – Et de vieille argenterie. – Avec la grande cuiller, on en tirerait au moins deux cents francs. – Le double de ce qu'il avait gagné en dix-neuf ans. – Il est vrai qu'il eût 35 gagné davantage si l'administration ne l'avait pas volé.

1. **Pêle-mêle** : de manière confuse.
2. **Fangeuse** : boueuse.
3. **Se représentait** : revenait.

Son esprit oscilla[1] tout une grande heure dans des fluctuations[2] auxquelles se mêlait bien quelque lutte. Trois heures sonnèrent. Il rouvrit les yeux, se dressa brusquement sur son séant[3], étendit le bras et tâta son havresac[4] qu'il avait jeté dans le coin de l'alcôve, puis il laissa pendre ses jambes et poser ses pieds à terre, et se trouva, presque sans savoir comment, assis sur son lit.

Il resta un certain temps rêveur dans cette attitude qui eût eu quelque chose de sinistre pour quelqu'un qui l'eût aperçu ainsi dans cette ombre, seul éveillé dans la maison endormie. Tout à coup il se baissa, ôta ses souliers et les posa doucement sur la natte près du lit, puis il reprit sa posture de rêverie et redevint immobile.

Au milieu de cette méditation hideuse, les idées que nous venons d'indiquer remuaient sans relâche son cerveau, entraient, sortaient, rentraient, faisaient sur lui une sorte de pesée ; et puis il songeait aussi, sans savoir pourquoi, et avec cette obstination machinale de la rêverie, à un forçat nommé Brevet qu'il avait connu au bagne, et dont le pantalon n'était retenu que par une seule bretelle de coton tricoté. Le dessin en damier de cette bretelle lui revenait sans cesse à l'esprit.

Il demeurait dans cette situation, et y fût peut-être resté indéfiniment jusqu'au lever du jour, si l'horloge n'eût sonné un coup, – le quart ou la demie. Il sembla que ce coup lui eût dit : allons !

Il se leva debout, hésita encore un moment, et écouta ; tout se taisait dans la maison ; alors il marcha droit et à petits pas vers

1. **Oscilla** : balança.
2. **Fluctuations** : hésitations.
3. **Se dressa brusquement sur son séant** : s'assit.
4. **Havresac** : nom donné au sac contenant l'équipement du fantassin ; par extension, large sac à doc.

la fenêtre qu'il entrevoyait. La nuit n'était pas très obscure ; c'était une pleine lune sur laquelle couraient de larges nuées chassées par le vent. Cela faisait au dehors des alternatives d'ombre et de clarté, des éclipses, puis des éclaircies, et au dedans une sorte de crépuscule. Ce crépuscule, suffisant pour qu'on pût se guider, intermittent à cause des nuages, ressemblait à l'espèce de lividité[1] qui tombe d'un soupirail[2] de cave devant lequel vont et viennent des passants. Arrivé à la fenêtre, Jean Valjean l'examina. Elle était sans barreaux, donnait sur le jardin et n'était fermée, selon la mode du pays, que d'une petite clavette[3]. Il l'ouvrit, mais, comme un air froid et vif entra brusquement dans la chambre, il la referma tout de suite. Il regarda le jardin de ce regard attentif qui étudie plus encore qu'il ne regarde. Le jardin était enclos[4] d'un mur blanc assez bas, facile à escalader. Au fond, au delà, il distingua des têtes d'arbres également espacées, ce qui indiquait que ce mur séparait le jardin d'une avenue ou d'une ruelle plantée.

Ce coup d'œil jeté, il fit le mouvement d'un homme déterminé, marcha à son alcôve, prit son havresac, l'ouvrit, le fouilla, en tira quelque chose qu'il posa sur le lit, mit ses souliers dans une des poches, referma le tout, chargea le sac sur ses épaules, se couvrit de sa casquette dont il baissa la visière sur ses yeux, chercha son bâton en tâtonnant, et l'alla poser dans l'angle de la fenêtre, puis revint au lit et saisit résolument l'objet qu'il y avait déposé. Cela ressemblait à une barre de fer courte, aiguisée comme un épieu à l'une de ses extrémités.

1. **Lividité** : extrême blancheur.
2. **Soupirail** : petite ouverture pratiquée dans le mur et donnant sur l'extérieur, destinée à laisser entrer l'air et la lumière.
3. **Clavette** : cheville faisant office de verrou.
4. **Enclos** : entouré.

Il eût été difficile de distinguer dans les ténèbres pour quel emploi avait pu être façonné ce morceau de fer. C'était peut-être 90 un levier ? C'était peut-être une massue ?

Au jour on eût pu reconnaître que ce n'était autre chose qu'un chandelier de mineur. On employait alors quelquefois les forçats à extraire de la roche des hautes collines qui environnent Toulon, et il n'était pas rare qu'ils eussent à leur disposition des 95 outils de mineur. Les chandeliers des mineurs sont en fer massif, terminés à leur extrémité inférieure par une pointe au moyen de laquelle on les enfonce dans le rocher.

Il prit ce chandelier dans sa main droite, et retenant son haleine, assourdissant son pas[1], il se dirigea vers la porte de la 100 chambre voisine, celle de l'évêque, comme on sait. Arrivé à cette porte, il la trouva entrebâillée. L'évêque ne l'avait point fermée.

XI
Ce qu'il fait

Après avoir longuement hésité sur le seuil de la porte, Jean Valjean se décide à pénétrer dans la chambre de l'évêque.

[...] Cette chambre était dans un calme parfait. On y distinguait çà et là des formes confuses et vagues qui, au jour, étaient des papiers épars sur une table, des in-folio[2] ouverts, des volumes empilés sur un tabouret, un fauteuil chargé de vêtements, un 5 prie-Dieu[3], et qui à cette heure n'étaient plus que des coins téné-

1. **Assourdissant son pas** : marchant sans faire de bruit.
2. **In-folio** : livres de grande taille, généralement atlas et autres ouvrages d'histoire et de géographie.
3. **Prie-Dieu** : siège bas sur lequel le croyant s'agenouille pour faire sa prière.

breux et des places blanchâtres. Jean Valjean avança avec précaution en évitant de se heurter aux meubles. Il entendait au fond de la chambre la respiration égale et tranquille de l'évêque endormi.

Il s'arrêta tout à coup. Il était près du lit. Il y était arrivé plus tôt qu'il n'aurait cru.

La nature mêle quelquefois ses effets et ses spectacles à nos actions avec une espèce d'à-propos sombre et intelligent, comme si elle voulait nous faire réfléchir. Depuis près d'une demi-heure un grand nuage couvrait le ciel. Au moment où Jean Valjean s'arrêta en face du lit, ce nuage se déchira, comme s'il l'eût fait exprès, et un rayon de lune, traversant la longue fenêtre, vint éclairer subitement le visage pâle de l'évêque. Il dormait paisiblement. Il était presque vêtu dans son lit, à cause des nuits froides des Basses-Alpes, d'un vêtement de laine brune qui lui couvrait les bras jusqu'aux poignets. Sa tête était renversée sur l'oreiller dans l'attitude abandonnée du repos ; il laissait pendre hors du lit sa main ornée de l'anneau pastoral[1] et d'où étaient tombées tant de bonnes œuvres et de saintes actions. Toute sa face s'illuminait d'une vague expression de satisfaction, d'espérance et de béatitude[2]. C'était plus qu'un sourire et presque un rayonnement. Il y avait sur son front l'inexprimable réverbération d'une lumière qu'on ne voyait pas. L'âme des justes pendant le sommeil contemple un ciel mystérieux.

Un reflet de ce ciel était sur l'évêque.

C'était en même temps une transparence lumineuse, car ce ciel était au dedans de lui. Ce ciel, c'était sa conscience.

1. **Anneau pastoral** : anneau d'évêque.
2. **Béatitude** : bonheur des justes.

Au moment où le rayon de lune vint se superposer, pour ainsi dire, à cette clarté intérieure, l'évêque endormi apparut comme dans une gloire[1]. Cela pourtant resta doux et voilé d'un
35 demi-jour ineffable[2]. Cette lune dans le ciel, cette nature assoupie, ce jardin sans un frisson, cette maison si calme, l'heure, le moment, le silence, ajoutaient je ne sais quoi de solennel et d'indicible[3] au vénérable[4] repos de ce sage, et enveloppaient une sorte d'auréole majestueuse et sereine ces cheveux blancs et ces
40 yeux fermés, cette figure où tout était espérance et où tout était confiance, cette tête de vieillard et ce sommeil d'enfant.

Il y avait presque de la divinité dans cet homme ainsi auguste[5] à son insu.

Jean Valjean, lui, était dans l'ombre, son chandelier de fer à la
45 main, debout, immobile, effaré de ce vieillard lumineux. Jamais il n'avait rien vu de pareil. Cette confiance l'épouvantait. Le monde moral n'a pas de plus grand spectacle que celui-là : une conscience troublée et inquiète, parvenue au bord d'une mauvaise action, et contemplant le sommeil d'un juste.

50 Ce sommeil, dans cet isolement, et avec un voisin tel que lui, avait quelque chose de sublime qu'il sentait vaguement, mais impérieusement[6].

Nul n'eût pu dire ce qui se passait en lui, pas même lui. Pour essayer de s'en rendre compte, il faut rêver[7] ce qu'il y a de plus
55 violent en présence de ce qu'il y a de plus doux. Sur son visage même on n'eût rien pu distinguer avec certitude. C'était une

1. **Une gloire** : un halo de lumière.
2. **Ineffable** : indescriptible.
3. **Indicible** : inexprimable.
4. **Vénérable** : admirable.
5. **Auguste** : noble.
6. **Impérieusement** : de manière irrésistible.
7. **Rêver** : imaginer.

sorte d'étonnement hagard[1]. Il regardait cela. Voilà tout. Mais quelle était sa pensée ? il eût été impossible de le deviner. Ce qui était évident, c'est qu'il était ému et bouleversé. Mais de
60 quelle nature était cette émotion ?

Son œil ne se détachait pas du vieillard. La seule chose qui se dégageât clairement de son attitude et de sa physionomie, c'était une étrange indécision. On eût dit qu'il hésitait entre les deux abîmes[2], celui où l'on se perd et celui où l'on se sauve. Il sem-
65 blait prêt à briser ce crâne ou à baiser cette main.

Au bout de quelques instants, son bras gauche se leva lentement vers son front, et il ôta sa casquette, puis son bras retomba avec la même lenteur, et Jean Valjean rentra dans sa contemplation, sa casquette dans la main gauche, sa massue dans la main
70 droite, ses cheveux hérissés sur sa tête farouche.

L'évêque continuait de dormir dans une paix profonde sous ce regard effrayant.

Un reflet de lune faisait[3] confusément visible au-dessus de la cheminée le crucifix qui semblait leur ouvrir les bras à tous les
75 deux, avec une bénédiction pour l'un et un pardon pour l'autre.

Tout à coup Jean Valjean remit sa casquette sur son front, puis marcha rapidement, le long du lit, sans regarder l'évêque, droit au placard qu'il entrevoyait près du chevet ; il leva le chandelier de fer comme pour forcer la serrure ; la clef y était ; il
80 l'ouvrit ; la première chose qui lui apparut fut le panier d'argenterie ; il le prit, traversa la chambre à grands pas sans précaution et sans s'occuper du bruit, gagna la porte, rentra

1. **Hagard** : stupéfait.
2. **Les deux abîmes** : les deux extrémités.
3. **Faisait** : rendait.

dans l'oratoire[1], ouvrit la fenêtre, saisit un bâton, enjamba l'appui du rez-de-chaussée, mit l'argenterie dans son sac, jeta le panier, franchit le jardin, sauta par-dessus le mur comme un tigre, et s'enfuit.

XII
L'évêque travaille

Le lendemain, au soleil levant, monseigneur Bienvenu se promenait dans son jardin. Madame Magloire accourut vers lui toute bouleversée.

– Monseigneur, monseigneur, cria-t-elle, votre grandeur sait-elle où est le panier d'argenterie ?

– Oui, dit l'évêque.

– Jésus-Dieu soit béni! reprit-elle. Je ne savais ce qu'il était devenu.

L'évêque venait de ramasser le panier dans une plate-bande. Il le présenta à madame Magloire.

– Le voilà.

– Eh bien ? dit-elle. Rien dedans ! et l'argenterie ?

– Ah ! repartit l'évêque. C'est donc l'argenterie qui vous occupe ? Je ne sais où elle est.

– Grand bon Dieu ! elle est volée ! C'est l'homme d'hier soir qui l'a volée !

En un clin d'œil, avec toute sa vivacité de vieille alerte, madame Magloire courut à l'oratoire, entra dans l'alcôve et revint vers l'évêque. L'évêque venait de se baisser et considérait en soupirant un plant de cochléaria[2] des Guillons que le panier

1. **Oratoire** : petite chapelle.
2. **Cochléaria** : plante à fleurs blanches.

avait brisé en tombant à travers la plate-bande. Il se redressa au cri de madame Magloire.

– Monseigneur, l'homme est parti ! l'argenterie est volée !

Tout en poussant cette exclamation, ses yeux tombaient sur un angle du jardin où l'on voyait des traces d'escalade. Le chevron du mur avait été arraché.

– Tenez ! c'est par là qu'il s'en est allé. Il a sauté dans la ruelle Cochefilet ! Ah ! l'abomination ! Il nous a volé notre argenterie !

L'évêque resta un moment silencieux, puis leva son œil sérieux, et dit à madame Magloire avec douceur :

– Et d'abord, cette argenterie était-elle à nous ?

Madame Magloire resta interdite. Il y eut encore un silence, puis l'évêque continua :

– Madame Magloire, je détenais à tort et depuis longtemps cette argenterie. Elle était aux pauvres. Qu'était-ce que cet homme ? Un pauvre évidemment.

– Hélas Jésus ! repartit madame Magloire. Ce n'est pas pour moi ni pour mademoiselle. Cela nous est bien égal. Mais c'est pour monseigneur. Dans quoi monseigneur va-t-il manger maintenant ?

L'évêque la regarda d'un air étonné.

– Ah çà mais ! est-ce qu'il n'y a pas des couverts d'étain ?

Madame Magloire haussa les épaules.

– L'étain a une odeur.

– Alors, des couverts de fer.

Madame Magloire fit une grimace significative.

– Le fer a un goût.

– Eh bien, dit l'évêque, des couverts de bois.

Quelques instants après, il déjeunait à cette même table où Jean Valjean s'était assis la veille. Tout en déjeunant, monseigneur Bienvenu faisait gaîment remarquer à sa sœur qui ne disait rien et à madame Magloire qui grommelait[1] sourdement qu'il n'est nullement besoin d'une cuiller ni d'une fourchette, même en bois, pour tremper un morceau de pain dans une tasse de lait.

– Aussi a-t-on idée ! disait madame Magloire toute seule en allant et venant, recevoir un homme comme cela ! et le loger à côté de soi ! et quel bonheur encore qu'il n'ait fait que voler ! Ah mon Dieu ! cela fait frémir quand on songe !

Comme le frère et la sœur allaient se lever de table, on frappa à la porte.

– Entrez, dit l'évêque.

La porte s'ouvrit. Un groupe étrange et violent apparut sur le seuil. Trois hommes en tenaient un quatrième au collet[2]. Les trois hommes étaient des gendarmes ; l'autre était Jean Valjean.

Un brigadier de gendarmerie, qui semblait conduire le groupe, était près de la porte. Il entra et s'avança vers l'évêque en faisant le salut militaire.

– Monseigneur... dit-il.

À ce mot Jean Valjean, qui était morne[3] et semblait abattu, releva la tête d'un air stupéfait.

– Monseigneur ! murmura-t-il. Ce n'est donc pas le curé ?...

– Silence ! dit un gendarme. C'est monseigneur l'évêque.

1. **Grommelait** : murmurait entre ses dents.
2. **Au collet** : par le cou.
3. **Morne** : la mine sombre.

Cependant monseigneur Bienvenu● s'était approché aussi
75 vivement que son grand âge le lui permettait.

– Ah ! vous voilà ! s'écria-t-il en regardant Jean Valjean. Je suis aise[1] de vous voir. Eh bien mais ! je vous avais donné les chandeliers aussi, qui sont en argent comme le reste et dont vous pourrez bien avoir deux cents francs. Pourquoi ne les avez-
80 vous pas emportés avec vos couverts ?

Jean Valjean ouvrit les yeux et regarda le vénérable[2] évêque avec une expression qu'aucune langue humaine ne pourrait rendre.

– Monseigneur, dit le brigadier de gendarmerie, ce que cet
85 homme disait était donc vrai ? Nous l'avons rencontré. Il allait comme quelqu'un qui s'en va. Nous l'avons arrêté pour voir. Il avait cette argenterie...

– Et il vous a dit, interrompit l'évêque en souriant, qu'elle lui avait été donnée par un vieux bonhomme de prêtre chez lequel
90 il avait passé la nuit ? Je vois la chose. Et vous l'avez ramené ici ? C'est une méprise[3].

– Comme cela, reprit le brigadier, nous pouvons le laisser aller ?

– Sans doute, répondit l'évêque.

95 Les gendarmes lâchèrent Jean Valjean qui recula.

– Est-ce que c'est vrai qu'on me laisse ? dit-il d'une voix presque inarticulée et comme s'il parlait dans le sommeil.

– Oui, on te laisse, tu n'entends donc pas ? dit un gendarme.

1. **Je suis aise** : je suis heureux.
2. **Vénérable** : respectable.
3. **Méprise** : malentendu.

● **Monseigneur Bienvenu est le surnom qui a été donné à l'évêque en raison de sa bonté et de sa générosité.**

– Mon ami, reprit l'évêque, avant de vous en aller, voici vos chandeliers. Prenez-les.

Il alla à la cheminée, prit les deux flambeaux d'argent et les apporta à Jean Valjean. Les deux femmes le regardaient faire sans un mot, sans un geste, sans un regard qui pût déranger l'évêque.

Jean Valjean tremblait de tous ses membres. Il prit les deux chandeliers machinalement et d'un air égaré.

– Maintenant, dit l'évêque, allez en paix. – À propos, quand vous reviendrez, mon ami, il est inutile de passer par le jardin. Vous pourrez toujours entrer et sortir par la porte de la rue. Elle n'est fermée qu'au loquet jour et nuit.

Puis se tournant vers la gendarmerie :

– Messieurs, vous pouvez vous retirer.

Les gendarmes s'éloignèrent.

Jean Valjean était comme un homme qui va s'évanouir.

L'évêque s'approcha de lui, et lui dit à voix basse :

– N'oubliez pas, n'oubliez jamais que vous m'avez promis d'employer cet argent à devenir honnête homme.

Jean Valjean, qui n'avait aucun souvenir d'avoir rien promis[1], resta interdit[2]. L'évêque avait appuyé sur ces paroles en les prononçant. Il reprit avec une sorte de solennité :

– Jean Valjean, mon frère, vous n'appartenez plus au mal, mais au bien. C'est votre âme que je vous achète ; je la retire aux pensées noires et à l'esprit de perdition, et je la donne à Dieu.

1. **D'avoir rien promis** : d'avoir promis quoi que ce soit.
2. **Resta interdit** : demeura stupéfait.

XIII
Petit-Gervais

Jean Valjean sortit de la ville comme s'il s'échappait. Il se mit à marcher en toute hâte dans les champs, prenant les chemins et les sentiers qui se présentaient sans s'apercevoir qu'il revenait à chaque instant sur ses pas. Il erra ainsi toute la matinée, n'ayant pas mangé et n'ayant pas faim. Il était en proie à une foule de sensations nouvelles. Il se sentait une sorte de colère ; il ne savait contre qui. Il n'eût pu dire s'il était touché ou humilié. Il lui venait par moments un attendrissement étrange qu'il combattait et auquel il opposait l'endurcissement de ses vingt dernières années. Cet état le fatiguait. Il voyait avec inquiétude s'ébranler au dedans de lui l'espèce de calme affreux que l'injustice de son malheur lui avait donné. Il se demandait qu'est-ce qui remplacerait cela. Parfois il eût vraiment mieux aimé être en prison avec les gendarmes, et que les choses ne se fussent point passées ainsi ; cela l'eût moins agité. Bien que la saison fût assez avancée, il y avait encore çà et là dans les haies quelques fleurs tardives dont l'odeur, qu'il traversait en marchant, lui rappelait des souvenirs d'enfance. Ces souvenirs lui étaient presque insupportables, tant il y avait longtemps qu'ils ne lui étaient apparus.

Des pensées inexprimables s'amoncelèrent ainsi en lui toute la journée.

Comme le soleil déclinait au couchant, allongeant sur le sol l'ombre du moindre caillou, Jean Valjean était assis derrière un buisson dans une grande plaine rousse absolument déserte. Il n'y avait à l'horizon que les Alpes. Pas même le clocher d'un village lointain. Jean Valjean pouvait être à trois lieues de Digne. Un sentier qui coupait la plaine passait à quelques pas du buisson.

Au milieu de cette méditation qui n'eût pas peu contribué à rendre ses haillons[1] effrayants pour quelqu'un qui l'eût rencon-
30 tré, il entendit un bruit joyeux.

Il tourna la tête, et vit venir par le sentier un petit savoyard[2] d'une dizaine d'années qui chantait, sa vielle[3] au flanc et sa boîte à marmotte sur le dos ; un de ces doux et gais enfants qui vont de pays en pays, laissant voir leurs genoux par les trous de
35 leur pantalon.

Tout en chantant l'enfant interrompait de temps en temps sa marche et jouait aux osselets[4] avec quelques pièces de monnaie qu'il avait dans sa main, toute sa fortune probablement. Parmi cette monnaie il y avait une pièce de quarante sous.

40 L'enfant s'arrêta à côté du buisson sans voir Jean Valjean et fit sauter sa poignée de sous que jusque-là il avait reçue avec assez d'adresse tout entière sur le dos de sa main.

Cette fois la pièce de quarante sous lui échappa, et vint rouler vers la broussaille jusqu'à Jean Valjean.

45 Jean Valjean posa le pied dessus.

Cependant l'enfant avait suivi sa pièce du regard, et l'avait vu.

Il ne s'étonna point et marcha droit à l'homme.

C'était un lieu absolument solitaire. Aussi loin que le regard pouvait s'étendre, il n'y avait personne dans la plaine ni dans le
50 sentier. On n'entendait que les petits cris faibles d'une nuée d'oiseaux de passage qui traversaient le ciel à une hauteur immense. L'enfant tournait le dos au soleil qui lui mettait des

1. **Haillons** : vêtements en lambeaux.
2. **Savoyard** : jeune ramoneur originaire de Savoie.
3. **Vielle** : petit instrument à corde.
4. **Osselets** : jeu dont le principe consiste à lancer les osselets en l'air et à en rattraper le plus possible sur le dos de la main.

fils d'or dans les cheveux et qui empourprait[1] d'une lueur sanglante la face sauvage de Jean Valjean.

55 – Monsieur, dit le petit savoyard, avec cette confiance de l'enfance qui se compose d'ignorance et d'innocence, – ma pièce ?

– Comment t'appelles-tu ? dit Jean Valjean.

– Petit-Gervais, monsieur.

– Va-t'en, dit Jean Valjean.

60 – Monsieur, reprit l'enfant, rendez-moi ma pièce.

Jean Valjean baissa la tête et ne répondit pas.

L'enfant recommença :

– Ma pièce, monsieur !

L'œil de Jean Valjean resta fixé à terre.

65 – Ma pièce ! cria l'enfant, ma pièce blanche ! mon argent !

Il semblait que Jean Valjean n'entendît point. L'enfant le prit au collet[2] de sa blouse et le secoua. Et en même temps il faisait effort pour déranger le gros soulier ferré posé sur son trésor.

– Je veux ma pièce ! ma pièce de quarante sous !

70 L'enfant pleurait. La tête de Jean Valjean se releva. Il était toujours assis. Ses yeux étaient troubles. Il considéra l'enfant avec une sorte d'étonnement, puis il étendit la main vers son bâton et cria d'une voix terrible : – Qui est là ?

– Moi, monsieur, répondit l'enfant. Petit-Gervais ! moi ! 75 moi ! Rendez-moi mes quarante sous s'il vous plaît ! Ôtez votre pied, monsieur, s'il vous plaît !

Puis irrité, quoique tout petit, et devenant presque menaçant :

– Ah çà, ôterez-vous votre pied ? Ôtez donc votre pied, voyons.

1. **Empourprait** : colorait de pourpre.
2. **Au collet** : par le col.

– Ah ! c'est encore toi ! dit Jean Valjean, et se dressant brus-
80 quement tout debout, le pied toujours sur la pièce d'argent, il ajouta : – Veux-tu bien te sauver !

L'enfant effaré le regarda, puis commença à trembler de la tête aux pieds, et, après quelques secondes de stupeur, se mit à s'enfuir en courant de toutes ses forces sans oser tourner le cou
85 ni jeter un cri.

Cependant à une certaine distance l'essoufflement le força de s'arrêter, et Jean Valjean, à travers sa rêverie, l'entendit qui sanglotait.

Au bout de quelques instants l'enfant avait disparu.

90 Le soleil s'était couché.

L'ombre se faisait autour de Jean Valjean. Il n'avait pas mangé de la journée ; il est probable qu'il avait la fièvre.

Il était resté debout, et n'avait pas changé d'attitude depuis que l'enfant s'était enfui. Son souffle soulevait sa poitrine à des
95 intervalles longs et inégaux. Son regard, arrêté à dix ou douze pas devant lui, semblait étudier avec une attention profonde la forme d'un vieux tesson de faïence bleue tombé dans l'herbe. Tout à coup il tressaillit ; il venait de sentir le froid du soir.

Il raffermit[1] sa casquette sur son front, chercha machinale-
100 ment à croiser et à boutonner sa blouse, fit un pas, et se baissa pour reprendre à terre son bâton.

En ce moment il aperçut la pièce de quarante sous que son pied avait à demi enfoncée dans la terre et qui brillait parmi les cailloux.

1. **Il raffermit** : il renfonça.

105 Ce fut comme une commotion galvanique[1]. – Qu'est-ce que c'est que ça ? dit-il entre ses dents. Il recula de trois pas, puis s'arrêta, sans pouvoir détacher son regard de ce point que son pied avait foulé l'instant d'auparavant, comme si cette chose qui luisait là dans l'obscurité eût été un œil ouvert fixé sur lui●.

110 Au bout de quelques minutes, il s'élança convulsivement vers la pièce d'argent, la saisit, et, se redressant, se mit à regarder au loin dans la plaine, jetant à la fois ses yeux vers tous les points de l'horizon, debout et frissonnant comme une bête fauve effarée qui cherche un asile[2].

115 Il ne vit rien. La nuit tombait, la plaine était froide et vague, de grandes brumes violettes montaient dans la clarté crépusculaire[3].

Il dit : Ah ! et se mit à marcher rapidement dans une certaine direction, du côté où l'enfant avait disparu. Après une centaine de pas, il s'arrêta, regarda, et ne vit rien.

120 Alors il cria de toute sa force : Petit-Gervais ! Petit-Gervais !

Il se tut, et attendit.

Rien ne répondit.

La campagne était déserte et morne. Il était environné de l'étendue. Il n'y avait rien autour de lui qu'une ombre où se per-125 dait son regard et un silence où sa voix se perdait.

Une bise glaciale soufflait, et donnait aux choses autour de lui une sorte de vie lugubre. Des arbrisseaux secouaient leurs petits bras maigres avec une furie incroyable. On eût dit qu'ils menaçaient et poursuivaient quelqu'un.

1. **Comme une commotion galvanique** : comme un choc.
2. **Asile** : refuge.
3. **Crépusculaire** : de la fin du jour, avant la tombée de la nuit.

● **Hugo fait ici référence à l'œil d'Abel qui va poursuivre Caïn pour lui rappeler en permanence son crime : « L'œil était dans la tombe et regardait Caïn » (« La conscience » dans *La Légende des siècles*).**

130 Il recommença à marcher, puis il se mit à courir, et de temps en temps il s'arrêtait, et criait dans cette solitude, avec une voix qui était ce qu'on pouvait entendre de plus formidable et de plus désolé : Petit-Gervais ! Petit-Gervais !

Certes, si l'enfant l'eût entendu, il eût eu peur et se fût bien 135 gardé de se montrer. Mais l'enfant était sans doute déjà bien loin.

Il rencontra un prêtre qui était à cheval. Il alla à lui et lui dit :

– Monsieur le curé, avez-vous vu passer un enfant ?

– Non, dit le prêtre.

– Un nommé Petit-Gervais ?

140 – Je n'ai vu personne.

Il tira deux pièces de cinq francs de sa sacoche et les remit au prêtre.

– Monsieur le curé, voici pour vos pauvres. – Monsieur le curé, c'est un petit d'environ dix ans qui a une marmotte, je 145 crois, et une vielle. Il allait. Un de ces savoyards, vous savez ?

– Je ne l'ai point vu.

– Petit-Gervais ? il n'est point des villages d'ici ? pouvez-vous me dire ?

– Si c'est comme vous dites, mon ami, c'est un petit enfant 150 étranger. Cela passe[1] dans le pays. On ne les connaît pas.

Jean Valjean prit violemment deux autres écus de cinq francs qu'il donna au prêtre.

– Pour vos pauvres, dit-il.

Puis il ajouta avec égarement :

155 – Monsieur l'abbé, faites-moi arrêter. Je suis un voleur.

Le prêtre piqua des deux et s'enfuit très effrayé.

Jean Valjean se remit à courir dans la direction qu'il avait d'abord prise.

1. **Cela passe** : il y en a qui passent.

Il fit de la sorte un assez long chemin, regardant, appelant, criant, mais il ne rencontra plus personne. Deux ou trois fois il courut dans la plaine vers quelque chose qui lui faisait l'effet d'un être couché ou accroupi ; ce n'était que des broussailles ou des roches à fleur de terre[1]. Enfin, à un endroit où trois sentiers se croisaient, il s'arrêta. La lune s'était levée. Il promena sa vue au loin et appela une dernière fois : Petit-Gervais ! Petit-Gervais ! Petit-Gervais ! Son cri s'éteignit dans la brume, sans même éveiller un écho. Il murmura encore : Petit-Gervais ! mais d'une voix faible et presque inarticulée. Ce fut là son dernier effort ; ses jarrets fléchirent brusquement sous lui comme si une puissance invisible l'accablait tout à coup du poids de sa mauvaise conscience ; il tomba épuisé sur une grosse pierre, les poings dans ses cheveux et le visage dans ses genoux, et il cria : Je suis un misérable !

Alors son cœur creva et il se mit à pleurer. C'était la première fois qu'il pleurait depuis dix-neuf ans [...].

Son cerveau était dans un de ces moments violents et pourtant affreusement calmes où la rêverie[2] est si profonde qu'elle absorbe la réalité. On ne voit plus les objets qu'on a autour de soi, et l'on voit comme en dehors de soi les figures qu'on a dans l'esprit.

Il se contempla donc, pour ainsi dire, face à face, et en même temps, à travers cette hallucination, il voyait dans une profondeur mystérieuse une sorte de lumière qu'il prit d'abord pour un flambeau. En regardant avec plus d'attention cette lumière qui apparaissait à sa conscience, il reconnut qu'elle avait la forme humaine, et que ce flambeau était l'évêque.

1. **À fleur de terre** : à même le sol.
2. **Rêverie** : ici, méditation.

Sa conscience considéra tour à tour ces deux hommes ainsi placés devant elle, l'évêque et Jean Valjean. Il n'avait pas fallu moins que le premier pour détremper le second. Par un de ces effets singuliers qui sont propres à ces sortes d'extases[1], à 190 mesure que sa rêverie se prolongeait, l'évêque grandissait et resplendissait à ses yeux, Jean Valjean s'amoindrissait et s'effaçait. À un certain moment il ne fut plus qu'une ombre. Tout à coup il disparut. L'évêque seul était resté.

Il remplissait toute l'âme de ce misérable d'un rayonnement 195 magnifique.

Jean Valjean pleura longtemps. Il pleura à chaudes larmes, il pleura à sanglots, avec plus de faiblesse qu'une femme, avec plus d'effroi qu'un enfant.

Pendant qu'il pleurait, le jour se faisait de plus en plus dans 200 son cerveau, un jour extraordinaire, un jour ravissant et terrible à la fois. Sa vie passée, sa première faute, sa longue expiation[2], son abrutissement extérieur, son endurcissement intérieur, sa mise en liberté réjouie par tant de plans de vengeance, ce qui lui était arrivé chez l'évêque, la dernière chose qu'il avait faite, ce 205 vol de quarante sous à un enfant, crime d'autant plus lâche et d'autant plus monstrueux qu'il venait après le pardon de l'évêque, tout cela lui revint et lui apparut, clairement, mais dans une clarté qu'il n'avait jamais vue jusque-là. Il regarda sa vie, et elle lui parut horrible ; son âme, et elle lui parut affreuse. 210 Cependant un jour doux était sur cette vie et sur cette âme. Il lui semblait qu'il voyait Satan[3] à la lumière du paradis.

1. **D'extases** : d'enthousiasmes.
2. **Expiation** : période de rachat.
3. **Satan** : le diable.

Combien d'heures pleura-t-il ainsi ? que fit-il après avoir pleuré ? où alla-t-il ? on ne l'a jamais su. Il paraît seulement avéré que, dans cette même nuit, le voiturier qui faisait à cette 215 époque le service de Grenoble et qui arrivait à Digne vers trois heures du matin, vit en traversant la rue de l'évêché un homme dans l'attitude de la prière, à genoux sur le pavé, dans l'ombre, devant la porte de monseigneur Bienvenu.

Livre troisième
En l'année 1817

II
Double quatuor

1817 : la jeune Fantine accompagne son amoureux à la campagne, pour une après-midi champêtre. Le narrateur brosse son portrait.

[...] Fantine était un de ces êtres comme il en éclôt[1], pour ainsi dire, au fond du peuple. Sortie des plus insondables[2] épaisseurs de l'ombre sociale, elle avait au front le signe de l'anonyme et de l'inconnu. Elle était née à Montreuil-sur-mer. De 5 quels parents ? Qui pourrait le dire. On ne lui avait jamais connu ni père ni mère. Elle se nommait Fantine. Pourquoi Fantine ? On ne lui avait jamais connu d'autre nom. À l'époque de sa naissance, le Directoire● existait encore. Point de nom de

1. **Il en éclôt** : il en naît.
2. **Insondables** : profondes.

Le Directoire est le nom du gouvernement de la France entre 1795 et 1799. Il est ainsi nommé parce qu'il était composé de cinq *directeurs*.

famille, elle n'avait pas de famille ; point de nom de baptême,
10 l'église n'était plus là●. Elle s'appela comme il plut au premier passant qui la rencontra toute petite, allant pieds nus dans la rue. Elle reçut un nom comme elle recevait l'eau des nuées sur son front quand il pleuvait. On l'appela la petite Fantine. Personne n'en savait davantage. Cette créature humaine était
15 venue dans la vie comme cela. À dix ans, Fantine quitta la ville et s'alla mettre en service chez des fermiers des environs. À quinze ans, elle vint à Paris « chercher fortune ». Fantine était belle et resta pure[1] le plus longtemps qu'elle put. C'était une jolie blonde avec de belles dents. Elle avait de l'or et des perles
20 pour dot[2], mais son or était sur sa tête et ses perles étaient dans sa bouche.

Elle travailla pour vivre ; puis toujours pour vivre, car le cœur a sa faim aussi, elle aima.

Elle aima Tholomyès●.

25 Amourette pour lui, passion pour elle. [...]

Bien qu'elle ne soit qu'une aventure pour Tholomyès, Fantine ne parvient pas à le quitter et se donne à lui. Il finit par l'abandonner en la laissant seule avec leur enfant. N'ayant plus rien à faire à Paris, Fantine décide de retourner dans sa ville natale, Montreuil-sur-mer, pour y chercher du travail.

1. **Pure** : vierge.
2. **Dot** : biens qu'apporte la femme à son époux en se mariant.

● **Dans les années 1793-1794, la Terreur s'est livrée à une forte campagne de déchristianisation que le Directoire a poursuivie.**

● **À la tête d'un groupe d'étudiants du Quartier latin, Tholomyès est un vieil étudiant, riche et menant une vie de plaisirs. Il devient l'amant de Fantine.**

Livre quatrième
Confier, c'est quelquefois livrer

I

Une mère qui en rencontre une autre

Il y avait, dans le premier quart de ce siècle, à Montfermeil, près de Paris, une façon de gargote[1] qui n'existe plus aujourd'hui. Cette gargote était tenue par des gens appelés Thénardier, mari et femme. Elle était située dans la ruelle du Boulanger. On voyait au-dessus de la porte une planche clouée à plat sur le mur. Sur
5 cette planche était peint quelque chose qui ressemblait à un homme portant sur son dos un autre homme, lequel avait de grosses épaulettes de général dorées avec de larges étoiles argentées ; des taches rouges figuraient du sang ; le reste du tableau était de la fumée et représentait probablement une bataille. Au
10 bas on lisait cette inscription : AU SERGENT DE WATERLOO●. [...] À quelques pas, accroupie sur le seuil de l'auberge, la mère[2], femme d'un aspect peu avenant[3] du reste, mais touchante en ce moment-là, balançait les deux enfants au moyen d'une longue ficelle, les couvant des yeux de peur d'accident avec cette expres-
15 sion animale et céleste propre à la maternité. [...]

Une femme était devant elle, à quelques pas. Cette femme, elle aussi, avait un enfant qu'elle portait dans ses bras.

1. **Une façon de gargote** : une espèce d'auberge.
2. **La mère** : il s'agit de madame Thénardier.
3. **Peu avenant** : peu aimable.

● **C'est à la suite de la défaite des troupes françaises, battues par les armées anglaise et prussienne à Waterloo (dans l'actuelle Belgique), que Napoléon abdique et est contraint de s'exiler à Sainte-Hélène.**

Elle portait en outre un assez gros sac de nuit qui semblait
20 fort lourd.

L'enfant de cette femme était un des plus divins êtres qu'on pût voir. C'était une fille de deux à trois ans. Elle eût pu jouter[1] avec les deux autres pour la coquetterie de l'ajustement[2] ; elle avait un bavolet[3] de linge fin, des rubans à sa brassière et de la
25 valenciennes[4] à son bonnet. Le pli de sa jupe relevée laissait voir sa cuisse blanche, potelée et ferme. Elle était admirablement rose et bien portante. La belle petite donnait envie de mordre dans les pommes de ses joues. On ne pouvait rien dire de ses yeux, sinon qu'ils devaient être très grands et qu'ils avaient des
30 cils magnifiques. Elle dormait.

Elle dormait de ce sommeil d'absolue confiance propre à son âge. Les bras des mères sont faits de tendresse ; les enfants y dorment profondément.

Quant à la mère, l'aspect en était pauvre et triste. Elle avait la
35 mise[5] d'une ouvrière qui tend à redevenir paysanne. Elle était jeune. Était-elle belle ? peut-être ; mais avec cette mise il n'y paraissait pas. Ses cheveux, d'où s'échappait une mèche blonde, semblaient fort épais, mais disparaissaient sévèrement sous une coiffe de béguine[6], laide, serrée, étroite, et nouée au men-
40 ton. Le rire montre les belles dents quand on en a ; mais elle ne riait point. Ses yeux ne semblaient pas être secs depuis très longtemps. Elle était pâle ; elle avait l'air très lasse et un peu malade ; elle regardait sa fille endormie dans ses bras avec cet

1. **Jouter** : rivaliser.
2. **De l'ajustement** : de sa toilette.
3. **Bavolet** : petite coiffe de paysanne.
4. **Valenciennes** : dentelle fine ainsi nommée parce que fabriquée dans la ville du même nom.
5. **La mise** : la posture.
6. **Coiffe de béguine** : coiffe de religieuse.

air particulier d'une mère qui a nourri son enfant. Un large mouchoir bleu, comme ceux où se mouchent les invalides, plié en fichu, masquait lourdement sa taille. Elle avait les mains hâlées[1] et toutes piquées de taches de rousseur, l'index durci et déchiqueté par l'aiguille, une mante brune de laine bourrue[2], une robe de toile et de gros souliers. C'était Fantine.

C'était Fantine. Difficile à reconnaître. Pourtant, à l'examiner attentivement, elle avait toujours sa beauté. Un pli triste, qui ressemblait à un commencement d'ironie, ridait sa joue droite. Quant à sa toilette, cette aérienne toilette de mousseline et de rubans qui semblait faite avec de la gaîté, de la folie et de la musique, pleine de grelots et parfumée de lilas, elle s'était évanouie[3] comme ces beaux givres éclatants qu'on prend pour des diamants au soleil ; ils fondent et laissent la branche toute noire [...].

Le narrateur revient sur les dix mois qui se sont écoulés depuis que Fantine a été abandonnée par Tholomyès.

– Vous avez là deux jolis enfants, madame.

Les créatures les plus féroces sont désarmées par la caresse à leurs petits. La mère leva la tête et remercia, et fit asseoir la passante sur le banc de la porte, elle-même étant sur le seuil. Les deux femmes causèrent.

– Je m'appelle madame Thénardier, dit la mère des deux petites. Nous tenons cette auberge.

1. **Hâlées** : brunies.
2. **Mante brune de laine bourrue** : manteau aux manches larges en laine épaisse.
3. **Elle s'était évanouie** : elle avait disparu.

65 Puis, toujours à sa romance[1], elle reprit entre ses dents :

Il le faut, je suis chevalier
Et je pars pour la Palestine.

Cette madame Thénardier était une femme rousse, charnue, 70 anguleuse ; le type femme-à-soldat dans toute sa disgrâce. Et, chose bizarre, avec un air penché qu'elle devait à des lectures romanesques. C'était une minaudière[2] hommasse[3]. De vieux romans qui se sont éraillés[4] sur des imaginations de gargotières[5] ont de ces effets-là. Elle était jeune encore ; elle avait à 75 peine trente ans. Si cette femme, qui était accroupie, se fût tenue droite, peut-être sa haute taille et sa carrure de colosse ambulant propre aux foires, eussent-elles dès l'abord effarouché[6] la voyageuse, troublé sa confiance, et fait évanouir ce que nous avons à raconter. Une personne qui est assise au lieu d'être 80 debout, les destinées tiennent à cela.

La voyageuse raconta son histoire, un peu modifiée :

Qu'elle était ouvrière ; que son mari était mort ; que le travail lui manquait à Paris, et qu'elle allait en chercher ailleurs ; dans son pays ; qu'elle avait quitté Paris, le matin même, à pied ; que, 85 comme elle portait son enfant, se sentant fatiguée, et ayant rencontré la voiture de Villemomble, elle y était montée ; que de

1. **Romance** : chanson ou poésie portant sur un sujet sentimental.
2. **Minaudière** : personne prenant des manières affectées en vue de plaire.
3. **Hommasse** : personne ayant l'air d'un homme.
4. **Éraillés** : usés.
5. **Gargotières** : femmes qui tiennent des *gargotes*, c'est-à-dire des restaurants bon marché. Le terme est péjoratif.
6. **Effarouché** : impressionné, dans le sens de « déstabilisé ».

Villemomble elle était venue à Montfermeil à pied, que la petite avait un peu marché, mais pas beaucoup, c'est si jeune, et qu'il avait fallu la prendre, et que le bijou s'était endormi.

90 Et sur ce mot elle donna à sa fille un baiser passionné qui la réveilla. L'enfant ouvrit les yeux, de grands yeux bleus comme ceux de sa mère, et regarda, quoi ? rien, tout, avec cet air sérieux et quelquefois sévère des petits enfants, qui est un mystère de leur lumineuse innocence devant nos crépuscules de vertus.
95 On dirait qu'ils se sentent anges et qu'ils nous savent hommes. Puis l'enfant se mit à rire, et, quoique la mère la retînt, glissa à terre avec l'indomptable énergie d'un petit être qui veut courir. Tout à coup elle aperçut les deux autres sur leur balançoire, s'arrêta court, et tira la langue, signe d'admiration.

100 La mère Thénardier détacha ses filles, les fit descendre de l'escarpolette[1], et dit :

– Amusez-vous toutes les trois.

Ces âges-là s'apprivoisent vite, et au bout d'une minute les petites Thénardier jouaient avec la nouvelle venue à faire des
105 trous dans la terre, plaisir immense.

Cette nouvelle venue était très gaie ; la bonté de la mère est écrite dans la gaîté du marmot ; elle avait pris un brin de bois qui lui servait de pelle, et elle creusait énergiquement une fosse bonne pour une mouche. Ce que fait le fossoyeur devient riant,
110 fait par l'enfant.

Les deux femmes continuaient de causer.

– Comment s'appelle votre mioche[2] ?

– Cosette.

1. **Escarpolette** : balançoire.
2. **Mioche** : enfant (terme très familier).

Cosette, lisez Euphrasie. La petite se nommait Euphrasie. Mais d'Euphrasie la mère avait fait Cosette, par ce doux et gracieux instinct des mères et du peuple qui change Josefa en Pepita et Françoise en Sillette. C'est là un genre de dérivés qui dérange et déconcerte toute la science des étymologistes. Nous avons connu une grand'mère qui avait réussi à faire de Théodore, Gnon.

– Quel âge a-t-elle ?

– Elle va sur trois ans.

– C'est comme mon aînée.

Cependant les trois petites filles étaient groupées dans une posture d'anxiété[1] profonde et de béatitude[2] ; un événement avait lieu ; un gros ver venait de sortir de terre ; et elles avaient peur, et elles étaient en extase[3].

Leurs fronts radieux se touchaient ; on eût dit trois têtes dans une auréole.

– Les enfants, s'écria la mère Thénardier, comme ça se connaît tout de suite ! les voilà qu'on jurerait trois sœurs !

Ce mot fut l'étincelle qu'attendait probablement l'autre mère. Elle saisit la main de la Thénardier, la regarda fixement, et lui dit :

– Voulez-vous me garder mon enfant ?

La Thénardier eut un de ces mouvements surpris qui ne sont ni le consentement ni le refus.

La mère de Cosette poursuivit :

– Voyez-vous, je ne peux pas emmener ma fille au pays. L'ouvrage[4] ne le permet pas. Avec un enfant, on ne trouve pas à

1. **D'anxiété** : d'inquiétude.
2. **De béatitude** : de ravissement.
3. **En extase** : en admiration.
4. **L'ouvrage** : le travail.

140 se placer. Ils sont si ridicules dans ce pays-là. C'est le bon Dieu qui m'a fait passer devant votre auberge. Quand j'ai vu vos petites si jolies et si propres et si contentes, cela m'a bouleversée. J'ai dit : voilà une bonne mère. C'est ça ; ça fera trois sœurs. Et puis, je ne serai pas longtemps à revenir. Voulez-vous me 145 garder mon enfant ?

– Il faudrait voir, dit la Thénardier.

– Je donnerais six francs par mois.

Ici une voix d'homme cria du fond de la gargote :

– Pas à moins de sept francs. Et six mois payés d'avance.

150 – Six fois sept quarante-deux, dit la Thénardier.

– Je les donnerai, dit la mère.

– Et quinze francs en dehors pour les premiers frais, ajouta la voix d'homme.

– Total cinquante-sept francs, dit la madame Thénardier.

155 Et à travers ces chiffres, elle chantonnait vaguement :

Il le faut, disait un guerrier.

– Je les donnerai, dit la mère, j'ai quatre-vingts francs. Il me restera de quoi aller au pays. En allant à pied. Je gagnerai de l'argent là-bas, et dès que j'en aurai un peu, je reviendrai cher-160 cher l'amour.

La voix d'homme reprit :

– La petite a un trousseau[1] ?

– C'est mon mari, dit la Thénardier.

– Sans doute elle a un trousseau, le pauvre trésor. J'ai bien 165 vu que c'était votre mari. Et un beau trousseau encore ! un

1. **Trousseau** : vêtements et linge d'une jeune fille.

trousseau insensé●. Tout par douzaines ; et des robes de soie comme une dame. Il est là dans mon sac de nuit.

– Il faudra le donner, repartit la voix d'homme.

– Je crois bien que je le donnerai ! dit la mère. Ce serait cela qui serait drôle si je laissais ma fille toute nue !

La face du maître apparut.

– C'est bon, dit-il.

Le marché fut conclu. La mère passa la nuit à l'auberge, donna son argent et laissa son enfant, renoua son sac de nuit dégonflé du trousseau[1] et léger désormais, et partit le lendemain matin, comptant revenir bientôt. On arrange[2] tranquillement ces départs-là, mais ce sont des désespoirs.

Une voisine des Thénardier rencontra cette mère comme elle s'en allait, et s'en revint en disant :

– Je viens de voir une femme qui pleure dans la rue, que c'est un déchirement.

Quand la mère de Cosette fut partie, l'homme dit à la femme :

– Cela va me payer mon effet[3] de cent dix francs qui échoit demain. Il me manquait cinquante francs. Sais-tu que j'aurais eu l'huissier et un protêt[4] ? Tu as fait là une bonne souricière[5] avec tes petites.

– Sans m'en douter, dit la femme.

1. **Dégonflé du trousseau** : le trousseau en moins.
2. **On arrange** : on organise.
3. **Effet** : échéance.
4. **Protêt** : acte signifiant qu'un individu ne peut payer une somme due.
5. **Souricière** : piège.

● **Fantine veut dire par là que c'est un trousseau bien fourni pour une enfant dont la mère est dans le besoin.**

III
L'Alouette

Après avoir brossé un portrait du couple Thénardier, le narrateur décrit le calvaire que vit Cosette au quotidien, traitée comme une servante alors qu'elle a tout juste cinq ans...

Il ne suffit pas d'être méchant pour prospérer[1]. La gargote allait mal.

Grâce aux cinquante-sept francs de la voyageuse, Thénardier avait pu éviter un protêt et faire honneur à sa signature[2]. Le
5 mois suivant ils eurent encore besoin d'argent ; la femme porta à Paris et engagea au Mont-de-Piété● le trousseau de Cosette pour une somme de soixante francs. Dès que cette somme fut dépensée, les Thénardier s'accoutumèrent à ne plus voir dans la petite fille qu'un enfant qu'ils avaient chez eux par charité, et la
10 traitèrent en conséquence. Comme elle n'avait plus de trousseau, on l'habilla des vieilles jupes et des vieilles chemises des petites Thénardier, c'est-à-dire de haillons. On la nourrit des restes de tout le monde, un peu mieux que le chien et un peu plus mal que le chat. Le chat et le chien étaient du reste ses
15 commensaux[3] habituels ; Cosette mangeait avec eux sous la table dans une écuelle de bois pareille à la leur.

La mère qui s'était fixée, comme on le verra plus tard, à Montreuil-sur-mer, écrivait, ou, pour mieux dire, faisait écrire tous

1. **Prospérer** : s'enrichir, faire fortune.
2. **Faire honneur à sa signature** : payer.
3. **Commensaux** : compagnons de table.

● **Le mont-de-piété est un établissement de crédit dans lequel on peut laisser des objets en gage contre une somme d'argent et les récupérer contre le remboursement de la somme et des intérêts.**

les mois afin d'avoir des nouvelles de son enfant. Les Thénardier
20 répondaient invariablement : Cosette est à merveille[1].

Les six premiers mois révolus, la mère envoya sept francs pour le septième mois, et continua assez exactement ses envois de mois en mois. L'année n'était pas finie que Thénardier dit : – Une belle grâce qu'elle nous fait là ! que veut-elle que nous fassions
25 avec ses sept francs ? Et il écrivit pour exiger douze francs. La mère, à laquelle ils persuadaient que son enfant était heureuse « et venait bien[2] », se soumit et envoya les douze francs.

Certaines natures ne peuvent aimer d'un côté sans haïr de l'autre. La mère Thénardier aimait passionnément ses deux
30 filles à elle, ce qui fit qu'elle détesta l'étrangère. Il est triste de songer que l'amour d'une mère peut avoir de vilains aspects. Si peu de place que Cosette tînt chez elle, il lui semblait que cela était pris aux siens, et que cette petite diminuait l'air que ses filles respiraient. Cette femme, comme beaucoup de femmes
35 de sa sorte, avait une somme de caresses et une somme de coups et d'injures à dépenser chaque jour. Si elle n'avait pas eu Cosette, il est certain que ses filles, tout idolâtrées[3] qu'elles étaient, auraient tout reçu ; mais l'étrangère leur rendit le service de détourner les coups sur elle. Ses filles n'eurent que les
40 caresses. Cosette ne faisait pas un mouvement qui ne fît pleuvoir sur sa tête une grêle de châtiments violents et immérités. Doux être faible qui ne devait rien comprendre à ce monde ni à Dieu, sans cesse punie, grondée, rudoyée, battue et voyant à côté d'elle deux petites créatures comme elle, qui vivaient dans
45 un rayon d'aurore !

1. **Est à merveille** : se porte très bien.
2. **Et venait bien** : et grandissait bien.
3. **Idolâtrées** : choyées.

La Thénardier étant méchante pour Cosette, Éponine et Azelma furent méchantes. Les enfants, à cet âge, ne sont que des exemplaires[1] de la mère. Le format est plus petit, voilà tout.

Une année s'écoula, puis une autre.

50 On disait dans le village :

– Ces Thénardier sont de braves gens. Ils ne sont pas riches, et ils élèvent un pauvre enfant qu'on leur a abandonné chez eux !

On croyait Cosette oubliée par sa mère.

Cependant le Thénardier, ayant appris par on ne sait quelles 55 voies obscures que l'enfant était probablement bâtard et que la mère ne pouvait l'avouer, exigea quinze francs par mois, disant que « la créature » grandissait et « mangeait● », et menaçant de la renvoyer. « Qu'elle ne m'embête pas ! s'écriait-il, je lui bombarde[2] son mioche tout au beau milieu de ses cachotteries. Il 60 me faut de l'augmentation. » La mère paya les quinze francs.

D'année en année, l'enfant grandit, et sa misère aussi.

Tant que Cosette fut toute petite, elle fut le souffre-douleur des deux autres enfants ; dès qu'elle se mit à se développer un peu, c'est-à-dire avant même qu'elle eût cinq ans, elle devint la 65 servante de la maison.

Cinq ans, dira-t-on, c'est invraisemblable. Hélas, c'est vrai. La souffrance sociale commence à tout âge. N'avons-nous pas vu, récemment, le procès d'un nommé Dumolard, orphelin devenu bandit, qui, dès l'âge de cinq ans, disent les documents officiels, 70 étant seul au monde « travaillait pour vivre, et volait ».

1. **Exemplaires** : reproductions.
2. **Je lui bombarde** : je lui renvoie.

● **Thénardier laisse entendre que Cosette mange beaucoup plus qu'une enfant de son âge.**

On fit faire à Cosette les commissions, balayer les chambres, la cour, la rue, laver la vaisselle, porter même des fardeaux. Les Thénardier se crurent d'autant plus autorisés à agir ainsi que la mère qui était toujours à Montreuil-sur-mer commença à mal payer[1]. Quelques mois restèrent en souffrance[2].

Si cette mère fût revenue à Montfermeil au bout de ces trois années, elle n'eût point reconnu son enfant. Cosette, si jolie et si fraîche à son arrivée dans cette maison, était maintenant maigre et blême[3]. Elle avait je ne sais quelle allure inquiète. Sournoise[4] ! disaient les Thénardier.

L'injustice l'avait faite hargneuse et la misère l'avait rendue laide. Il ne lui restait plus que ses beaux yeux qui faisaient peine, parce que, grands comme ils étaient, il semblait qu'on y vît une plus grande quantité de tristesse.

C'était une chose navrante de voir, l'hiver, ce pauvre enfant, qui n'avait pas encore six ans, grelottant sous de vieilles loques de toile trouées, balayer la rue avant le jour avec un énorme balai dans ses petites mains rouges et une larme dans ses grands yeux.

Dans le pays on l'appelait l'Alouette. Le peuple, qui aime les figures, s'était plu à nommer de ce nom ce petit être pas plus gros qu'un oiseau, tremblant, effarouché et frissonnant, éveillé le premier chaque matin dans la maison et dans le village, toujours dans la rue ou dans les champs avant l'aube.

Seulement la pauvre Alouette ne chantait jamais.

1. **À mal payer** : à ne plus payer régulièrement.
2. **Quelques mois restèrent en souffrance** : quelques mois ne furent pas payés.
3. **Blême** : très pâle.
4. **Sournoise** : hypocrite.

Émile-Antoine Bayard (1837-1891), Cosette. *Édition Hugues. Musée Victor-Hugo, Paris.*

Livre cinquième
La descente

I

Histoire d'un progrès dans les verroteries noires

Cette mère cependant qui, au dire des gens de Montfermeil, semblait avoir abandonné son enfant, que devenait-elle ? où était-elle ? que faisait-elle ?

Après avoir laissé sa petite Cosette aux Thénardier, elle avait
5 continué son chemin et était arrivée à Montreuil-sur-mer.

C'était, on se le rappelle, en 1818.

Fantine avait quitté sa province depuis une dizaine d'années. Montreuil-sur-mer avait changé d'aspect. Tandis que Fantine descendait lentement de misère en misère, sa ville natale avait
10 prospéré.

Depuis deux ans environ, il s'y était accompli un de ces faits industriels qui sont les grands événements des petits pays.

Ce détail importe, et nous croyons utile de le développer ; nous dirions presque, de le souligner.

15 De temps immémorial[1], Montreuil-sur-mer avait pour industrie spéciale l'imitation des jais[2] anglais et des verroteries[3] noires d'Allemagne. Cette industrie avait toujours végété[4], à cause de la cherté des matières premières qui réagissait[5] sur la main-d'œuvre. Au moment où Fantine revint à Montreuil-sur-mer, une

1. **De temps immémorial** : depuis si longtemps qu'on ne sait plus depuis quand.
2. **Jais** : petites pierres noires et brillantes.
3. **Verroteries** : menus objets en verre.
4. **Végété** : stagné.
5. **Réagissait** : se répercutait.

20 transformation inouïe s'était opérée dans cette production des « articles noirs ». Vers la fin de 1815, un homme, un inconnu, était venu s'établir dans la ville et avait eu l'idée de substituer, dans cette fabrication, la gomme laque à la résine et, pour les bracelets en particulier, les coulants[1] en tôle simplement rappro-
25 chée aux coulants en tôle soudée. Ce tout petit changement avait été une révolution.

Ce tout petit changement en effet avait prodigieusement réduit le prix de la matière première, ce qui avait permis, premièrement, d'élever le prix de la main-d'œuvre, bienfait pour le
30 pays ; deuxièmement, d'améliorer la fabrication, avantage pour le consommateur ; troisièmement, de vendre à meilleur marché tout en triplant le bénéfice, profit pour le manufacturier[2].

Ainsi pour une idée trois résultats.

En moins de trois ans, l'auteur de ce procédé était devenu
35 riche, ce qui est bien, et avait tout fait riche[3] autour de lui, ce qui est mieux. Il était étranger au département. De son origine, on ne savait rien ; de ses commencements, peu de chose.

On contait qu'il était venu dans la ville avec fort peu d'argent, quelques centaines de francs tout au plus.

40 C'est de ce mince capital, mis au service d'une idée ingénieuse, fécondé par l'ordre et par la pensée, qu'il avait tiré sa fortune et la fortune de tout ce pays.

À son arrivée à Montreuil-sur-mer, il n'avait que les vêtements, la tournure[4] et le langage d'un ouvrier.

1. **Coulants** : anneaux.
2. **Manufacturier** : industriel.
3. **Avait tout fait riche** : avait enrichi tout le monde.
4. **Tournure** : allure.

45 Il paraît que, le jour même où il faisait obscurément son entrée dans la petite ville de Montreuil-sur-mer, à la tombée d'un soir de décembre, le sac au dos et le bâton d'épine à la main, un gros incendie venait d'éclater à la maison commune. Cet homme s'était jeté dans le feu, et avait sauvé, au péril de sa 50 vie, deux enfants qui se trouvaient être ceux du capitaine de gendarmerie ; ce qui fait qu'on n'avait pas songé à lui demander son passeport. Depuis lors, on avait su son nom. Il s'appelait le père Madeleine.

II
Madeleine

C'était un homme d'environ cinquante ans, qui avait l'air préoccupé et qui était bon. Voilà tout ce qu'on en pouvait dire.

Grâce aux progrès rapides de cette industrie qu'il avait si admirablement remaniée, Montreuil-sur-mer était devenu un 5 centre d'affaires considérable. L'Espagne, qui consomme beaucoup de jais noir, y commandait chaque année des achats immenses. Montreuil-sur-mer, pour ce commerce, faisait presque concurrence à Londres et à Berlin. Les bénéfices du père Madeleine étaient tels que, dès la deuxième année, il avait 10 pu bâtir une grande fabrique dans laquelle il y avait deux vastes ateliers, l'un pour les hommes, l'autre pour les femmes. Quiconque avait faim pouvait s'y présenter, et était sûr de trouver là de l'emploi et du pain. Le père Madeleine demandait aux hommes de la bonne volonté, aux femmes des mœurs pures, à 15 tous de la probité[1]. Il avait divisé les ateliers afin de séparer les

1. **Probité** : honnêteté.

sexes et que les filles et les femmes pussent rester sages. Sur ce point, il était inflexible[1]. C'était le seul où il fût en quelque sorte intolérant. Il était d'autant plus fondé à cette sévérité que, Montreuil-sur-mer étant une ville de garnison[2], les occasions de
20 corruption abondaient. Du reste sa venue avait été un bienfait, et sa présence était une providence. Avant l'arrivée du père Madeleine, tout languissait dans le pays ; maintenant tout y vivait de la vie saine du travail. Une forte circulation échauffait tout et pénétrait partout. Le chômage et la misère étaient incon-
25 nus. Il n'y avait pas de poche si obscure où il n'y eût un peu d'argent, pas de logis si pauvre où il n'y eût un peu de joie.

Le père Madeleine employait tout le monde. Il n'exigeait qu'une chose : soyez honnête homme ! soyez honnête fille !

Comme nous l'avons dit, au milieu de cette activité dont il
30 était la cause et le pivot[3], le père Madeleine faisait sa fortune, mais, chose assez singulière dans un simple homme de commerce, il ne paraissait point que ce fût là son principal souci. Il semblait qu'il songeât beaucoup aux autres et peu à lui. En 1820, on lui connaissait une somme de six cent trente mille francs
35 placée à son nom chez Laffitte ; mais avant de se réserver ces six cent trente mille francs, il avait dépensé plus d'un million pour la ville et pour les pauvres.

L'hôpital était mal doté ; il y avait fondé dix lits. Montreuil-sur-mer est divisé en ville haute et ville basse. La ville basse,
40 qu'il habitait, n'avait qu'une école, méchante[4] masure qui tombait en ruine ; il en avait construit deux, une pour les filles,

1. **Inflexible** : qu'on ne peut faire changer d'avis.
2. **Ville de garnison** : ville dans laquelle stationnent des troupes.
3. **Pivot** : centre.
4. **Méchante** : misérable.

l'autre pour les garçons. Il allouait[1] de ses deniers aux deux instituteurs une indemnité double de leur maigre traitement officiel, et un jour, à quelqu'un qui s'en étonnait, il dit : « Les deux
45 premiers fonctionnaires de l'État, c'est la nourrice et le maître d'école. » Il avait créé à ses frais une salle d'asile[2], chose alors presque inconnue en France, et une caisse de secours pour les ouvriers vieux et infirmes. Sa manufacture[3] étant un centre, un nouveau quartier où il y avait bon nombre de familles indi-
50 gentes[4] avait rapidement surgi autour de lui ; il y avait établi une pharmacie gratuite [...].

En 1820, cinq ans après son arrivée à Montreuil-sur-mer, les services qu'il avait rendus au pays étaient si éclatants, le vœu de la contrée fut tellement unanime, que le roi le nomma de nou-
55 veau maire de la ville. Il refusa encore, mais le préfet résista à son refus, tous les notables vinrent le prier, le peuple en pleine rue le suppliait, l'insistance fut si vive qu'il finit par accepter. On remarqua que ce qui parut surtout le déterminer, ce fut l'apostrophe presque irritée d'une vieille femme du peuple qui
60 lui cria du seuil de sa porte avec humeur : Un bon maire, c'est utile. Est-ce qu'on recule devant du bien qu'on peut faire ?

Ce fut là la troisième phase de son ascension. Le père Madeleine était devenu monsieur Madeleine, monsieur Madeleine devint monsieur le maire.

1. **Allouait** : donnait.
2. **Salle d'asile** : lieu pour accueillir les orphelins, les vieillards, les infirmes...
3. **Manufacture** : usine.
4. **Indigentes** : dans le besoin.

V
Vagues éclairs à l'horizon

Peu à peu, et avec le temps, toutes les oppositions étaient tombées. Il y avait eu d'abord contre M. Madeleine, sorte de loi que subissent toujours ceux qui s'élèvent, des noirceurs et des calomnies, puis ce ne fut plus que des méchancetés, puis ce ne fut que des malices, puis cela s'évanouit tout à fait ; le respect devint complet, unanime, cordial, et il arriva un moment, vers 1821, où ce mot : monsieur le maire, fut prononcé à Montreuil-sur-mer presque du même accent que ce mot : monseigneur l'évêque, était prononcé à Digne en 1815. On venait de dix lieues à la ronde consulter M. Madeleine. Il terminait les différends, il empêchait les procès, il réconciliait les ennemis. Chacun le prenait pour juge de son bon droit. Il semblait qu'il eût pour âme le livre de la loi naturelle. Ce fut comme une contagion de vénération qui, en six ou sept ans et de proche en proche, gagna tout le pays.

Un seul homme, dans la ville et dans l'arrondissement, se déroba absolument à cette contagion●, et, quoi que fît le père Madeleine, y demeura rebelle, comme si une sorte d'instinct, incorruptible et imperturbable, l'éveillait et l'inquiétait. Il semblerait en effet qu'il existe dans certains hommes un véritable instinct bestial, pur et intègre comme tout instinct, qui crée les antipathies et les sympathies, qui sépare fatalement une nature d'une autre nature, qui n'hésite pas, qui ne se trouble, ne se tait

● **C'est-à-dire qu'un seul homme ne partage pas l'enthousiasme pour le développement de la ville et les bienfaits distribués par M. Madeleine.**

et ne se dément jamais, clair dans son obscurité, infaillible[1],
25 impérieux, réfractaire[2] à tous les conseils de l'intelligence et à tous les dissolvants[3] de la raison, et qui, de quelque façon que les destinées soient faites, avertit secrètement l'homme-chien de la présence de l'homme-chat, et l'homme-renard de la présence de l'homme-lion.

30 Souvent, quand M. Madeleine passait dans une rue, calme, affectueux, entouré des bénédictions de tous, il arrivait qu'un homme de haute taille, vêtu d'une redingote gris de fer, armé d'une grosse canne et coiffé d'un chapeau rabattu, se retournait brusquement derrière lui, et le suivait des yeux jusqu'à ce qu'il
35 eût disparu, croisant les bras, secouant lentement la tête, et haussant sa lèvre supérieure avec sa lèvre inférieure jusqu'à son nez, sorte de grimace significative qui pourrait se traduire par : « Mais qu'est-ce que c'est que cet homme-là ? – Pour sûr je l'ai vu quelque part. – En tout cas, je ne suis toujours pas sa dupe●. »

40 Ce personnage, grave d'une gravité presque menaçante, était de ceux qui, même rapidement entrevus, préoccupent l'observateur.

Il se nommait Javert, et il était de la police.

Il remplissait à Montreuil-sur-mer les fonctions pénibles, mais utiles, d'inspecteur. Il n'avait pas vu les commencements
45 de Madeleine. Javert devait le poste qu'il occupait à la protection de M. Chabouillet, le secrétaire du ministre d'état comte Anglès, alors préfet de police à Paris. Quand Javert était arrivé à Montreuil-sur-mer, la fortune du grand manufacturier était déjà faite, et le père Madeleine était devenu monsieur Madeleine.

1. **Infaillible** : ne se trompant jamais.
2. **Réfractaire** : rebelle.
3. **Dissolvants de la raison** : composantes de la raison.

● **L'homme signifie par là que si M. Madeleine a réussi à tromper tout le monde, il ne l'a pas trompé, lui.**

50 Certains officiers de police ont une physionomie à part et qui se complique d'un air de bassesse mêlé à un air d'autorité. Javert avait cette physionomie, moins la bassesse [...].

Javert était né dans une prison d'une tireuse de cartes dont le mari était aux galères. En grandissant, il pensa qu'il était en 55 dehors de la société et désespéra d'y rentrer jamais. Il remarqua que la société maintient irrémissiblement[1] en dehors d'elle deux classes d'hommes, ceux qui l'attaquent et ceux qui la gardent ; il n'avait le choix qu'entre ces deux classes ; en même temps il se sentait je ne sais quel fond de rigidité, de régularité 60 et de probité, compliqué d'une inexprimable haine pour cette race de bohèmes[2] dont il était. Il entra dans la police.

Il y réussit. À quarante ans il était inspecteur.

Il avait dans sa jeunesse été employé dans les chiourmes[3] du midi.

65 Avant d'aller plus loin, entendons-nous sur ce mot face humaine que nous appliquions tout à l'heure à Javert. La face humaine de Javert consistait en un nez camard[4], avec deux profondes narines vers lesquelles montaient sur ses deux joues d'énormes favoris[5]. On se sentait mal à l'aise la première fois 70 qu'on voyait ces deux forêts et ces deux cavernes. Quand Javert riait, ce qui était rare et terrible, ses lèvres minces s'écartaient, et laissaient voir, non seulement ses dents, mais ses gencives, et il se faisait autour de son nez un plissement épaté et sauvage comme sur un mufle de bête fauve. Javert sérieux était un

1. **Irrémissiblement** : sans pardon possible.
2. **Bohèmes** : êtres sans racines, nomades..
3. **Chiourmes** : bagnes.
4. **Camard** : écrasé.
5. **Favoris** : touffes de barbe sur la joue, de chaque côté du visage.

75 dogue ; lorsqu'il riait, c'était un tigre. Du reste, peu de crâne, beaucoup de mâchoire, les cheveux cachant le front et tombant sur les sourcils, entre les deux yeux un froncement central permanent comme une étoile de colère, le regard obscur, la bouche pincée et redoutable, l'air du commandement féroce.

80 Cet homme était composé de deux sentiments très simples, et relativement très bons, mais qu'il faisait presque mauvais à force de les exagérer : le respect de l'autorité, la haine de la rébellion ; et à ses yeux le vol, le meurtre, tous les crimes, n'étaient que des formes de la rébellion. Il enveloppait dans une sorte de 85 foi aveugle et profonde tout ce qui a une fonction dans l'état, depuis le premier ministre jusqu'au garde champêtre[1]. Il couvrait de mépris, d'aversion[2] et de dégoût tout ce qui avait franchi une fois le seuil légal du mal. Il était absolu et n'admettait pas d'exceptions. D'une part il disait : – Le fonctionnaire ne peut se 90 tromper ; le magistrat n'a jamais tort. – D'autre part il disait : – Ceux-ci sont irrémédiablement[3] perdus. Rien de bon n'en peut sortir. – Il partageait pleinement l'opinion de ces esprits extrêmes qui attribuent à la loi humaine je ne sais quel pouvoir de faire ou, si l'on veut, de constater des damnés, et qui mettent 95 un Styx● au bas de la société. Il était stoïque[4], sérieux, austère ; rêveur triste ; humble et hautain[5] comme les fanatiques. Son regard était une vrille. Cela était froid et cela perçait. Toute sa vie tenait dans ces deux mots : veiller et surveiller. Il avait introduit la ligne droite dans ce qu'il y a de plus tortueux au monde ;

1. **Garde champêtre** : agent municipal ayant pour fonction de faire respecter les lois de la commune.
2. **Aversion** : profond mépris.
3. **Irrémédiablement** : définitivement.
4. **Stoïque** : droit, ferme.
5. **Hautain** : se sentant supérieur aux autres.

● **Le Styx est, dans la mythologie grecque, l'un des fleuves menant aux Enfers.**

100 il avait la conscience de son utilité, la religion de ses fonctions, et il était espion comme on est prêtre. Malheur à qui tombait sous sa main ! Il eût arrêté son père s'évadant du bagne et dénoncé sa mère en rupture de ban[1]. Et il l'eût fait avec cette sorte de satisfaction intérieure que donne la vertu. Avec cela 105 une vie de privations, l'isolement, l'abnégation[2], la chasteté, jamais une distraction. C'était le devoir implacable, la police comprise comme les Spartiates comprenaient Sparte●, un guet[3] impitoyable, une honnêteté farouche, un mouchard marmoréen[4], Brutus dans Vidocq●. Toute la personne de Javert expri- 110 mait l'homme qui épie et qui se dérobe [...].

Javert était comme un œil toujours fixé sur M. Madeleine. Œil plein de soupçon et de conjectures[5]. M. Madeleine avait fini par s'en apercevoir, mais il sembla que cela fût insignifiant pour lui. Il ne fit pas même une question à Javert, il ne le cher- 115 chait ni ne l'évitait, et il portait, sans paraître y faire attention, ce regard gênant et presque pesant. Il traitait Javert comme tout le monde, avec aisance et bonté quelques paroles échappées à Javert, on devinait qu'il avait recherché secrètement, avec cette curiosité qui tient à la race et où il entre autant d'instinct que de 120 volonté, toutes les traces antérieures que le père Madeleine avait pu laisser ailleurs. Il paraissait savoir, et il disait parfois à mots couverts, que quelqu'un avait pris certaines informations dans

1. **En rupture de ban** : en infraction.
2. **Abnégation** : sens du sacrifice.
3. **Guet** : surveillance.
4. **Marmoréen** : dur comme du marbre.
5. **Conjectures** : hypothèses.

● **Sparte est une cité de la Grèce ancienne, réputée pour la rigueur et l'austérité de son éducation et de ses mœurs.**

● **Victor Hugo suggère que Javert est le produit de Brutus, l'assassin de César au Ier siècle av. J.-C., et de Vidocq (1775-1857), ancien bagnard devenu un zélé chef de la Sûreté.**

un certain pays sur une certaine famille disparue. Une fois il lui arriva de dire, se parlant à lui-même : – Je crois que je le
125 tiens! Puis il resta trois jours pensif sans prononcer une parole. Il paraît que le fil qu'il croyait tenir s'était rompu. Du reste, et ceci est le correctif nécessaire à ce que le sens de certains mots pourrait présenter de trop absolu, il ne peut y avoir rien de vraiment infaillible dans une créature humaine, et le propre de
130 l'instinct est précisément de pouvoir être troublé, dépisté et dérouté. Sans quoi il serait supérieur à l'intelligence, et la bête se trouverait avoir une meilleure lumière que l'homme.

Javert était évidemment quelque peu déconcerté[1] par le complet naturel et la tranquillité de M. Madeleine.

135 Un jour pourtant son étrange manière d'être parut faire impression sur M. Madeleine. Voici à quelle occasion.

VI

Le père Fauchelevent

M. Madeleine passait un matin dans une ruelle non pavée de Montreuil-sur-mer. Il entendit du bruit et vit un groupe à quelque distance. Il y alla. Un vieux[2] homme, nommé le père Fauchelevent, venait de tomber sous sa charrette dont le cheval
5 s'était abattu.

Ce Fauchelevent était un des rares ennemis qu'eût encore M. Madeleine à cette époque. Lorsque Madeleine était arrivé dans le pays, Fauchelevent, ancien tabellion[3] et paysan presque lettré, avait un commerce qui commençait à aller mal.

1. **Déconcerté** : déstabilisé.
2. **Vieux** : vieil.
3. **Tabellion** : officier chargé de conserver les actes des notaires.

10 Fauchelevent avait vu ce simple ouvrier qui s'enrichissait, tandis que lui, maître, se ruinait. Cela l'avait rempli de jalousie, et il avait fait ce qu'il avait pu en toute occasion pour nuire à Madeleine. Puis la faillite était venue, et, vieux, n'ayant plus à lui qu'une charrette et un cheval, sans famille et sans enfants
15 du reste, pour vivre il s'était fait charretier.

Le cheval avait les deux cuisses cassées et ne pouvait se relever. Le vieillard était engagé entre les roues. La chute avait été tellement malheureuse que toute la voiture pesait sur sa poitrine. La charrette était assez lourdement chargée. Le père
20 Fauchelevent poussait des râles lamentables. On avait essayé de le tirer, mais en vain. Un effort désordonné, une aide maladroite, une secousse à faux pouvaient l'achever. Il était impossible de le dégager autrement qu'en soulevant la voiture par-dessous. Javert, qui était survenu au moment de l'accident,
25 avait envoyé cherché un cric.

M. Madeleine arriva. On s'écarta avec respect.

– À l'aide ! criait le vieux Fauchelevent. Qui est-ce qui est bon enfant pour sauver le vieux ?

M. Madeleine se tourna vers les assistants :

30 – A-t-on un cric ?

– On en est allé quérir[1] un, répondit un paysan.

– Dans combien de temps l'aura-t-on ?

– On est allé au plus près, au lieu Flachot, où il y a un maréchal[2] ; mais c'est égal, il faudra bien un bon quart d'heure.

35 – Un quart d'heure ! s'écria Madeleine.

1. **Quérir** : chercher.
2. **Maréchal** : maréchal-ferrant, c'est-à-dire l'artisan qui ferre les chevaux.

Il avait plu la veille, le sol était détrempé, la charrette s'enfonçait dans la terre à chaque instant et comprimait de plus en plus la poitrine du vieux charretier. Il était évident qu'avant cinq minutes il aurait les côtes brisées.

40 – Il est impossible d'attendre un quart d'heure, dit Madeleine aux paysans qui regardaient.

– Il faut bien !

– Mais il ne sera plus temps ! Vous ne voyez donc pas que la charrette s'enfonce ?

45 – Dame !

– Écoutez, reprit Madeleine, il y a encore assez de place sous la voiture pour qu'un homme s'y glisse et la soulève avec son dos. Rien qu'une demi-minute, et l'on tirera le pauvre homme. Y a-t-il ici quelqu'un qui ait des reins et du cœur ? Cinq louis 50 d'or à gagner !

Personne ne bougea dans le groupe.

– Dix louis, dit Madeleine.

Les assistants baissaient les yeux. Un d'eux murmura :

– Il faudrait être diablement fort. Et puis, on risque de se 55 faire écraser !

– Allons ! recommença Madeleine, vingt louis !

Même silence.

– Ce n'est pas la bonne volonté qui leur manque, dit une voix.

M. Madeleine se retourna, et reconnut Javert. Il ne l'avait pas 60 aperçu en arrivant.

Javert continua :

– C'est la force. Il faudrait être un terrible homme pour faire la chose de lever une voiture comme cela sur son dos.

Puis, regardant fixement M. Madeleine, il poursuivit en 65 appuyant sur chacun des mots qu'il prononçait :

– Monsieur Madeleine, je n'ai jamais connu qu'un seul homme capable de faire ce que vous demandez là.

Madeleine tressaillit.

Javert ajouta avec un air d'indifférence, mais sans quitter des yeux Madeleine :

– C'était un forçat.

– Ah ! dit Madeleine.

– Du bagne de Toulon.

Madeleine devint pâle.

Cependant la charrette continuait à s'enfoncer lentement.

Le père Fauchelevent râlait et hurlait :

– J'étouffe ! Ça me brise les côtes ! Un cric ! quelque chose ! Ah !

Madeleine regarda autour de lui :

– Il n'y a donc personne qui veuille gagner vingt louis et sauver la vie à ce pauvre vieux ?

Aucun des assistants ne remua. Javert reprit :

– Je n'ai jamais connu qu'un homme qui pût remplacer un cric. C'était ce forçat.

– Ah ! voilà que ça m'écrase ! cria le vieillard.

Madeleine leva la tête, rencontra l'œil de faucon de Javert toujours attaché sur lui, regarda les paysans immobiles, et sourit tristement. Puis, sans dire une parole, il tomba à genoux, et avant même que la foule eût eu le temps de jeter un cri, il était sous la voiture.

Il y eut un affreux moment d'attente et de silence.

On vit Madeleine presque à plat ventre sous ce poids effrayant essayer deux fois en vain de rapprocher ses coudes de ses genoux. On lui cria : – Père Madeleine ! retirez-vous de là ! – Le vieux Fauchelevent lui-même lui dit : – Monsieur Madeleine !

allez-vous-en ! C'est qu'il faut que je meure, voyez-vous ! Laissez-moi ! Vous allez vous faire écraser aussi ! – Madeleine ne répondit pas.

Les assistants haletaient. Les roues avaient continué de s'en-
100 foncer, et il était déjà devenu presque impossible que Madeleine sortît de dessous la voiture.

Jean Gabin (Jean Valjean) dans Les Misérables.
Film de 1958 réalisé par Jean-Paul Le Chanois.

Tout à coup on vit l'énorme masse s'ébranler, la charrette se soulevait lentement, les roues sortaient à demi de l'ornière[1]. On entendit une voix étouffée qui criait : Dépêchez-vous ! aidez ! 105 C'était Madeleine qui venait de faire un dernier effort.

Ils se précipitèrent. Le dévouement d'un seul avait donné de la force et du courage à tous. La charrette fut enlevée par vingt bras. Le vieux Fauchelevent était sauvé.

Madeleine se releva. Il était blême, quoique ruisselant de 110 sueur. Ses habits étaient déchirés et couverts de boue. Tous pleuraient. Le vieillard lui baisait les genoux et l'appelait le bon Dieu. Lui, il avait sur le visage je ne sais quelle expression de souffrance heureuse et céleste, et il fixait son œil tranquille sur Javert qui le regardait toujours.

Parce que l'existence de Cosette a été découverte, Fantine est chassée des ateliers dans lesquels elle travaillait et se retrouve sans emploi.

X

Suite du succès

Elle avait été congédiée[2] vers la fin de l'hiver ; l'été se passa, mais l'hiver revint. Jours courts, moins de travail. L'hiver, point de chaleur, point de lumière, point de midi, le soir touche au matin, brouillard, crépuscule, la fenêtre est grise, on n'y voit pas 5 clair. Le ciel est un soupirail. Toute la journée est une cave. Le soleil a l'air d'un pauvre. L'affreuse saison ! L'hiver change en

1. **De l'ornière** : du trou.
2. **Congédiée** : renvoyée.

pierre l'eau du ciel et le cœur de l'homme. Ses créanciers[1] la harcelaient[2].

Fantine gagnait trop peu. Ses dettes avaient grossi. Les Thénardier, mal payés, lui écrivaient à chaque instant des lettres dont le contenu la désolait et dont le port la ruinait. Un jour ils lui écrivirent que sa petite Cosette était toute nue par le froid qu'il faisait, qu'elle avait besoin d'une jupe de laine, et qu'il fallait au moins que la mère envoyât dix francs pour cela. Elle reçut la lettre, et la froissa dans ses mains tout le jour. Le soir elle entra chez un barbier qui habitait le coin de la rue, et défit son peigne. Ses admirables cheveux blonds lui tombèrent jusqu'aux reins.

– Les beaux cheveux ! s'écria le barbier.

– Combien m'en donneriez-vous ? dit-elle.

– Dix francs.

– Coupez-les.

Elle acheta une jupe de tricot et l'envoya aux Thénardier.

Cette jupe fit les Thénardier furieux. C'était de l'argent qu'ils voulaient. Ils donnèrent la jupe à Éponine. La pauvre Alouette continua de frissonner.

Fantine pensa : – Mon enfant n'a plus froid. Je l'ai habillé de mes cheveux. – Elle mettait de petits bonnets ronds qui cachaient sa tête tondue et avec lesquels elle était encore jolie.

Un travail ténébreux se faisait dans le cœur de Fantine. Quand elle vit qu'elle ne pouvait plus se coiffer, elle commença à tout prendre en haine autour d'elle. Elle avait longtemps partagé la vénération de tous pour le père Madeleine ; cependant, à

1. **Ses créanciers** : ceux à qui elle devait de l'argent.
2. **La harcelaient** : la poursuivaient pour lui réclamer ce qu'elle leur devait.

force de se répéter que c'était lui qui l'avait chassée, et qu'il était
35 la cause de son malheur, elle en vint à le haïr lui aussi, lui surtout. Quand elle passait devant la fabrique aux heures où les ouvriers sont sur la porte, elle affectait de rire et de chanter.

Une vieille ouvrière qui la vit une fois chanter et rire de cette façon dit : – Voilà une fille qui finira mal.

40 Elle prit un amant, le premier venu, un homme qu'elle n'aimait pas, par bravade, avec la rage dans le cœur. C'était un misérable, une espèce de musicien mendiant, un oisif gueux, qui la battait, et qui la quitta comme elle l'avait pris, avec dégoût.

Elle adorait son enfant.

45 Plus elle descendait, plus tout devenait sombre autour d'elle plus ce doux petit ange rayonnait dans le fond de son âme. Elle disait : Quand je serai riche, j'aurai ma Cosette avec moi ; et elle riait. La toux ne la quittait pas, et elle avait des sueurs dans le dos.

Un jour elle reçut des Thénardier une lettre ainsi conçue :

50 « Cosette est malade d'une maladie qui est dans le pays. Une fièvre miliaire, qu'ils appellent. Il faut des drogues[1] chères. Cela nous ruine et nous ne pouvons plus payer. Si vous ne nous envoyez pas quarante francs avant huit jours, la petite est morte. »

[...] Comme elle passait sur la place, elle vit beaucoup de
55 monde qui entourait une voiture de forme bizarre, sur l'impériale[2] de laquelle pérorait[3] tout debout un homme vêtu de rouge. C'était un bateleur[4] dentiste en tournée, qui offrait au public des râteliers[5] complets, des opiats[6], des poudres et des élixirs[7].

1. **Drogues** : médicaments.
2. **Impériale** : dessus d'une voiture pouvant accueillir des voyageurs.
3. **Pérorait** : parlait fièrement.
4. **Bateleur** : marchand ambulant.
5. **Râteliers** : dentiers.
6. **Opiats** : dentifrices.
7. **Elixirs** : préparations médicamenteuses liquides.

Fantine se mêla au groupe et se mit à rire comme les autres
60 de cette harangue[1] où il y avait de l'argot pour la canaille et du jargon pour les gens comme il faut. L'arracheur de dents vit cette belle fille qui riait, et s'écria tout à coup : – Vous avez de jolies dents, la fille qui riez là. Si vous voulez me vendre vos deux palettes, je vous donne de chaque un napoléon d'or.

65 – Qu'est-ce que c'est que ça, mes palettes ? demanda Fantine.

– Les palettes, reprit le professeur dentiste, c'est les dents de devant, les deux d'en haut.

– Quelle horreur ! s'écria Fantine.

– Deux napoléons ! grommela la vieille édentée qui était là.
70 Qu'en voilà une qui est heureuse !

Fantine s'enfuit, et se boucha les oreilles pour ne pas entendre la voix enrouée de l'homme qui lui criait : – Réfléchissez, la belle ! deux napoléons, ça peut servir. Si le cœur vous en dit, venez ce soir à l'auberge du Tillac d'argent, vous m'y trouverez.

75 Fantine rentra, elle était furieuse et conta la chose à sa bonne voisine Marguerite :

– Comprenez-vous cela ? ne voilà-t-il pas un abominable homme ? comment laisse-t-on des gens comme cela aller dans le pays ! M'arracher mes deux dents de devant ! mais je serais
80 horrible ! Les cheveux repoussent, mais les dents ! Ah ! le monstre d'homme ! j'aimerais mieux me jeter d'un cinquième[2] la tête la première sur le pavé ! Il m'a dit qu'il serait ce soir au Tillac d'argent.

– Et qu'est-ce qu'il offrait ? demanda Marguerite.

85 – Deux napoléons.

1. **Harangue** : discours.
2. **D'un cinquième** : d'un cinquième étage.

Évelyne Bouix (Fantine) dans Les Misérables. *Film de 1982 réalisé par Robert Hossein.*

– Cela fait quarante francs.

– Oui, dit Fantine, cela fait quarante francs.

Elle resta pensive, et se mit à son ouvrage. Au bout d'un quart d'heure, elle quitta sa couture et alla relire la lettre des Thénardier sur l'escalier.

En rentrant, elle dit à Marguerite qui travaillait près d'elle :

– Qu'est-ce que c'est donc que cela, une fièvre miliaire ? Savez-vous ?

– Oui, répondit la vieille fille, c'est une maladie.

– Ça a donc besoin de beaucoup de drogues ?

– Oh ! des drogues terribles[1].

– Où ça vous prend-il ?

1. **Terribles** : très fortes.

– C'est une maladie qu'on a comme ça.

– Cela attaque donc les enfants ?

– Surtout les enfants.

– Est-ce qu'on en meurt ?

– Très bien, dit Marguerite.

Fantine sortit et alla encore une fois relire la lettre sur l'escalier.

Le soir elle descendit, et on la vit qui se dirigeait du côté de la rue de Paris où sont les auberges.

Le lendemain matin, comme Marguerite entrait dans la chambre de Fantine avant le jour, car elles travaillaient toujours ensemble et de cette façon n'allumaient qu'une chandelle pour deux, elle trouva Fantine assise sur son lit, pâle, glacée. Elle ne s'était pas couchée. Son bonnet était tombé sur ses genoux. La chandelle avait brûlé toute la nuit et était presque entièrement consumée.

Marguerite s'arrêta sur le seuil, pétrifiée de cet énorme désordre, et s'écria :

– Seigneur ! la chandelle qui est toute brûlée ! il s'est passé des événements !

Puis elle regarda Fantine qui tournait vers elle sa tête sans cheveux. Fantine depuis la veille avait vieilli de dix ans.

– Jésus ! fit Marguerite, qu'est-ce que vous avez, Fantine ?

– Je n'ai rien, répondit Fantine. Au contraire. Mon enfant ne mourra pas de cette affreuse maladie, faute de secours. Je suis contente.

En parlant ainsi, elle montrait à la vieille fille deux napoléons qui brillaient sur la table.

– Ah, Jésus Dieu ! dit Marguerite. Mais c'est une fortune ! Où avez-vous eu ces louis d'or ?

– Je les ai eus, répondit Fantine.

En même temps elle sourit. La chandelle éclairait son visage. C'était un sourire sanglant. Une salive rougeâtre lui souillait le
130 coin des lèvres, et elle avait un trou noir dans la bouche.

Les deux dents étaient arrachées.

Elle envoya les quarante francs à Montfermeil.

Du reste c'était une ruse des Thénardier pour avoir de l'argent. Cosette n'était pas malade.

135 Fantine jeta son miroir par la fenêtre. Depuis longtemps elle avait quitté sa cellule du second pour une mansarde fermée d'un loquet sous le toit ; un de ces galetas[1] dont le plafond fait angle avec le plancher et vous heurte à chaque instant la tête. Le pauvre ne peut aller au fond de sa chambre comme au fond de
140 sa destinée qu'en se courbant de plus en plus. Elle n'avait plus de lit, il lui restait une loque qu'elle appelait sa couverture, un matelas à terre et une chaise dépaillée. Un petit rosier qu'elle avait s'était desséché dans un coin, oublié. Dans l'autre coin, il y avait un pot à beurre à mettre l'eau, qui gelait l'hiver, et où les
145 différents niveaux de l'eau restaient longtemps marqués par des cercles de glace. Elle avait perdu la honte, elle perdit la coquetterie. Dernier signe. Elle sortait avec des bonnets sales. Soit faute de temps, soit indifférence, elle ne raccommodait plus son linge. À mesure que les talons s'usaient, elle tirait ses bas
150 dans ses souliers. Cela se voyait à de certains plis perpendiculaires. Elle rapiéçait son corset, vieux et usé, avec des morceaux de calicot[2] qui se déchiraient au moindre mouvement. Les gens auxquels elle devait, lui faisaient « des scènes », et ne lui laissaient aucun repos. Elle les trouvait dans la rue, elle les

1. **Galetas** : logement misérable.
2. **Calicot** : toile de coton.

155 retrouvait dans son escalier. Elle passait des nuits à pleurer et à songer. Elle avait les yeux très brillants, et elle sentait une douleur fixe dans l'épaule, vers le haut de l'omoplate gauche. Elle toussait beaucoup. Elle haïssait profondément le père Madeleine, et ne se plaignait pas. Elle cousait dix-sept heures par jour ;
160 mais un entrepreneur du travail des prisons, qui faisait travailler les prisonnières au rabais, fit tout à coup baisser les prix, ce qui réduisit la journée des ouvrières libres à neuf sous. Dix-sept heures de travail, et neuf sous par jour ! Ses créanciers étaient plus impitoyables que jamais. Le fripier[1], qui avait repris
165 presque tous les meubles, lui disait sans cesse : Quand me payeras-tu, coquine ? Que voulait-on d'elle, bon Dieu ! Elle se sentait traquée et il se développait en elle quelque chose de la bête farouche. Vers le même temps, le Thénardier lui écrivit que décidément il avait attendu avec beaucoup trop de bonté, et qu'il
170 lui fallait cent francs, tout de suite ; sinon qu'il mettrait à la porte la petite Cosette, toute convalescente de sa grande maladie, par le froid, par les chemins, et qu'elle deviendrait ce qu'elle pourrait, et qu'elle crèverait, si elle voulait. – Cent francs, songea Fantine ! Mais où y a-t-il un état à gagner cent sous
175 par jour ?

– Allons ! dit-elle, vendons le reste. L'infortunée se fit fille publique[2].

1. **Fripier** : personne qui revend d'occasion de vieux objets, des vêtements...
2. **Fille publique** : prostituée.

Livre septième
L'affaire Champmathieu

III
Une tempête sous un crâne

Le lecteur a sans doute deviné que M. Madeleine n'est autre que Jean Valjean.

Nous avons déjà regardé dans les profondeurs de cette conscience ; le moment est venu d'y regarder encore. Nous ne le faisons pas sans émotion et sans tremblement. Il n'existe rien de plus terrifiant que cette sorte de contemplation. L'œil de l'esprit ne peut trouver nulle part plus d'éblouissements ni plus de ténèbres que dans l'homme ; il ne peut se fixer sur aucune chose qui soit plus redoutable, plus compliquée, plus mystérieuse et plus infinie. Il y a un spectacle plus grand que la mer, c'est le ciel ; il y a un spectacle plus grand que le ciel, c'est l'intérieur de l'âme [...].

Nous n'avons que peu de chose à ajouter à ce que le lecteur connaît déjà de ce qui était arrivé à Jean Valjean depuis l'aventure de Petit-Gervais. À partir de ce moment, on l'a vu, il fut un autre homme. Ce que l'évêque avait voulu faire de lui, il l'exécuta. Ce fut plus qu'une transformation, ce fut une transfiguration[1].

Il réussit à disparaître, vendit l'argenterie de l'évêque, ne gardant que les flambeaux, comme souvenir, se glissa de ville en ville, traversa la France, vint à Montreuil-sur-mer, eut l'idée que nous avons dite, accomplit ce que nous avons raconté, parvint à se faire insaisissable et inaccessible, et désormais, établi à

1. **Transfiguration** : métamorphose digne d'un miracle.

Montreuil-sur-mer, heureux de sentir sa conscience attristée par son passé et la première moitié de son existence démentie[1]
25 par la dernière, il vécut paisible, rassuré et espérant, n'ayant plus que deux pensées : cacher son nom, et sanctifier[2] sa vie ; échapper aux hommes, et revenir à Dieu. [...]

Javert a l'intime conviction que M. Madeleine n'est autre que Jean Valjean, l'ancien forçat. Alors qu'il multiplie les démarches pour le faire arrêter, on lui signale qu'un certain Champmathieu, identifié comme étant Jean Valjean, vient d'être arrêté, qu'il va être jugé et envoyé au bagne. Javert décide alors de venir présenter ses excuses à M. Madeleine pour sa méprise. Face à cet innocent qu'on va condamner à sa place, Jean Valjean hésite à révéler sa véritable identité, ce qui lui ferait tout perdre. Finalement, il décide de se rendre à Arras où a lieu le procès et d'innocenter l'infortuné. Tandis qu'il interpelle ses anciens compagnons de bagne du milieu de la salle d'audience où il a pris place, un vif émoi secoue l'assistance car tout le monde vient de reconnaître M. Madeleine.

XI

Champmathieu de plus en plus étonné

C'était lui en effet. La lampe du greffier éclairait son visage. Il tenait son chapeau à la main, il n'y avait aucun désordre dans ses vêtements, sa redingote était boutonnée avec soin. Il était très pâle et il tremblait légèrement. Ses cheveux, gris encore au
5 moment de son arrivée à Arras, étaient maintenant tout à fait blancs. Ils avaient blanchi depuis une heure qu'il était là. Toutes

1. **Démentie** : contredite.
2. **Sanctifier** : rendre sainte.

les têtes se dressèrent. La sensation fut indescriptible. Il y eut dans l'auditoire un instant d'hésitation. La voix avait été si poignante, l'homme qui était là paraissait si calme, qu'au pre-
10 mier abord on ne comprit pas. On se demanda qui avait crié. On ne pouvait croire que ce fût cet homme tranquille qui eût jeté ce cri effrayant.

Cette indécision ne dura que quelques secondes. Avant même que le président et l'avocat général eussent pu dire un
15 mot, avant que les gendarmes et les huissiers eussent pu faire un geste, l'homme que tous appelaient encore en ce moment M. Madeleine s'était avancé vers les témoins Cochepaille, Brevet et Chenildieu.

– Vous ne me reconnaissez pas ? dit-il.

20 Tous trois demeurèrent interdits[1] et indiquèrent par un signe de tête qu'ils ne le connaissaient point.

Cochepaille intimidé fit le salut militaire. M. Madeleine se tourna vers les jurés et vers la cour et dit d'une voix douce :

– Messieurs les jurés, faites relâcher l'accusé. Monsieur le
25 président, faites-moi arrêter. L'homme que vous cherchez, ce n'est pas lui, c'est moi. Je suis Jean Valjean. [...]

Il se tourna vers les trois forçats :

– Eh bien, je vous reconnais, moi ! Brevet ! vous rappelez-vous ?...

30 Il s'interrompit, hésita un moment, et dit :

– Te rappelles-tu ces bretelles en tricot à damier que tu avais au bagne ?

Brevet eut comme une secousse de surprise et le regarda de la tête aux pieds d'un air effrayé. Lui continua :

1. **Interdits** : sans voix.

35 – Chenildieu, qui te surnommais toi-même Je-nie-Dieu, tu as toute l'épaule droite brûlée profondément, parce que tu t'es couché un jour l'épaule sur le réchaud plein de braise, pour effacer les trois lettres T.F.P.[1], qu'on y voit toujours cependant. Réponds, est-ce vrai ?

40 – C'est vrai, dit Chenildieu.

Il s'adressa à Cochepaille :

– Cochepaille, tu as près de la saignée du bras gauche une date gravée en lettres bleues avec de la poudre brûlée. Cette date, c'est celle du débarquement de l'empereur à Cannes, 45 1er mars 1815. Relève ta manche.

Cochepaille releva sa manche, tous les regards se penchèrent autour de lui sur son bras nu. Un gendarme approcha une lampe ; la date y était.

Le malheureux homme se tourna vers l'auditoire et vers les 50 juges avec un sourire dont ceux qui l'ont vu sont encore navrés lorsqu'ils y songent. C'était le sourire du triomphe, c'était aussi le sourire du désespoir.

– Vous voyez bien, dit-il, que je suis Jean Valjean.

Il n'y avait plus dans cette enceinte ni juges, ni accusateurs, 55 ni gendarmes ; il n'y avait que des yeux fixes et des cœurs émus. Personne ne se rappelait plus le rôle que chacun pouvait avoir à jouer ; l'avocat général oubliait qu'il était là pour requérir[2], le président qu'il était là pour présider, le défenseur qu'il était là pour défendre. Chose frappante, aucune question ne fut faite, 60 aucune autorité n'intervint. Le propre des spectacles sublimes, c'est de prendre toutes les âmes et de faire de tous les témoins

1. **Ces trois lettres signifient :** « Travaux Forcés à Perpétuité ».
2. **Requérir :** demander une peine.

des spectateurs. Aucun peut-être ne se rendait compte de ce qu'il éprouvait ; aucun, sans doute, ne se disait qu'il voyait resplendir là une grande lumière ; tous intérieurement se sen-
65 taient éblouis.

Il était évident qu'on avait sous les yeux Jean Valjean. Cela rayonnait. L'apparition de cet homme avait suffi pour remplir de clarté cette aventure si obscure le moment d'auparavant. Sans qu'il fût besoin d'aucune explication désormais, toute
70 cette foule, comme par une sorte de révélation électrique, comprit tout de suite et d'un seul coup d'œil cette simple et magnifique histoire d'un homme qui se livrait pour qu'un autre homme ne fût pas condamné à sa place. Les détails, les hésitations, les petites résistances possibles se perdirent dans ce vaste
75 fait lumineux.

Impression qui passa vite, mais qui dans l'instant fut irrésistible[1].

– Je ne veux pas déranger davantage l'audience, reprit Jean Valjean. Je m'en vais, puisqu'on ne m'arrête pas. J'ai plusieurs
80 choses à faire. Monsieur l'avocat général sait qui je suis, il sait où je vais, il me fera arrêter quand il voudra.

Il se dirigea vers la porte de sortie. Pas une voix ne s'éleva, pas un bras ne s'étendit pour l'empêcher. Tous s'écartèrent. Il avait en ce moment ce je ne sais quoi de divin qui fait que les
85 multitudes reculent et se rangent devant un homme. Il traversa la foule à pas lents. On n'a jamais su qui ouvrit la porte, mais il est certain que la porte se trouva ouverte lorsqu'il y parvint [...].

1. **Irrésistible** : impérieuse.

Livre huitième
Contre-coup

IV

L'autorité reprend ses droits

Jean Valjean sait qu'il va être arrêté sous peu par Javert. Il veut cependant tenir la promesse qu'il a faite à Fantine après avoir appris qu'elle avait été renvoyée à son insu, de prendre soin d'elle et de Cosette. Fantine, malade, se meurt. Jean Valjean vient à son chevet lui révéler la vérité à son sujet. Fantine ignore qu'il vient de révéler sa véritable identité et qu'il est désormais un homme traqué. Elle croit qu'il est revenu accompagné de Cosette. Tandis qu'elle divague, en proie à la fièvre, elle est saisie d'effroi devant l'homme qui vient de faire son apparition dans la pièce : Javert.

La Fantine n'avait point vu Javert depuis le jour où M. le maire l'avait arrachée à cet homme. Son cerveau malade ne se rendit compte de rien, seulement elle ne douta pas qu'il ne revînt la chercher. Elle ne put supporter cette figure affreuse, 5 elle se sentit expirer[1], elle cacha son visage de ses deux mains et cria avec angoisse :

– Monsieur Madeleine, sauvez-moi !

Jean Valjean, – nous ne le nommerons plus désormais autrement, – s'était levé. Il dit à Fantine de sa voix la plus douce et la 10 plus calme :

– Soyez tranquille. Ce n'est pas pour vous qu'il vient.

Puis, il s'adressa à Javert et lui dit :

– Je sais ce que vous voulez.

1. **Expirer** : rendre son dernier souffle, mourir.

[...]

Javert avança au milieu de la chambre et cria :

– Ah çà ! viendras-tu ?

La malheureuse regarda autour d'elle. Il n'y avait personne que[1] la religieuse et monsieur le maire. À qui pouvait s'adresser ce tutoiement abject[2] ? À elle seulement. Elle frissonna.

Alors elle vit une chose inouïe[3], tellement inouïe que jamais rien de pareil ne lui était apparu dans les plus noirs délires de la fièvre.

Elle vit le mouchard[4] Javert saisir au collet[5] monsieur le maire ; elle vit monsieur le maire courber la tête. Il lui sembla que le monde s'évanouissait[6].

Javert, en effet, avait pris Jean Valjean au collet.

– Monsieur le maire ! cria Fantine.

Javert éclata de rire, de cet affreux rire qui lui déchaussait toutes les dents.

– Il n'y a plus de monsieur le maire ici !

Jean Valjean n'essaya pas de déranger la main qui tenait le col de sa redingote. Il dit :

– Javert...

Javert l'interrompit : – Appelle-moi monsieur l'inspecteur.

– Monsieur, reprit Jean Valjean, je voudrais vous dire un mot en particulier[7].

– Tout haut ! parle tout haut ! répondit Javert ; on me parle tout haut à moi !

1. **Il n'y avait personne que** : il n'y avait personne d'autre que...
2. **Abject** : horrible.
3. **Inouïe** : incroyable.
4. **Mouchard** : espion.
5. **Au collet** : par le col.
6. **S'évanouissait** : s'effondrait.
7. **En particulier** : seul à seul.

Jean Valjean continua en baissant la voix :

40 – C'est une prière que j'ai à vous faire...

– Je te dis de parler tout haut.

– Mais cela ne doit être entendu que de vous seul...

– Qu'est-ce que cela me fait ? je n'écoute pas !

Jean Valjean se tourna vers lui et lui dit rapidement et très 45 bas :

– Accordez-moi trois jours ! trois jours pour aller chercher l'enfant de cette malheureuse femme ! Je payerai ce qu'il faudra. Vous m'accompagnerez si vous voulez.

– Tu veux rire ! cria Javert. Ah çà ! je ne te croyais pas bête ! 50 Tu me demandes trois jours pour t'en aller ! Tu dis que c'est pour aller chercher l'enfant de cette fille ! Ah ! ah ! c'est bon ! voilà qui est bon !

Fantine eut un tremblement.

– Mon enfant ! s'écria-t-elle, aller chercher mon enfant ! Elle
55 n'est donc pas ici ! Ma sœur, répondez-moi, où est Cosette ? Je veux mon enfant ! Monsieur Madeleine ! monsieur le maire !

Javert frappa du pied.

– Voilà l'autre, à présent ! Te tairas-tu, drôlesse[1] ! Gredin de pays où les galériens sont magistrats et où les filles publiques
60 sont soignées comme des comtesses ! Ah mais ! tout ça va changer ; il était temps !

Il regarda fixement Fantine et ajouta en reprenant à poignée[2] la cravate, la chemise et le collet de Jean Valjean :

– Je te dis qu'il n'y a point de monsieur Madeleine et qu'il n'y
65 a point de monsieur le maire. Il y a un voleur, il y a un brigand, il y a un forçat appelé Jean Valjean ! c'est lui que je tiens ! voilà ce qu'il y a !

Fantine se dressa en sursaut, appuyée sur ses bras roides[3] et sur ses deux mains, elle regarda Jean Valjean, elle regarda
70 Javert, elle regarda la religieuse, elle ouvrit la bouche comme pour parler, un râle[4] sortit du fond de sa gorge, ses dents claquèrent, elle étendit les bras avec angoisse, ouvrant convulsivement[5] les mains, et cherchant autour d'elle comme quelqu'un qui se noie, puis elle s'affaissa[6] subitement sur l'oreiller. Sa tête
75 heurta le chevet du lit et vint retomber sur sa poitrine, la bouche béante[7], les yeux ouverts et éteints.

Elle était morte.

1. **Drôlesse** : effrontée.
2. **En reprenant à poignée** : en empoignant.
3. **Roides** : raides.
4. **Râle** : respiration difficile.
5. **Convulsivement** : en tremblant.
6. **Elle s'affaissa** : elle s'effondra.
7. **Béante** : grande ouverte.

Jean Valjean posa sa main sur la main de Javert qui le tenait, et l'ouvrit comme il eût ouvert la main d'un enfant, puis il dit à
80 Javert :

– Vous avez tué cette femme.

– Finirons-nous[1] ! cria Javert furieux. Je ne suis pas ici pour entendre des raisons. Économisons tout ça. La garde est en bas. Marchons tout de suite, ou les poucettes[2] !

85 Il y avait dans un coin de la chambre un vieux lit en fer en assez mauvais état qui servait de lit de camp aux sœurs quand elles veillaient. Jean Valjean alla à ce lit, disloqua en un clin d'œil le chevet déjà fort délabré, chose facile à des muscles comme les siens, saisit à poigne-main[3] la maîtresse-tringle[4], et
90 considéra Javert. Javert recula vers la porte.

Jean Valjean, sa barre de fer au poing, marcha lentement vers le lit de Fantine. Quand il y fut parvenu, il se retourna, et dit à Javert d'une voix qu'on entendait à peine :

– Je ne vous conseille pas de me déranger en ce moment.

95 Ce qui est certain, c'est que Javert tremblait.

Il eut l'idée d'aller appeler la garde, mais Jean Valjean pouvait profiter de cette minute pour s'évader. Il resta donc, saisit sa canne par le petit bout, et s'adossa au chambranle[5] de la porte sans quitter du regard Jean Valjean.

100 Jean Valjean posa son coude sur la pomme du chevet du lit et son front sur sa main, et se mit à contempler Fantine immobile et étendue. Il demeura ainsi, absorbé, muet, et ne songeant évidemment plus à aucune chose de cette vie. Il n'y avait plus rien

1. **Finirons-nous :** cela va-t-il cesser.
2. **Poucettes :** menottes.
3. **À poigne-main :** à pleines mains.
4. **Maîtresse-tringle :** tringle principale.
5. **Au chambranle :** à l'encadrement.

sur son visage et dans son attitude qu'une inexprimable pitié.
105 Après quelques instants de cette rêverie, il se pencha vers Fantine et lui parla à voix basse.

Que lui dit-il ? Que pouvait dire cet homme qui était réprouvé[1] à cette femme qui était morte ? Qu'était-ce que ces paroles ? Personne sur la terre ne les a entendues. La morte les entendit-
110 elle ? Il y a des illusions touchantes qui sont peut-être des réalités sublimes. Ce qui est hors de doute, c'est que la sœur Simplice, unique témoin de la chose qui se passait, a souvent raconté qu'au moment où Jean Valjean parla à l'oreille de Fantine, elle vit distinctement poindre[2] un ineffable[3] sourire
115 sur ces lèvres pâles et dans ces prunelles vagues, pleines de l'étonnement du tombeau.

Jean Valjean prit dans ses deux mains la tête de Fantine et l'arrangea sur l'oreiller comme une mère eût fait pour son enfant, il lui rattacha le cordon de sa chemise et rentra ses che-
120 veux sous son bonnet. Cela fait, il lui ferma les yeux.

La face de Fantine en cet instant semblait étrangement éclairée.

La mort, c'est l'entrée dans la grande lueur.

La main de Fantine pendait hors du lit. Jean Valjean s'age-
125 nouilla devant cette main, la souleva doucement, et la baisa.

Puis il se redressa, et, se tournant vers Javert :

– Maintenant, dit-il, je suis à vous.

1. **Réprouvé** : mis au ban de la société.
2. **Poindre** : apparaître.
3. **Ineffable** : extraordinaire.

Deuxième partie – Cosette

Livre troisième
Accomplissement de la promesse faite à la morte

II
Deux portraits complétés

On n'a encore aperçu dans ce livre les Thénardier que de profil ; le moment est venu de tourner autour de ce couple et de le regarder sous toutes ses faces.

Thénardier venait de dépasser ses cinquante ans ; madame Thénardier touchait à la quarantaine, qui est la cinquantaine de la femme ; de façon qu'il y avait équilibre d'âge entre la femme et le mari.

Les lecteurs ont peut-être, dès sa première apparition, conservé quelque souvenir de cette Thénardier, grande, blonde, rouge, grasse, charnue, carrée, énorme et agile ; elle tenait, nous l'avons dit, de la race de ces sauvagesses colosses qui se cambrent[1] dans les foires avec des pavés pendus à leur chevelure. Elle faisait tout dans le logis, les lits, les chambres, la lessive, la cuisine, la pluie, le beau temps, le diable. Elle avait pour

1. **Se cambrent** : se courbent.

15 tout domestique Cosette ; une souris au service d'un éléphant. Tout tremblait au son de sa voix, les vitres, les meubles et les gens. Son large visage, criblé de taches de rousseur, avait l'aspect d'une écumoire. Elle avait de la barbe. C'était l'idéal d'un fort de la halle habillé en fille●. Elle jurait splendidement ;
20 elle se vantait de casser une noix d'un coup de poing. Sans les romans qu'elle avait lus, et qui, par moments, faisaient bizarrement reparaître la mijaurée[1] sous l'ogresse, jamais l'idée ne fût venue à personne de dire d'elle : c'est une femme. Cette Thénardier était comme le produit de la greffe d'une donzelle[2]
25 sur une poissarde[3]. Quand on l'entendait parler, on disait : C'est un gendarme ; quand on la regardait boire, on disait : C'est un charretier[4] ; quand on la voyait manier Cosette, on disait : C'est le bourreau. Au repos, il lui sortait de la bouche une dent.

Le Thénardier était un homme petit, maigre, blême, angu-
30 leux, osseux, chétif[5], qui avait l'air malade et qui se portait à merveille ; sa fourberie[6] commençait là. Il souriait habituellement par précaution, et était poli à peu près avec tout le monde, même avec le mendiant auquel il refusait un liard[7]. Il avait le regard d'une fouine et la mine d'un homme de lettres. Il res-
35 semblait beaucoup aux portraits de l'abbé Delille[8]. Sa coquetterie consistait à boire avec les rouliers[9]. Personne n'avait jamais

1. **Mijaurée** : jeune fille maniérée.
2. **Donzelle** : femme prétentieuse.
3. **Poissarde** : marchande de poissons.
4. **Charretier** : grossier personnage.
5. **Chétif** : extrêmement maigre.
6. **Fourberie** : hypocrisie.
7. **Un liard** : une somme ridicule.
8. **Abbé Delille** : poète du XVIIIe siècle.
9. **Rouliers** : marchands itinérants se déplaçant à bord de grands charriots.

● **Le narrateur veut dire que, par sa physionomie et sa carrure, elle ressemblait davantage à un homme travaillant aux halles (« fort de la halle ») qu'à une femme.**

pu le griser[1]. Il fumait dans une grosse pipe. Il portait une blouse et sous sa blouse un vieil habit noir. Il avait des prétentions à la littérature et au matérialisme●. Il y avait des noms 40 qu'il prononçait souvent, pour appuyer les choses quelconques qu'il disait, Voltaire, Raynal, Parny[2], et, chose bizarre, saint Augustin. Il affirmait avoir « un système[3] ». Du reste fort escroc. Un filousophe[4]. Cette nuance existe. On se souvient qu'il prétendait avoir servi[5] ; il contait avec quelque luxe qu'à 45 Waterloo, étant sergent dans un 6e ou un 9e léger quelconque, il avait, seul contre un escadron de hussards[6] de la Mort, couvert de son corps et sauvé à travers la mitraille « un général dangereusement blessé ». De là, venait, pour son mur, sa flamboyante enseigne, et, pour son auberge, dans le pays, le nom de « caba- 50 ret du sergent de Waterloo ». Il était libéral, classique et bonapartiste●. Il avait souscrit pour le champ d'Asile[7]. On disait dans le village qu'il avait étudié pour être prêtre.

Nous croyons qu'il avait simplement étudié en Hollande pour être aubergiste. Ce gredin de l'ordre composite[8] était, selon 55 les probabilités, quelque Flamand de Lille en Flandre, Français à Paris, Belge à Bruxelles, commodément à cheval sur deux frontières. Sa prouesse[9] à Waterloo, on la connaît. Comme on

1. **Le griser** : le saouler.
2. **Voltaire, Raynal, Parny** : auteurs du XVIIIe siècle.
3. **Un système** : un système philosophique, une pensée, à la manière des philosophes dont il prétendait lire et comprendre les écrits.
4. **Filousophe** : mot créé par l'auteur pour désigner ironiquement ce faux philosophe mais vrai filou.
5. **Avoir servi** : avoir été soldat.
6. **Escadron de hussards** : régiment de cavalerie légère.
7. **Champ d'Asile** : colonie fondée au Texas par et pour des bonapartistes en exil.
8. **Ce gredin de l'ordre composite** : ce personnage contradictoire.
9. **Sa prouesse** : son exploit.

● **Le narrateur veut signifier par là que M. Thénardier se prend pour un homme de lettres fin et cultivé.**

● **L'association de ces trois qualificatifs indique que Thénardier n'a pas d'idées très claires en politique, car « libéral, classique et bonapartiste » désignent des prises de position opposées.**

voit, il l'exagérait un peu. Le flux et le reflux, le méandre, l'aventure, était l'élément de son existence ; conscience déchirée
60 entraîne vie décousue ; et vraisemblablement, à l'orageuse époque du 18 juin 1815●, Thénardier appartenait à cette variété de cantiniers[1] maraudeurs[2] dont nous avons parlé, battant l'estrade[3], vendant à ceux-ci, volant ceux-là, et roulant en famille, homme, femme et enfants, dans quelque carriole boiteuse, à la
65 suite des troupes en marche, avec l'instinct de se rattacher toujours à l'armée victorieuse. Cette campagne faite, ayant, comme il disait, « du quibus[4] », il était venu ouvrir gargote[5] à Montfermeil.

Ce quibus, composé des bourses et des montres, des bagues
70 d'or et des croix d'argent récoltées au temps de la moisson dans les sillons ensemencés de cadavres, ne faisait pas un gros total et n'avait pas mené bien loin ce vivandier[6] passé gargotier.

Thénardier avait ce je ne sais quoi de rectiligne dans le geste qui, avec un juron, rappelle la caserne et, avec un signe de croix,
75 le séminaire[7]. Il était beau parleur. Il se laissait croire savant. Néanmoins, le maître d'école avait remarqué qu'il faisait – « des cuirs[8] ». Il composait la carte à payer des voyageurs avec supériorité, mais des yeux exercés y trouvaient parfois des fautes d'orthographe. Thénardier était sournois, gourmand, flâneur et

1. **Cantinier** : personne chargée de gérer la cantine du régiment.
2. **Maraudeurs** : voleurs.
3. **Battant l'estrade** : allant par les chemins.
4. **Du quibus** : de l'argent.
5. **Ouvrir gargote** : ouvrir une auberge.
6. **Vivandier** : synonyme de cantinier.
7. **Séminaire** : lieu où sont formés les religieux.
8. **Cuirs** : fautes de langage.

● **C'est le 18 juin 1815 qu'à son retour de l'île d'Elbe, Napoléon livre bataille à Waterloo contre les forces coalisées de l'Europe et l'armée anglaise de Wellington.**

habile. Il ne dédaignait pas ses servantes●, ce qui faisait que sa femme n'en avait plus. Cette géante était jalouse. Il lui semblait que ce petit homme maigre et jaune devait être l'objet de la convoitise universelle [...].

Cet homme et cette femme, c'était ruse et rage mariés ensemble, attelage hideux[1] et terrible.

Pendant que le mari ruminait et combinait, la Thénardier, elle, ne pensait pas aux créanciers[2] absents, n'avait souci d'hier ni de demain●, et vivait avec emportement, toute dans la minute.

1. **Hideux** : affreux, répugnant.
2. **Créanciers** : ceux à qui ils doivent de l'argent.

● **Le narrateur signifie par là qu'il ne se privait pas de les séduire.**

● **Cela signifie qu'elle ne se souciait de rien.**

Tels étaient ces deux êtres. Cosette était entre eux, subissant
90 leur double pression, comme une créature qui serait à la fois broyée par une meule et déchiquetée par une tenaille. L'homme et la femme avaient chacun une manière différente ; Cosette était rouée de coups, cela venait de la femme ; elle allait pieds nus l'hiver, cela venait du mari.

95 Cosette montait, descendait, lavait, brossait, frottait, balayait, courait, trimait[1], haletait, remuait des choses lourdes, et, toute chétive, faisait les grosses besognes[2]. Nulle pitié ; une maîtresse farouche, un maître venimeux. La gargote Thénardier était comme une toile où Cosette était prise et tremblait. L'idéal de
100 l'oppression était réalisé par cette domesticité sinistre. C'était quelque chose comme la mouche servante des araignées.

La pauvre enfant, passive, se taisait.

Quand elles se trouvent ainsi, dès l'aube, toutes petites, toutes nues, parmi les hommes, que se passe-t-il dans ces âmes qui
105 viennent de quitter Dieu ?

V

La petite toute seule

La nuit de Noël, Cosette est envoyée chercher de l'eau à la source, dans les bois. Elle doit aussi ramener un pain, pour des voyageurs qui viennent d'arriver.

[...] Cosette traversa ainsi le labyrinthe de rues tortueuses et désertes qui termine du côté de Chelles le village de Montfermeil. Tant qu'elle eut des maisons et même seulement des murs des

1. **Trimait** : travaillait comme une bête.
2. **Les grosses besognes** : les travaux pénibles.

deux côtés de son chemin, elle alla assez hardiment. De temps
5 en temps, elle voyait le rayonnement d'une chandelle à travers
la fente d'un volet, c'était de la lumière et de la vie, il y avait là
des gens, cela la rassurait. Cependant, à mesure qu'elle avançait, sa marche se ralentissait comme machinalement. Quand
elle eut passé l'angle de la dernière maison, Cosette s'arrêta.
10 Aller au-delà de la dernière boutique, cela avait été difficile ;
aller plus loin que la dernière maison, cela devenait impossible.
Elle posa le seau à terre, plongea sa main dans ses cheveux et se
mit à se gratter lentement la tête, geste propre aux enfants terrifiés et indécis[1]. Ce n'était plus Montfermeil, c'étaient les
15 champs. L'espace noir et désert était devant elle. Elle regarda
avec désespoir cette obscurité où il n'y avait plus personne, où il
y avait des bêtes, où il y avait peut-être des revenants[2]. Elle
regarda bien, et elle entendit les bêtes qui marchaient dans
l'herbe, et elle vit distinctement les revenants qui remuaient
20 dans les arbres. Alors elle ressaisit le seau, la peur lui donna de
l'audace[3] : – Bah ! dit-elle, je lui dirai qu'il n'y avait plus d'eau !
Et elle rentra résolument[4] dans Montfermeil.

À peine eut-elle fait cent pas qu'elle s'arrêta encore, et se remit
à se gratter la tête. Maintenant, c'était la Thénardier qui lui apparaissait ; la Thénardier hideuse avec sa bouche d'hyène et la
25 colère flamboyante dans les yeux. L'enfant jeta un regard lamentable en avant et en arrière. Que faire ? que devenir ? où aller ?
Devant elle le spectre de la Thénardier ; derrière elle tous les
fantômes de la nuit et des bois. Ce fut devant la Thénardier
30 qu'elle recula. Elle reprit le chemin de la source et se mit à

1. **Indécis** : hésitants devant le choix à faire.
2. **Revenants** : fantômes.
3. **De l'audace** : du courage.
4. **Résolument** : d'un pas décidé.

courir. Elle sortit du village en courant, elle entra dans le bois en courant, ne regardant plus rien, n'écoutant plus rien. Elle n'arrêta sa course que lorsque la respiration lui manqua, mais elle n'interrompit point sa marche. Elle allait devant elle, éperdue.

35 Tout en courant, elle avait envie de pleurer.

Le frémissement nocturne de la forêt l'enveloppait tout entière. Elle ne pensait plus, elle ne voyait plus. L'immense nuit faisait face à ce petit être. D'un côté, toute l'ombre ; de l'autre, un atome.

Il n'y avait que sept ou huit minutes de la lisière du bois à la 40 source. Cosette connaissait le chemin pour l'avoir fait bien souvent le jour. Chose étrange, elle ne se perdit pas. Un reste d'instinct la conduisait vaguement. Elle ne jetait cependant les yeux ni à droite ni à gauche, de crainte de voir des choses dans les branches et dans les broussailles. Elle arriva ainsi à la source.

45 C'était une étroite cuve naturelle creusée par l'eau dans un sol glaiseux[1], profonde d'environ deux pieds, entourée de mousses et de ces grandes herbes gaufrées qu'on appelle collerettes de Henri IV, et pavée de quelques grosses pierres. Un ruisseau s'en échappait avec un petit bruit tranquille.

50 Cosette ne prit pas le temps de respirer. Il faisait très noir, mais elle avait l'habitude de venir à cette fontaine. Elle chercha de la main gauche dans l'obscurité un jeune chêne incliné sur la source qui lui servait ordinairement de point d'appui, rencontra une branche, s'y suspendit, se pencha et plongea le seau 55 dans l'eau. Elle était dans un moment si violent que ses forces étaient triplées. Pendant qu'elle était ainsi penchée, elle ne fit pas attention que la poche de son tablier se vidait dans la source. La pièce de quinze sous tomba dans l'eau. Cosette ne la vit ni ne

1. **Glaiseux** : boueux.

l'entendit tomber. Elle retira le seau presque plein et le posa sur l'herbe. Cela fait, elle s'aperçut qu'elle était épuisée de lassitude[1]. Elle eût bien voulu repartir tout de suite ; mais l'effort de remplir le seau avait été tel qu'il lui fut impossible de faire un pas. Elle fut bien forcée de s'asseoir. Elle se laissa tomber sur l'herbe et y demeura accroupie.

Elle ferma les yeux, puis elle les rouvrit, sans savoir pourquoi, mais ne pouvant faire autrement.

À côté d'elle l'eau agitée dans le seau faisait des cercles qui ressemblaient à des serpents de feu blanc.

Au-dessus de sa tête, le ciel était couvert de vastes nuages noirs qui étaient comme des pans de fumée. Le tragique masque de l'ombre semblait se pencher vaguement sur cet enfant.

[...]

Sans se rendre compte de ce qu'elle éprouvait, Cosette se sentait saisir par cette énormité noire de la nature. Ce n'était plus seulement de la terreur qui la gagnait, c'était quelque chose de plus terrible même que la terreur. Elle frissonnait. Les expressions manquent pour dire ce qu'avait d'étrange ce frisson qui la glaçait jusqu'au fond du cœur. Son œil était devenu farouche. Elle croyait sentir qu'elle ne pourrait peut-être pas s'empêcher de revenir là à la même heure le lendemain.

Alors, par une sorte d'instinct, pour sortir de cet état singulier qu'elle ne comprenait pas, mais qui l'effrayait, elle se mit à compter à haute voix un, deux, trois, quatre, jusqu'à dix, et, quand elle eut fini, elle recommença. Cela lui rendit la perception vraie des choses qui l'entouraient. Elle sentit le froid à ses mains qu'elle avait mouillées en puisant de l'eau. Elle se leva. La

1. **Lassitude** : fatigue.

peur lui était revenue, une peur naturelle et insurmontable. Elle n'eut plus qu'une pensée, s'enfuir ; s'enfuir à toutes jambes, à travers bois, à travers champs, jusqu'aux maisons, jusqu'aux
90 fenêtres, jusqu'aux chandelles allumées. Son regard tomba sur le seau qui était devant elle. Tel était l'effroi que lui inspirait la Thénardier qu'elle n'osa pas s'enfuir sans le seau d'eau. Elle saisit l'anse à deux mains. Elle eut de la peine à soulever le seau.

Elle fit ainsi une douzaine de pas, mais le seau était plein, il
95 était lourd, elle fut forcée de le reposer à terre. Elle respira un instant, puis elle enleva l'anse de nouveau, et se remit à marcher, cette fois un peu plus longtemps. Mais il fallut s'arrêter encore. Après quelques secondes de repos, elle repartit. Elle marchait penchée en avant, la tête baissée, comme une vieille ;
100 le poids du seau tendait et roidissait[1] ses bras maigres ; l'anse de fer achevait d'engourdir et de geler ses petites mains mouillées ; de temps en temps elle était forcée de s'arrêter, et chaque fois qu'elle s'arrêtait l'eau froide qui débordait du seau tombait sur ses jambes nues. Cela se passait au fond d'un bois, la nuit, en
105 hiver, loin de tout regard humain ; c'était un enfant de huit ans. Il n'y avait que Dieu en ce moment qui voyait cette chose triste.

Et sans doute sa mère, hélas !

Car il est des choses qui font ouvrir les yeux aux mortes dans leur tombeau.

110 Elle soufflait avec une sorte de râlement[2] douloureux ; des sanglots lui serraient la gorge, mais elle n'osait pas pleurer, tant elle avait peur de la Thénardier, même loin. C'était son habitude de se figurer[3] toujours que la Thénardier était là.

1. **Roidissait** : raidissait.
2. **Râlement** : râle.
3. **Se figurer** : s'imaginer.

Cependant elle ne pouvait pas faire beaucoup de chemin de
115 la sorte, et elle allait bien lentement. Elle avait beau diminuer la durée des stations[1] et marcher entre chaque le plus longtemps possible, elle pensait avec angoisse qu'il lui faudrait plus d'une heure pour retourner ainsi à Montfermeil et que la Thénardier la battrait. Cette angoisse se mêlait à son épouvante d'être seule
120 dans le bois la nuit. Elle était harassée[2] de fatigue et n'était pas encore sortie de la forêt. Parvenue près d'un vieux châtaignier qu'elle connaissait, elle fit une dernière halte plus longue que les autres pour se bien reposer, puis elle rassembla toutes ses forces, reprit le seau et se remit à marcher courageusement.
125 Cependant le pauvre petit être désespéré ne put s'empêcher de s'écrier : Ô mon Dieu ! mon Dieu !

En ce moment, elle sentit tout à coup que le seau ne pesait plus rien. Une main, qui lui parut énorme, venait de saisir l'anse et la soulevait vigoureusement. Elle leva la tête. Une
130 grande forme noire, droite et debout, marchait auprès d'elle dans l'obscurité. C'était un homme qui était arrivé derrière elle et qu'elle n'avait pas entendu venir. Cet homme, sans dire un mot, avait empoigné l'anse du seau qu'elle portait.

Il y a des instincts pour toutes les rencontres de la vie. L'enfant
135 n'eut pas peur.

VII

Cosette côte à côte dans l'ombre avec l'inconnu

[...] L'homme lui adressa la parole. Il parlait d'une voix grave et presque basse.

– Mon enfant, c'est bien lourd pour vous ce que vous portez là.

1. **Stations** : haltes.
2. **Harassée** : épuisée.

François Pompon (1855-1933), *Cosette*, sculpture, 1888 (plâtre). Musée Victor-Hugo, Paris.

Cosette leva la tête et répondit :

5 – Oui, monsieur.

– Donnez, reprit l'homme. Je vais vous le porter.

Cosette lâcha le seau. L'homme se mit à cheminer[1] près d'elle.

– C'est très lourd en effet, dit-il entre ses dents.

10 Puis il ajouta :

– Petite, quel âge as-tu ?

– Huit ans, monsieur.

– Et viens-tu de loin comme cela ?

– De la source qui est dans le bois.

15 – Et est-ce loin où tu vas ?

– À un bon quart d'heure d'ici.

L'homme resta un moment sans parler, puis il dit brusquement :

– Tu n'as donc pas de mère ?

– Je ne sais pas, répondit l'enfant.

20 Avant que l'homme eût eu le temps de reprendre la parole, elle ajouta :

– Je ne crois pas. Les autres en ont. Moi, je n'en ai pas.

Et après un silence, elle reprit :

– Je crois que je n'en ai jamais eu.

25 L'homme s'arrêta, il posa le seau à terre, se pencha et mit ses deux mains sur les deux épaules de l'enfant, faisant effort pour la regarder et voir son visage dans l'obscurité.

La figure maigre et chétive[2] de Cosette se dessinait vaguement à la lueur livide[3] du ciel.

30 – Comment t'appelles-tu ? dit l'homme.

– Cosette.

1. **Cheminer** : marcher.
2. **Chétive** : maigrichonne.
3. **Livide** : blême, pâle.

L'homme eut comme une secousse électrique. Il la regarda encore, puis il ôta ses mains de dessus les épaules de Cosette, saisit le seau, et se remit à marcher.

35 Au bout d'un instant il demanda :

– Petite, où demeures-tu ?

– À Montfermeil, si vous connaissez.

– C'est là que nous allons ?

– Oui, monsieur.

40 Il fit encore une pause, puis recommença :

– Qui est-ce donc qui t'a envoyée à cette heure chercher de l'eau dans le bois ?

– C'est madame Thénardier.

L'homme repartit[1] d'un son de voix qu'il voulait s'efforcer de 45 rendre indifférent, mais où il y avait pourtant un tremblement singulier :

– Qu'est-ce qu'elle fait, ta madame Thénardier ?

– C'est ma bourgeoise[2], dit l'enfant. Elle tient l'auberge.

– L'auberge ? dit l'homme. Eh bien, je vais aller y loger cette 50 nuit. Conduis-moi.

– Nous y allons, dit l'enfant.

L'homme marchait assez vite. Cosette le suivait sans peine. Elle ne sentait plus la fatigue. De temps en temps, elle levait les yeux vers cet homme avec une sorte de tranquillité et d'abandon[3] 55 inexprimables. Jamais on ne lui avait appris à se tourner vers la providence et à prier. Cependant elle sentait en elle quelque chose qui ressemblait à de l'espérance et à de la joie et qui s'en allait vers le ciel.

1. **Repartit** : reprit.
2. **Ma bourgeoise** : ma patronne.
3. **D'abandon** : de confiance.

Quelques minutes s'écoulèrent. L'homme reprit :

60 – Est-ce qu'il n'y a pas de servante chez madame Thénardier ?

– Non, monsieur.

– Est-ce que tu es seule ?

– Oui, monsieur.

Il y eut encore une interruption. Cosette éleva la voix :

65 – C'est-à-dire il y a deux petites filles.

– Quelles petites filles ?

– Ponine et Zelma.

L'enfant simplifiait de la sorte les noms romanesques chers à la Thénardier.

70 – Qu'est-ce que c'est que Ponine et Zelma ?

– Ce sont les demoiselles de madame Thénardier. Comme qui dirait ses filles.

– Et que font-elles, celles-là ?

– Oh ! dit l'enfant, elles ont de belles poupées, des choses où
75 il y a de l'or, tout plein d'affaires. Elles jouent, elles s'amusent.

– Toute la journée ?

– Oui, monsieur.

– Et toi ?

– Moi, je travaille.

80 – Toute la journée ?

L'enfant leva ses grands yeux où il y avait une larme qu'on ne voyait pas à cause de la nuit, et répondit doucement :

– Oui, monsieur.

Elle poursuivit après un intervalle de silence :

85 – Des fois, quand j'ai fini l'ouvrage et qu'on veut bien, je m'amuse aussi.

– Comment t'amuses-tu ?

– Comme je peux. On me laisse. Mais je n'ai pas beaucoup de joujoux. Ponine et Zelma ne veulent pas que je joue avec

Les Misérables. *Film de 1982 réalisé par Robert Hossein, avec Valentine Bordelet (Cosette) et Lino Ventura (Jean Valjean).*

leurs poupées. Je n'ai qu'un petit sabre en plomb, pas plus long que ça.

L'enfant montrait son petit doigt.

– Et qui ne coupe pas ?

– Si, monsieur, dit l'enfant, ça coupe la salade et les têtes de mouches.

Ils atteignirent le village ; Cosette guida l'étranger dans les rues. Ils passèrent devant la boulangerie ; mais Cosette ne songea pas au pain qu'elle devait rapporter. L'homme avait cessé de lui faire des questions et gardait maintenant un silence morne[1]. Quand ils eurent laissé l'église derrière eux, l'homme, voyant toutes ces boutiques en plein vent, demanda à Cosette :

1. **Morne** : sombre.

– C'est donc la foire ici ?

– Non, monsieur, c'est Noël.

Comme ils approchaient de l'auberge, Cosette lui toucha le bras timidement.

105

– Monsieur ?

– Quoi, mon enfant ?

– Nous voilà tout près de la maison.

– Eh bien ?

120

– Voulez-vous me laisser reprendre le seau à présent ?

– Pourquoi ?

– C'est que, si madame voit qu'on me l'a porté, elle me battra.

L'homme lui remit le seau. Un instant après, ils étaient à la porte de la gargote.

Livre quatrième
La masure Gorbeau

V

Une pièce de cinq francs qui tombe à terre fait du bruit

Pour honorer la promesse qu'il a faite à Fantine, Jean Valjean arrache Cosette aux Thénardier au prix d'une importante somme d'argent. Puis il l'emmène à Paris où tous deux vivent cachés dans la maison Gorbeau pour échapper à la police qui est toujours à sa recherche.

Il y avait près de Saint-Médard[1] un pauvre qui s'accroupissait sur la margelle[2] d'un puits banal condamné[3], et auquel Jean

1. **Saint-Médard** : église située non loin du domicile de Jean Valjean.
2. **Margelle** : rebord.
3. **Condamné** : bouché.

Valjean faisait volontiers la charité. Il ne passait guère devant cet homme sans lui donner quelques sous. Parfois il lui parlait. Les envieux de ce mendiant disaient qu'il était *de la police*. C'était un vieux bedeau[1] de soixante-quinze ans qui marmottait[2] continuellement des oraisons[3].

Un soir que Jean Valjean passait par là, il n'avait pas Cosette avec lui, il aperçut le mendiant à sa place ordinaire sous le réverbère qu'on venait d'allumer. Cet homme, selon son habitude, semblait prier et était tout courbé. Jean Valjean alla à lui et lui mit dans la main son aumône accoutumée[4]. Le mendiant leva brusquement les yeux, regarda fixement Jean Valjean, puis baissa rapidement la tête. Ce mouvement fut comme un éclair, Jean Valjean eut un tressaillement[5]. Il lui sembla qu'il venait d'entrevoir, à la lueur du réverbère, non le visage placide et béat[6] du vieux bedeau, mais une figure effrayante et connue. Il eut l'impression qu'on aurait en se trouvant tout à coup dans l'ombre face à face avec un tigre. Il recula terrifié et pétrifié[7], n'osant ni respirer, ni parler, ni rester, ni fuir, considérant le mendiant qui avait baissé sa tête couverte d'une loque[8] et paraissait ne plus savoir qu'il était là. Dans ce moment étrange, un instinct, peut-être l'instinct mystérieux de la conservation, fit que Jean Valjean ne prononça pas une parole. Le mendiant avait la même taille, les même guenilles[9], la même apparence que tous les jours.

1. **Bedeau** : employé laïc au service d'une église.
2. **Marmottait** : marmonnait.
3. **Oraisons** : prières.
4. **Accoutumée** : habituelle.
5. **Eut un tressaillement** : trembla.
6. **Béat** : tranquille.
7. **Pétrifié** : paralysé.
8. **Loque** : haillon.
9. **Guenilles** : vêtements misérables.

– Bah !... dit Jean Valjean, je suis fou ! je rêve ! impossible !

– Et il rentra profondément troublé.

C'est à peine s'il osait s'avouer à lui-même que cette figure qu'il avait cru voir était la figure de Javert.

30 La nuit, en y réfléchissant, il regretta de n'avoir pas questionné l'homme pour le forcer à lever la tête une seconde fois.

Le lendemain à la nuit tombante il y retourna. Le mendiant était à sa place. – Bonjour, bonhomme, dit résolument Jean Valjean en lui donnant un sou. Le mendiant leva la tête, et 35 répondit d'une voix dolente[1] :

– Merci, mon bon monsieur. – C'était bien le vieux bedeau.

Jean Valjean se sentit pleinement rassuré. Il se mit à rire.

– Où diable ai-je été voir là Javert ? pensa-t-il. Ah çà, est-ce que je vais avoir la berlue[2] à présent ? – Il n'y songea plus.

40 Quelque jours après, il pouvait être huit heures du soir, il était dans sa chambre et il faisait épeler Cosette à haute voix, il entendit ouvrir, puis refermer la porte de la masure[3]. Cela lui parut singulier[4]. La vieille, qui seule habitait avec lui la maison, se couchait toujours à la nuit pour ne point user de chandelle. 45 Jean Valjean fit signe à Cosette de se taire. Il entendit qu'on montait l'escalier. À la rigueur ce pouvait être la vieille qui avait pu se trouver malade et aller chez l'apothicaire[5]. Jean Valjean écouta. Le pas était lourd et sonnait comme le pas d'un homme ; mais la vieille portait de gros souliers et rien ne ressemble au 50 pas d'un homme comme le pas d'une vieille femme. Cependant Jean Valjean souffla sa chandelle.

1. **Dolente** : plaintive.
2. **Avoir la berlue** : avoir des visions.
3. **Masure** : maison misérable.
4. **Singulier** : étrange.
5. **Apothicaire** : pharmacien.

Il avait envoyé Cosette au lit en lui disant tout bas : – Couche-toi bien doucement ; et, pendant qu'il la baisait au front, les pas s'étaient arrêtés. Jean Valjean demeura en silence, immobile, le
55 dos tourné à la porte, assis sur sa chaise dont il n'avait pas bougé, retenant son souffle dans l'obscurité. Au bout d'un temps assez long, n'entendant plus rien, il se retourna sans faire de bruit, et, comme il levait les yeux vers la porte de sa chambre, il vit une lumière par le trou de la serrure. Cette
60 lumière faisait une sorte d'étoile sinistre dans le noir de la porte et du mur. Il y avait évidemment là quelqu'un qui tenait une chandelle à la main, et qui écoutait.

Quelques minutes s'écoulèrent, et la lumière s'en alla. Seulement il n'entendit plus aucun bruit de pas, ce qui semblait
65 indiquer que celui qui était venu écouter à la porte avait ôté ses souliers.

Jean Valjean se jeta tout habillé sur son lit et ne put fermer l'œil de la nuit.

Au point du jour[1], comme il s'assoupissait de fatigue, il fut
70 réveillé par le grincement d'une porte qui s'ouvrait à quelque mansarde[2] du fond du corridor[3], puis il entendit le même pas d'homme qui avait monté l'escalier la veille. Le pas s'approchait. Il se jeta à bas du lit et appliqua[4] son œil au trou de sa serrure, lequel était assez grand, espérant voir au passage l'être quel-
75 conque qui s'était introduit la nuit dans la masure et qui avait écouté à sa porte. C'était un homme en effet qui passa, cette fois sans s'arrêter, devant la chambre de Jean Valjean. Le corridor

1. **Au point du jour** : au lever du jour.
2. **Mansarde** : chambre aménagée sous les toits.
3. **Corridor** : couloir.
4. **Appliqua** : colla.

était encore trop obscur pour qu'on pût distinguer son visage ; mais quand l'homme arriva à l'escalier, un rayon de lumière du dehors le fit saillir[1] comme une silhouette, et Jean Valjean le vit de dos complètement. L'homme était de haute taille, vêtu d'une redingote longue, avec un gourdin sous son bras. C'était l'encolure formidable de Javert.

Jean Valjean aurait pu essayer de le revoir par sa fenêtre sur le boulevard. Mais il eût fallu ouvrir cette fenêtre, il n'osa pas. Il était évident que cet homme était entré avec une clef, et comme chez lui. Qui lui avait donné cette clef ? qu'est-ce que cela voulait dire ?

À sept heures du matin, quand la vieille vint faire le ménage, Jean Valjean lui jeta un coup d'œil pénétrant, mais il ne l'interrogea pas. La bonne femme était comme à l'ordinaire.

Tout en balayant, elle lui dit :

– Monsieur a peut-être entendu quelqu'un qui entrait cette nuit ?

À cet âge et sur ce boulevard, huit heures du soir, c'est la nuit la plus noire.

– À propos, c'est vrai, répondit-il de l'accent le plus naturel. Qui était-ce donc ?

– C'est un nouveau locataire, dit la vieille, qu'il y a dans la maison.

– Et qui s'appelle ?

– Je ne sais plus trop. Monsieur Dumont ou Daumont. Un nom comme cela.

– Et qu'est-ce qu'il est, ce monsieur Dumont ?

La vieille le considéra avec ses petits yeux de fouine, et répondit :

1. **Saillir** : surgir.

– Un rentier[1], comme vous. Elle n'avait peut-être aucune intention. Jean Valjean crut lui en démêler[2] une.

Quand la vieille fut partie, il fit un rouleau d'une centaine de
110 francs qu'il avait dans une armoire et le mit dans sa poche. Quelque précaution qu'il prît dans cette opération pour qu'on ne l'entendît pas remuer de l'argent, une pièce de cent sous lui échappa des mains et roula bruyamment sur le carreau.

À la brune[3], il descendit et regarda avec attention de tous les
115 côtés sur le boulevard. Il n'y vit personne. Le boulevard semblait absolument désert. Il est vrai qu'on peut s'y cacher derrière les arbres.

Il remonta.

– Viens, dit-il à Cosette.

120 Il la prit par la main, et ils sortirent tous deux.

Livre cinquième
À chasse noire, meute muette

I

Les zigzags de la stratégie

Jean Valjean, emmenant Cosette avec lui, décide de prendre la fuite pour échapper à Javert.

[...] Jean Valjean décrivit plusieurs labyrinthes variés dans le quartier Mouffetard, déjà endormi comme s'il avait encore la discipline du Moyen Âge et le joug du couvre-feu ; il combina de diverses façons, dans des stratégies savantes, la rue Censier et la

1. **Rentier** : personne qui vit de ce que lui rapportent ses biens.
2. **Démêler** : découvrir.
3. **À la brune** : à la tombée de la nuit.

rue Copeau, la rue du Battoir-Saint-Victor et la rue du Puits-l'Ermite. Il y a par là des logeurs, mais il n'y entrait même pas, ne trouvant point ce qui lui convenait. Par exemple, il ne doutait pas que, si, par hasard, on avait cherché sa piste, on ne l'eût perdue.

Comme onze heures sonnaient à Saint-Étienne-du-Mont, il traversait la rue de Pontoise devant le bureau du commissaire de police qui est au n° 14. Quelques instants après, l'instinct dont nous parlions plus haut fit qu'il se retourna. En ce moment, il vit distinctement, grâce à la lanterne du commissaire qui les trahissait, trois hommes qui le suivaient d'assez près passer successivement sous cette lanterne dans le côté ténébreux de la rue. L'un de ces trois hommes entra dans l'allée de la maison du commissaire. Celui qui marchait en tête lui parut décidément suspect.

– Viens, enfant, dit-il à Cosette, et il se hâta de quitter la rue de Pontoise.

Il fit un circuit, tourna le passage des Patriarches qui était fermé à cause de l'heure, arpenta la rue de l'Épée-de-Bois et la rue de l'Arbalète et s'enfonça dans la rue des Postes.

Il y a là un carrefour, où est aujourd'hui le collège Rollin et où vient s'embrancher la rue Neuve-Sainte-Geneviève.

(Il va sans dire que la rue Neuve-Sainte-Geneviève est une vieille rue, et qu'il ne passe pas une chaise de poste[1] tous les dix ans rue des Postes. Cette rue des Postes était au treizième siècle habitée par des potiers et son vrai nom est rue des Pots.)

La lune jetait une vive lumière dans ce carrefour. Jean Valjean s'embusqua[2] sous une porte, calculant[3] que si ces hommes le suivaient encore, il ne pourrait manquer de les très bien voir lorsqu'ils traverseraient cette clarté.

1. **Chaise de poste** : voiture de poste tirée par des chevaux.
2. **S'embusqua** : se cacha.
3. **Calculant** : estimant.

En effet, il ne s'était pas écoulé trois minutes que les hommes parurent. Ils étaient maintenant quatre ; tous de haute taille,
35 vêtus de longues redingotes brunes, avec des chapeaux ronds, et de gros bâtons à la main. Ils n'étaient pas moins inquiétants par leur grande stature et leurs vastes poings que par leur marche sinistre dans les ténèbres. On eût dit quatre spectres[1] déguisés en bourgeois.

40 Ils s'arrêtèrent au milieu du carrefour et firent groupe, comme des gens qui se consultent. Ils avaient l'air indécis. Celui qui paraissait les conduire se tourna et désigna vivement de la main droite la direction où s'était engagé Jean Valjean ; un autre semblait indiquer avec une certaine obstination la direc-
45 tion contraire. À l'instant où le premier se retourna, la lune éclaira en plein son visage. Jean Valjean reconnut parfaitement Javert.

V

Qui serait impossible avec l'éclairage au gaz

Javert et ses hommes se sont lancés à la poursuite de Jean Valjean et de Cosette.

En ce moment un bruit sourd et cadencé[2] commença à se faire entendre à quelque distance. Jean Valjean risqua un peu son regard en dehors du coin de la rue. Sept ou huit soldats disposés en peloton venaient de déboucher dans la rue
5 Polonceau. Il voyait briller les baïonnettes. Cela venait vers lui.

1. **Spectres** : fantômes.
2. **Cadencé** : mesuré.

Ces soldats, en tête desquels il distinguait la haute stature de Javert, s'avançaient lentement et avec précaution. Ils s'arrêtaient fréquemment. Il était visible qu'ils exploraient tous les recoins des murs et toutes les embrasures de portes et d'allées.

10 C'était, et ici la conjecture ne pouvait se tromper●, quelque patrouille que Javert avait rencontrée et qu'il avait requise[1].

Les deux acolytes[2] de Javert marchaient dans leurs rangs.

Du pas dont ils marchaient, et avec les stations qu'ils faisaient, il leur fallait environ un quart d'heure pour arriver à
15 l'endroit où se trouvait Jean Valjean.

Ce fut un instant affreux. Quelques minutes séparaient Jean Valjean de cet épouvantable précipice qui s'ouvrait devant lui pour la troisième fois. Et le bagne maintenant n'était plus seulement le bagne, c'était Cosette perdue à jamais ; c'est-à-dire une
20 vie qui ressemblait au dedans d'une tombe.

Il n'y avait plus qu'une chose possible.

Jean Valjean avait cela de particulier qu'on pouvait dire qu'il portait deux besaces[3] ; dans l'une il avait les pensées d'un saint, dans l'autre les redoutables talents d'un forçat. Il fouillait dans
25 l'une ou dans l'autre, selon l'occasion[4].

Entre autres ressources, grâce à ses nombreuses évasions du bagne de Toulon, il était, on s'en souvient, passé maître dans cet art incroyable de s'élever, sans échelles, sans crampons, par la seule force musculaire, en s'appuyant de la nuque, des épaules,
30 des hanches et des genoux, en s'aidant à peine des rares reliefs[5] de la pierre, dans l'angle droit d'un mur, au besoin jusqu'à la

1. **Requise** : réquisitionnée.
2. **Acolytes** : complices.
3. **Besaces** : sacs.
4. **Selon l'occasion** : selon le besoin.
5. **Reliefs** : aspérités.

● **Cela signifie que la présence de ces hommes ne pouvait être due au hasard.**

hauteur d'un sixième étage ; art qui a rendu si effrayant et si célèbre le coin de la cour de la Conciergerie de Paris par où s'échappa, il y a une vingtaine d'années, le condamné Battemolle.

35 Jean Valjean mesura des yeux la muraille au-dessus de laquelle il voyait le tilleul. Elle avait environ dix-huit pieds de haut[1]. L'angle qu'elle faisait avec le pignon[2] du grand bâtiment était rempli, dans sa partie inférieure, d'un massif de maçonnerie de forme triangulaire, probablement destiné à préserver ce 40 trop commode recoin des stations de ces stercoraires[3] qu'on appelle les passants. Ce remplissage préventif des coins de mur est fort usité[4] à Paris.

Ce massif avait environ cinq pieds de haut. Du sommet de ce massif l'espace à franchir pour arriver sur le mur n'était guère 45 que de quatorze pieds.

Le mur était surmonté d'une pierre plate sans chevron.

La difficulté était Cosette. Cosette, elle, ne savait pas escalader un mur. L'abandonner ? Jean Valjean n'y songeait pas. L'emporter était impossible. Toutes les forces d'un homme lui 50 sont nécessaires pour mener à bien ces étranges ascensions. Le moindre fardeau[5] dérangerait son centre de gravité et le précipiterait.

Il aurait fallu une corde. Jean Valjean n'en avait pas. Où trouver une corde à minuit, rue Polonceau ? Certes, en cet instant-là, si 55 Jean Valjean avait eu un royaume, il l'eût donné pour une corde●.

1. **Dix-huit pieds de haut** : entre 5 et 6 mètres.
2. **Pignon** : partie supérieure du mur.
3. **Stercoraires** : mouettes pillardes (ici : oiseaux).
4. **Usité** : utilisé.
5. **Le moindre fardeau** : le moindre poids.

● **C'est une référence à *Richard III*, pièce de William Shakespeare (vers 1594). Le tyran Richard III, tombé à terre durant la bataille, s'exclame : « Un cheval ! Mon royaume pour un cheval ! »**

Toutes les situations extrêmes ont leurs éclairs qui tantôt nous aveuglent, tantôt nous illuminent.

Le regard désespéré de Jean Valjean rencontra la potence du réverbère du cul-de-sac[1] Genrot.

60 À cette époque il n'y avait point de becs de gaz dans les rues de Paris. À la nuit tombante on y allumait des réverbères placés de distance en distance, lesquels montaient et descendaient au moyen d'une corde qui traversait la rue de part en part et qui s'ajustait dans la rainure[2] d'une potence. Le tourniquet où se 65 dévidait cette corde était scellé[3] au-dessous de la lanterne dans une petite armoire de fer dont l'allumeur[4] avait la clef, et la corde elle-même était protégée jusqu'à une certaine hauteur par un étui de métal.

Jean Valjean, avec l'énergie d'une lutte suprême[5], franchit la 70 rue d'un bond, entra dans le cul-de-sac, fit sauter le pêne[6] de la petite armoire avec la pointe de son couteau, et un instant après il était revenu près de Cosette. Il avait une corde. Ils vont vite en besogne, ces sombres trouveurs d'expédients●, aux prises avec la fatalité[7].

75 Nous avons expliqué que les réverbères n'avaient pas été allumés cette nuit-là. La lanterne du cul-de-sac Genrot se trouvait donc naturellement éteinte comme les autres, et l'on pouvait passer à côté sans même remarquer qu'elle n'était plus à sa place.

1. **Cul-de-sac** : rue sans issue.
2. **Rainure** : entaille pratiquée en longueur dans un morceau de bois.
3. **Scellé** : fixé.
4. **Allumeur** : personne chargée d'allumer les réverbères.
5. **Suprême** : extraordinaire.
6. **Pêne** : verrou.
7. **La fatalité** : le destin.

● **Le narrateur veut dire que des individus comme Jean Valjean ont la capacité de se tirer des situations les plus délicates.**

Cependant l'heure, le lieu, l'obscurité, la préoccupation de Jean Valjean, ses gestes singuliers, ses allées et venues, tout cela commençait à inquiéter Cosette. Tout autre enfant qu'elle aurait depuis longtemps jeté les hauts cris[1]. Elle se borna à tirer Jean Valjean par le pan de sa redingote. On entendait toujours de plus en plus distinctement le bruit de la patrouille qui approchait.

– Père, dit-elle tout bas, j'ai peur. Qu'est-ce qui vient donc là ?

– Chut ! répondit le malheureux homme. C'est la Thénardier.

Cosette tressaillit. Il ajouta :

– Ne dis rien. Laisse-moi faire. Si tu cries, si tu pleures, la Thénardier te guette. Elle vient pour te ravoir.

Alors, sans se hâter, mais sans s'y reprendre à deux fois pour rien, avec une précision ferme et brève, d'autant plus remarquable en un pareil moment que la patrouille et Javert pouvaient survenir d'un instant à l'autre, il défit sa cravate, la passa autour du corps de Cosette sous les aisselles[2] en ayant soin qu'elle ne pût blesser l'enfant, rattacha cette cravate à un bout de la corde au moyen de ce nœud que les gens de mer appellent nœud d'hirondelle, prit l'autre bout de cette corde dans ses dents, ôta ses souliers et ses bas[3] qu'il jeta par-dessus la muraille, monta sur le massif de maçonnerie, et commença à s'élever dans l'angle du mur et du pignon avec autant de solidité et de certitude que s'il eût eu des échelons[4] sous les talons et sous les coudes. Une demi-minute ne s'était pas écoulée qu'il était à genoux sur le mur.

Cosette le considérait avec stupeur, sans dire une parole. La recommandation de Jean Valjean et le nom de la Thénardier l'avaient glacée.

1. **Jeté les hauts cris** : hurlé.
2. **Aisselles** : les bras.
3. **Bas** : chaussettes.
4. **Échelons** : barreaux d'échelle.

Tout à coup elle entendit la voix de Jean Valjean qui lui criait, tout en restant très basse :

– Adosse-toi au mur.

Elle obéit.

– Ne dis pas un mot et n'aie pas peur, reprit Jean Valjean.

Et elle se sentit enlever de terre.

Avant qu'elle eût eu le temps de se reconnaître[1], elle était au haut de la muraille.

Jean Valjean la saisit, la mit sur son dos, lui prit ses deux petites mains dans sa main gauche, se coucha à plat ventre et rampa sur le haut du mur jusqu'au pan coupé. Comme il l'avait deviné, il y avait là une bâtisse dont le toit partait du haut de la clôture en bois et descendait fort près de terre, selon un plan assez doucement incliné, en effleurant le tilleul.

Circonstance heureuse, car la muraille était beaucoup plus haute de ce côté que du côté de la rue. Jean Valjean n'apercevait le sol au-dessous de lui que très profondément.

Il venait d'arriver au plan incliné du toit et n'avait pas encore lâché la crête de la muraille lorsqu'un hourvari[2] violent annonça l'arrivée de la patrouille. On entendit la voix tonnante de Javert :

– Fouillez le cul-de-sac ! La rue Droit-Mur est gardée, la petite rue Picpus aussi. Je réponds[3] qu'il est dans le cul-de-sac !

Les soldats se précipitèrent dans le cul-de-sac Genrot.

Jean Valjean se laissa glisser le long du toit, tout en soutenant Cosette, atteignit le tilleul et sauta à terre. Soit terreur, soit courage, Cosette n'avait pas soufflé. Elle avait les mains un peu écorchées.

1. **De se reconnaître** : de voir où elle se trouvait.
2. **Hourvari** : bruit terrible.
3. **Je réponds** : je suis sûr.

John Malkovich (Javert) dans Les Misérables.
Téléfilm de 2000 réalisé par Josée Dayan.

Livre huitième
Les cimetières prennent ce qu'on leur donne

IX
Clôture

Le jardin dans lequel Jean Valjean et Cosette viennent de se réfugier est celui du couvent du Petit-Picpus, dont le jardinier n'est autre que le père Fauchelevent. Celui-ci, qui n'a pas oublié qu'il doit la vie à Jean Valjean, décide de l'aider à son tour : il le présente à la mère supérieure comme étant son frère. Jean Valjean devient aide-jardinier sous le nom d'Ultime Fauchelevent, tandis que Cosette devient pensionnaire du couvent.

[...] Ce couvent était pour Jean Valjean comme une île entourée de gouffres. Ces quatre murs étaient désormais le monde pour lui. Il y voyait le ciel assez pour être serein et Cosette assez pour être heureux.

5 Une vie très douce recommença pour lui.

Il habitait avec le vieux Fauchelevent la baraque du fond du jardin. Cette bicoque[1], bâtie en plâtras[2], qui existait encore en 1845, était composée, comme on sait, de trois chambres, lesquelles étaient toutes nues et n'avaient que les murailles. La
10 principale avait été cédée de force, car Jean Valjean avait résisté en vain, par le père Fauchelevent à M. Madeleine. Le mur de cette chambre, outre les deux clous destinés à l'accrochement de la genouillère et de la hotte, avait pour ornement un

1. **Bicoque** : habitation médiocre, mal construite.
2. **Plâtras** : morceaux de plâtre.

papier-monnaie royaliste de 93 appliqué à la muraille au-dessus de la cheminée et dont voici le fac-similé[1] exact :

Cet assignat[2] vendéen avait été cloué au mur par le précédent jardinier, ancien Chouan qui était mort dans le couvent et que Fauchelevent avait remplacé.

Jean Valjean travaillait tout le jour dans le jardin et y était très utile. Il avait été jadis émondeur[3] et se retrouvait volontiers jardinier. On se rappelle qu'il avait toutes sortes de recettes et de secrets de culture. Il en tira parti. Presque tous les arbres du verger étaient des sauvageons ; il les écussonna[4] et leur fit donner d'excellents fruits.

Cosette avait permission de venir tous les jours passer une heure près de lui. Comme les sœurs étaient tristes et qu'il était bon, l'enfant le comparait et l'adorait. À l'heure fixée elle accourait vers la baraque. Quand elle entrait dans la masure, elle

1. **Fac-similé** : copie.
2. **Assignat** : papier-monnaie créé à la Révolution en 1789 et supprimé en 1797.
3. **Émondeur** : personne qui élague les arbres.
4. **Écussonna** : fit des greffons.

Les Chouans sont des royalistes de l'Ouest de la France, qui ont lutté farouchement contre la Révolution et contre lesquels la répression a été sanglante.

l'emplissait de paradis. Jean Valjean s'épanouissait, et sentait
30 son bonheur s'accroître du bonheur qu'il donnait à Cosette. La joie que nous inspirons a cela de charmant que, loin de s'affaiblir comme tout reflet, elle nous revient plus rayonnante. Aux heures de récréations, Jean Valjean regardait de loin Cosette jouer et courir, et il distinguait son rire du rire des autres.

35 Car maintenant Cosette riait.

La figure de Cosette en était même jusqu'à un certain point changée. Le sombre[1] en avait disparu. Le rire, c'est le soleil ; il chasse l'hiver du visage humain.

Cosette, toujours pas jolie, devenait bien charmante d'ailleurs.
40 Elle disait des petites choses raisonnables[2] avec sa douce voix enfantine.

La récréation finie, quand Cosette rentrait, Jean Valjean regardait les fenêtres de sa classe, et la nuit il se relevait pour regarder les fenêtres de son dortoir.

45 Du reste Dieu a ses voies ; le couvent contribua, comme Cosette, à maintenir et à compléter dans Jean Valjean l'œuvre de l'évêque. Il est certain qu'un des côtés de la vertu aboutit à l'orgueil. Il y a là un pont bâti par le diable. Jean Valjean était peut-être à son insu assez près de ce côté-là et de ce pont-là,
50 lorsque la providence le jeta dans le couvent du Petit-Picpus. Tant qu'il ne s'était comparé qu'à l'évêque, il s'était trouvé indigne et il avait été humble ; mais depuis quelque temps il commençait à se comparer aux hommes, et l'orgueil naissait. Qui sait ? il aurait peut-être fini par revenir tout doucement à la
55 haine. [...].

1. **Le sombre** : la tristesse.
2. **Raisonnables** : justes.

Tout ce qui l'entourait, ce jardin paisible, ces fleurs embaumées[1], ces enfants poussant des cris joyeux, ces femmes graves et simples, ce cloître[2] silencieux, le pénétraient lentement, et peu à peu son âme se composait de silence comme ce cloître, de
60 parfum comme ces fleurs, de paix comme ce jardin, de simplicité comme ces femmes, de joie comme ces enfants. Et puis il songeait que c'étaient deux maisons de Dieu qui l'avaient successivement recueilli aux deux instants critiques de sa vie, la première lorsque toutes les portes se fermaient et que la société
65 humaine le repoussait, la deuxième au moment où la société humaine se remettait à sa poursuite et où le bagne se rouvrait ; et que sans la première il serait retombé dans le crime et sans la seconde dans le supplice.

Tout son cœur se fondait en reconnaissance et il aimait de
70 plus en plus.

Plusieurs années s'écoulèrent ainsi ; Cosette grandissait.

1. **Embaumées** : parfumées.
2. **Cloître** : couvent.

Troisième partie - Marius

Livre premier
Paris étudié dans son atome

XIII
Le petit Gavroche

Huit ou neuf ans environ après les événements racontés dans la deuxième partie de cette histoire, on remarquait sur le boulevard du Temple et dans les régions du Château-d'Eau un petit garçon de onze à douze ans qui eût assez correctement réalisé cet idéal du gamin ébauché plus haut[1] , si, avec le rire de son âge sur les lèvres, il n'eût pas eu le cœur absolument sombre et vide. Cet enfant était bien affublé d'un pantalon d'homme, mais il ne le tenait pas de son père, et d'une camisole[2] de femme, mais il ne la tenait pas de sa mère[3]. Des gens quelconques l'avaient habillé de chiffons par charité[4]. Pourtant il avait un père et une mère. Mais son père ne songeait pas à lui et sa mère ne l'aimait

1. **Plus haut** : au chapitre précédent.
2. **Camisole** : vêtement court à manches, traditionnellement porté sur une chemise.
3. **Il ne la tenait pas de sa mère** : c'est-à-dire que ce n'était pas sa mère qui la lui avait donnée.
4. **Par charité** : par bonté.

point. C'était un de ces enfants dignes de pitié entre tous qui ont père et mère et qui sont orphelins.

Cet enfant ne se sentait jamais si bien que dans la rue. Le pavé lui était moins dur que le cœur de sa mère.

Victor Hugo, Gavroche rêveur, *encre de Chine. Musée Victor-Hugo, Paris.*

Ses parents l'avaient jeté dans la vie d'un coup de pied. Il avait tout bonnement pris sa volée[1].

C'était un garçon bruyant, blême, leste[2], éveillé, goguenard[3], à l'air vivace et maladif. Il allait, venait, chantait, jouait à la
20 fayousse[4], grattait les ruisseaux, volait un peu, mais comme les chats et les passereaux[5], gaîment, riait quand on l'appelait galopin, se fâchait quand on l'appelait voyou. Il n'avait pas de gîte[6], pas de pain, pas de feu, pas d'amour ; mais il était joyeux parce qu'il était libre.

25 Quand ces pauvres êtres sont hommes, presque toujours la meule de l'ordre social les rencontre et les broie[7], mais tant qu'ils sont enfants, ils échappent, étant petits. Le moindre trou les sauve.

Pourtant, si abandonné que fût cet enfant, il arrivait parfois,
30 tous les deux ou trois mois, qu'il disait : « Tiens, je vais voir maman ! » Alors il quittait le boulevard, le Cirque, la Porte Saint-Martin, descendait aux quais, passait les ponts, gagnait les faubourgs, atteignait la Salpêtrière, et arrivait où ? Précisément à ce double numéro 50-52 que le lecteur connaît, à la
35 masure[8] Gorbeau.

À cette époque, la masure 50-52, habituellement déserte et éternellement décorée de l'écriteau : « Chambres à louer », se trouvait, chose rare, habitée par plusieurs individus qui, du reste, comme cela est toujours à Paris, n'avaient aucun lien ni

1. **Il avait tout bonnement pris sa volée** : il avait dû se débrouiller seul.
2. **Leste** : vif et alerte.
3. **Goguenard** : espiègle.
4. **Fayousse** : jeu d'adresse.
5. **Passereaux** : moineaux.
6. **Pas de gîte** : pas d'endroit où dormir.
7. **Les broie** : les écrase.
8. **Masure** : maison délabrée.

40 aucun rapport entre eux. Tous appartenaient à cette classe indigente[1] qui commence à partir du dernier petit bourgeois gêné et qui se prolonge de misère en misère dans les bas-fonds de la société jusqu'à ces deux êtres auxquels toutes les choses matérielles de la civilisation viennent aboutir, l'égoutier qui balaye la
45 boue et le chiffonnier qui ramasse les guenilles[2].

La « principale locataire » du temps de Jean Valjean était morte et avait été remplacée par une toute pareille. Je ne sais quel philosophe a dit : On ne manque jamais de vieilles femmes.

Cette nouvelle vieille s'appelait madame Burgon, et n'avait
50 rien de remarquable dans sa vie qu'une dynastie de trois perroquets, lesquels avaient successivement régné sur son âme.

Les plus misérables entre ceux qui habitaient la masure étaient une famille de quatre personnes, le père, la mère et deux filles déjà assez grandes, tous les quatre logés dans le même
55 galetas, une de ces cellules[3] dont nous avons déjà parlé.

Cette famille n'offrait au premier abord rien de très particulier que son extrême dénuement[4] ; le père en louant la chambre avait dit s'appeler Jondrette. Quelque temps après son emménagement qui avait singulièrement ressemblé, pour emprunter
60 l'expression mémorable de la principale locataire, à *l'entrée de rien du tout*, ce Jondrette avait dit à cette femme qui, comme sa devancière[5], était en même temps portière[6] et balayait l'escalier :
– Mère une telle, si quelqu'un venait par hasard demander un Polonais ou un Italien, ou peut-être un Espagnol, ce serait moi.

1. **Indigente** : pauvre.
2. **Guenilles** : haillons.
3. **Cellules** : chambres.
4. **Dénuement** : pauvreté.
5. **Sa devancière** : celle qui l'avait précédée.
6. **Portière** : concierge.

Cette famille était la famille du joyeux petit va-nu-pieds[1]. Il y arrivait, et il trouvait la pauvreté, la détresse, et, ce qui est plus triste, aucun sourire ; le froid dans l'âtre et le froid dans les cœurs. Quand il entrait, on lui demandait : – D'où viens-tu ? Il répondait : – De la rue. Quand il s'en allait, on lui demandait : – Où vas-tu ? Il répondait : – Dans la rue. Sa mère lui disait : – Qu'est-ce que tu viens faire ici ?

Cet enfant vivait dans cette absence d'affection comme ces herbes pâles qui viennent dans les caves. Il ne souffrait pas d'être ainsi et n'en voulait à personne. Il ne savait pas au juste comment devaient être un père et une mère.

Du reste sa mère aimait ses sœurs.

Nous avons oublié de dire que sur le boulevard du Temple on nommait cet enfant le petit Gavroche. Pourquoi s'appelait-il Gavroche ? Probablement parce que son père s'appelait Jondrette.

Casser le fil semble être l'instinct de certaines familles misérables.

La chambre que les Jondrette habitaient dans la masure Gorbeau était la dernière au bout du corridor. La cellule d'à côté était occupée par un jeune homme très pauvre qu'on nommait monsieur Marius.

Disons ce que c'était que[2] monsieur Marius.

Le narrateur revient longuement (et c'est peu dire…), dans les chapitres qui suivent, sur l'histoire de Marius, qu'on retrouve étudiant sans le sou, établi dans la masure Gorbeau occupée jadis par

1. **Va-nu-pieds** : vagabond.
2. **Ce que c'était que** : qui était.

Cosette et Jean Valjean, et membre des Amis de l'ABC, un groupe de jeunes républicains idéalistes désireux de faire évoluer la société. Il se rend souvent dans le jardin du Luxembourg que fréquente également une jeune fille accompagnée d'un vieil homme : on aura reconnu Cosette et Jean Valjean.

Livre sixième
La conjonction de deux étoiles

I

Le sobriquet[1] : mode de formation des noms de famille

Marius à cette époque était un beau jeune homme de moyenne taille, avec d'épais cheveux très noirs, un front haut et intelligent, les narines ouvertes et passionnées, l'air sincère et calme, et sur tout son visage je ne sais quoi qui était hautain[2], pensif et innocent. Son profil, dont toutes les lignes étaient arrondies sans cesser d'être fermes, avait cette douceur germanique qui a pénétré dans la physionomie française par l'Alsace et la Lorraine, et cette absence complète d'angles qui rendait les Sicambres[3] si reconnaissables parmi les Romains et qui distingue la race léonine de la race aquiline[4]. Il était à cette saison de la vie où l'esprit des hommes qui pensent se compose, presque à proportions égales, de profondeur et de naïveté. Une situation grave étant donnée, il avait tout ce qu'il fallait pour être stupide ;

1. **Sobriquet** : surnom.
2. **Hautain** : supérieur.
3. **Sicambres** : peuple germanique soumis par les Romains dans l'Antiquité.
4. **La race léonine de la race aquiline** : les lions des aigles.

un tour de clef de plus, il pouvait être sublime. Ses façons[1]
15 étaient réservées, froides, polies, peu ouvertes. Comme sa bouche était charmante, ses lèvres les plus vermeilles[2] et ses dents les plus blanches du monde, son sourire corrigeait ce que toute sa physionomie avait de sévère. À de certains moments, c'était un singulier[3] contraste que le front chaste et ce sourire
20 voluptueux. Il avait l'œil petit et le regard grand.

Au temps de sa pire misère, il remarquait que les jeunes filles se retournaient quand il passait, et il se sauvait ou se cachait, la mort dans l'âme. Il pensait qu'elles le regardaient pour ses vieux habits et qu'elles en riaient ; le fait est qu'elles le
25 regardaient pour sa grâce et qu'elles en rêvaient.

Ce muet malentendu entre lui et les jolies passantes l'avait rendu farouche. Il n'en choisit aucune, par l'excellente raison qu'il s'enfuyait devant toutes. Il vécut ainsi indéfiniment, – bêtement, disait Courfeyrac●.

30 Courfeyrac lui disait encore : – N'aspire pas à être vénérable (car ils se tutoyaient ; glisser au tutoiement est la pente des amitiés jeunes). Mon cher, un conseil. Ne lis pas tant dans les livres et regarde un peu plus les margotons. Les coquines ont du bon, ô Marius ! À force de t'enfuir et de rougir, tu t'abrutiras.

35 D'autres fois Courfeyrac le rencontrait et lui disait :

– Bonjour, monsieur l'abbé.

Quand Courfeyrac lui avait tenu quelque propos de ce genre, Marius était huit jours à éviter plus que jamais les femmes, jeunes et vieilles, et il évitait par-dessus le marché Courfeyrac.

1. **Ses façons** : ses manières.
2. **Vermeilles** : d'un rouge vif et léger.
3. **Singulier** : étrange.

● **Courfeyrac, étudiant, est un ami de Marius et membre d'une petite société secrète, les « Amis de l'ABC ».**

Il y avait pourtant dans toute l'immense création deux femmes que Marius ne fuyait pas et auxquelles il ne prenait point garde. À la vérité on l'eût fort étonné si on lui eût dit que c'étaient des femmes. L'une était la vieille barbue qui balayait sa chambre et qui faisait dire à Courfeyrac : Voyant que sa servante porte sa barbe, Marius ne porte point la sienne. L'autre était une espèce de petite fille qu'il voyait très souvent et qu'il ne regardait jamais.

Depuis plus d'un an, Marius remarquait dans une allée déserte du Luxembourg, l'allée qui longe le parapet[1] de la Pépinière, un homme et une toute jeune fille presque toujours assis côte à côte sur le même banc, à l'extrémité la plus solitaire de l'allée, du côté de la rue de l'Ouest. Chaque fois que ce hasard qui se mêle aux promenades des gens dont l'œil est retourné en dedans amenait Marius dans cette allée, et c'était presque tous les jours, il y retrouvait ce couple. L'homme pouvait avoir une soixantaine d'années, il paraissait triste et sérieux ; toute sa personne offrait cet aspect robuste et fatigué des gens de guerre retirés du service. S'il avait eu une décoration, Marius eût dit : c'est un ancien officier. Il avait l'air bon, mais inabordable, et il n'arrêtait jamais son regard sur le regard de personne. Il portait un pantalon bleu, une redingote bleue et un chapeau à bords larges, qui paraissaient toujours neufs, une cravate noire et une chemise de quaker[2], c'est-à-dire, éclatante de blancheur, mais de grosse toile. Une grisette[3] passant un jour près de lui, dit : Voilà un veuf fort propre. Il avait les cheveux très blancs.

1. **Parapet** : muret destiné à empêcher les gens de tomber.
2. **Quaker** : membre d'un mouvement religieux protestant.
3. **Grisette** : ouvrière.

La première fois que la jeune fille qui l'accompagnait vint s'asseoir avec lui sur le banc qu'ils semblaient avoir adopté, c'était une façon de fille[1] de treize ou quatorze ans, maigre, au point d'en être presque laide, gauche[2], insignifiante, et qui pro-
70 mettait peut-être d'avoir d'assez beaux yeux. Seulement ils étaient toujours levés avec une sorte d'assurance déplaisante. Elle avait cette mise[3] à la fois vieille et enfantine des pensionnaires de couvent ; une robe mal coupée de gros mérinos● noir. Ils avaient l'air du père et de la fille.

75 Marius examina pendant deux ou trois jours cet homme vieux qui n'était pas encore un vieillard et cette petite fille qui n'était pas encore une personne, puis il n'y fit plus aucune attention. Eux de leur côté semblaient ne pas même le voir. Ils causaient entre eux d'un air paisible et indifférent. La fille jasait[4]
80 sans cesse, et gaîment. Le vieux[5] homme parlait peu, et, par instants, il attachait sur elle des yeux remplis d'une ineffable[6] paternité.

Marius avait pris l'habitude machinale de se promener dans cette allée. Il les y retrouvait invariablement.

85 Voici comment la chose se passait :

Marius arrivait le plus volontiers par le bout de l'allée opposé à leur banc. Il marchait toute la longueur de l'allée, passait devant eux, puis s'en retournait jusqu'à l'extrémité par où il était venu, et recommençait. Il faisait ce va-et-vient cinq ou six

1. **Une façon de fille** : presque une jeune femme.
2. **Gauche** : maladroite.
3. **Cette mise** : cette attitude.
4. **Jasait** : parlait.
5. **Vieux** : vieil.
6. **Ineffable** : indescriptible.

● **Le mérinos est un mouton de race espagnole, originaire d'Afrique du Nord, dont l'épaisse toison donne une laine très fine. On appelle mérinos les vêtements fabriqués à partir de cette laine.**

90 fois dans sa promenade, et cette promenade cinq ou six fois par semaine sans qu'ils en fussent arrivés, ces gens et lui, à échanger un salut.

Ce personnage et cette jeune fille, quoiqu'ils parussent et peut-être parce qu'ils paraissaient éviter les regards, avaient 95 naturellement quelque peu éveillé l'attention des cinq ou six étudiants qui se promenaient de temps en temps le long de la Pépinière, les studieux après leurs cours, les autres après leur partie de billard. Courfeyrac, qui était des derniers, les avait observés quelque temps, mais trouvant la fille laide, il s'en était 100 bien vite et soigneusement écarté. Il s'était enfui comme un Parthe● en leur décochant un sobriquet. Frappé uniquement de la robe de la petite et des cheveux du vieux, il avait appelé la fille mademoiselle Lanoire et le père monsieur Leblanc, si bien que, personne ne les connaissant d'ailleurs, en l'absence du nom, le 05 surnom avait fait loi. Les étudiants disaient : – Ah ! monsieur Leblanc est à son banc ! et Marius, comme les autres, avait trouvé commode d'appeler ce monsieur inconnu M. Leblanc.

Nous ferons comme eux, et nous dirons M. Leblanc pour la facilité de ce récit. [...]

● **Les Parthes étaient, dans l'Antiquité, des guerriers célèbres pour demeurer fiers, dans la victoire comme dans la défaite.**

II
Lux facta est[1]

La seconde année, précisément au point de cette histoire où le lecteur est parvenu, il arriva que cette habitude du Luxembourg s'interrompit, sans que Marius sût trop pourquoi lui-même, et qu'il fut près de six mois sans mettre les pieds dans son allée. 5 Un jour enfin il y retourna. C'était par une sereine[2] matinée d'été, Marius était joyeux comme on l'est quand il fait beau. Il lui semblait qu'il avait dans le cœur tous les chants d'oiseaux qu'il entendait et tous les morceaux du ciel bleu qu'il voyait à travers les feuilles des arbres.

10 Il alla droit à « son allée », et, quand il fut au bout, il aperçut, toujours sur le même banc, ce couple connu. Seulement, quand il approcha, c'était bien le même homme ; mais il parut que ce n'était pas la même fille. La personne qu'il voyait maintenant était une grande et belle créature ayant toutes les formes les 15 plus charmantes de femme à ce moment précis où elles se combinent encore avec toutes les grâces les plus naïves[3] de l'enfant ; moment fugitif et pur que peuvent seuls traduire ces deux mots : quinze ans. C'étaient d'admirables cheveux châtains nuancés de veines dorées, un front qui semblait fait de marbre, 20 des joues qui semblaient faites d'une feuille de rose, un incarnat[4] pâle, une blancheur émue, une bouche exquise d'où le sourire sortait comme une clarté et la parole comme une musique,

1. ***Lux facta est*** : « La lumière fut » (Genèse, I, 3).
2. **Sereine** : tranquille.
3. **Les grâces les plus naïves** : les charmes les plus innocents.
4. **Incarnat** : rouge clair et vif.

une tête que Raphaël[1] eût donnée à Marie posée sur un cou que Jean Goujon[2] eût donné à Vénus. Et, afin que rien ne manquât
25 à cette ravissante figure, le nez n'était pas beau, il était joli ; ni droit ni courbé, ni italien ni grec ; c'était le nez parisien ; c'est-à-dire quelque chose de spirituel, de fin, d'irrégulier et de pur, qui désespère les peintres et qui charme les poètes.

Quand Marius passa près d'elle, il ne put voir ses yeux qui
30 étaient constamment baissés. Il ne vit que ses longs cils châtains pénétrés d'ombre et de pudeur.

Cela n'empêchait pas la belle enfant de sourire tout en écoutant l'homme à cheveux blancs qui lui parlait, et rien n'était ravissant comme ce frais sourire avec des yeux baissés.

35 Dans le premier moment, Marius pensa que c'était une autre fille du même homme, une sœur sans doute de la première. Mais, quand l'invariable habitude de la promenade le ramena pour la seconde fois près du banc, et qu'il l'eut examinée avec attention, il reconnut que c'était la même. En six mois la petite
40 fille était devenue jeune fille ; voilà tout. Rien n'est plus fréquent que ce phénomène. Il y a un instant où les filles s'épanouissent en un clin d'œil et deviennent des roses tout à coup. Hier on les a laissées enfants, aujourd'hui on les retrouve inquiétantes.

Celle-ci n'avait pas seulement grandi, elle s'était idéalisée[3].
45 Comme trois jours en avril suffisent à certains arbres pour se couvrir de fleurs, six mois lui avaient suffi pour se vêtir de beauté. Son avril à elle était venu.

1. **Raphaël** : peintre italien de la Renaissance (1483-1520).
2. **Jean Goujon** : sculpteur français de la Renaissance (1510-1566).
3. **Idéalisée** : embellie.

On voit quelquefois des gens qui, pauvres et mesquins, semblent se réveiller, passent subitement de l'indigence au
50 faste[1], font des dépenses de toutes sortes, et deviennent tout à coup éclatants, prodigues[2] et magnifiques. Cela tient à une rente empochée ; il y a eu échéance hier. La jeune fille avait touché son semestre●.

Et puis ce n'était plus la pensionnaire avec son chapeau de
55 peluche, sa robe de mérinos, ses souliers d'écolier et ses mains rouges ; le goût lui était venu avec la beauté ; c'était une personne bien mise avec une sorte d'élégance simple et riche et sans manière. Elle avait une robe de damas noir, un camail de même étoffe et un chapeau de crêpe[3] blanc. Ses gants blancs
60 montraient la finesse de sa main qui jouait avec le manche d'une ombrelle en ivoire chinois, et son brodequin[4] de soie dessinait la petitesse de son pied. Quand on passait près d'elle, toute sa toilette exhalait[5] un parfum jeune et pénétrant.

Quant à l'homme, il était toujours le même.

65 La seconde fois que Marius arriva près d'elle, la jeune fille leva les paupières. Ses yeux étaient d'un bleu céleste et profond, mais dans cet azur voilé il n'y avait encore que le regard d'un enfant. Elle regarda Marius avec indifférence, comme elle eût regardé le marmot[6] qui courait sous les sycomores[7], ou le vase
70 de marbre qui faisait de l'ombre sur le banc ; et Marius de son côté continua sa promenade en pensant à autre chose.

1. **De l'indigence au faste** : de la pauvreté à la richesse.
2. **Prodigues** : dépensiers.
3. **Damas** : tissu à motifs brillants sur fond mat ; **camail** : petite cape ; **crêpe** : tissu léger.
4. **Brodequin** : soulier montant.
5. **Exhalait** : dégageait.
6. **Marmot** : enfant (terme populaire).
7. **Sycomores** : arbres.

● **Une rente est une somme d'argent, et l'échéance la date à laquelle un paiement doit être effectué. Le narrateur veut signifier par là que la jeune fille était en quelque temps devenue très belle.**

Il passa encore quatre ou cinq fois près du banc où était la jeune fille, mais sans même tourner les yeux vers elle.

Les jours suivants, il revint comme à l'ordinaire au
75 Luxembourg, comme à l'ordinaire, il y trouva « le père et la fille », mais il n'y fit plus attention. Il ne songea pas plus à cette fille quand elle fut belle qu'il n'y songeait lorsqu'elle était laide. Il passait toujours fort près du banc où elle était, parce que c'était son habitude.

III
Effet de printemps

Un jour, l'air était tiède, le Luxembourg était inondé d'ombre et de soleil, le ciel était pur comme si les anges l'eussent lavé le matin, les passereaux poussaient de petits cris dans les profondeurs des marronniers, Marius avait ouvert toute son âme à la
5 nature, il ne pensait à rien, il vivait et il respirait, il passa près de ce banc, la jeune fille leva les yeux sur lui, leurs deux regards se rencontrèrent.

Qu'y avait-il cette fois dans le regard de la jeune fille ? Marius n'eût pu le dire. Il n'y avait rien et il y avait tout. Ce fut un
10 étrange éclair.

Elle baissa les yeux, et il continua son chemin.

Ce qu'il venait de voir, ce n'était pas l'œil ingénu[1] et simple d'un enfant, c'était un gouffre mystérieux qui s'était entr'ouvert, puis brusquement refermé.

15 Il y a un jour où toute jeune fille regarde ainsi. Malheur à qui se trouve là !

1. **Ingénu** : innocent.

Ce premier regard d'une âme qui ne se connaît pas encore est comme l'aube dans le ciel. C'est l'éveil de quelque chose de rayonnant et d'inconnu. Rien ne saurait rendre le charme dangereux de cette lueur inattendue qui éclaire vaguement tout à coup d'adorables ténèbres et qui se compose de toute l'innocence du présent et de toute la passion de l'avenir. C'est une sorte de tendresse indécise qui se révèle au hasard et qui attend. C'est un piège que l'innocence tend à son insu[1] et où elle prend des cœurs sans le vouloir et sans le savoir. C'est une vierge qui regarde comme une femme.

Il est rare qu'une rêverie profonde ne naisse pas de ce regard là où il tombe. Toutes les puretés et toutes les ardeurs se concentrent dans ce rayon céleste et fatal qui, plus que les œillades[2] les mieux travaillées des coquettes, a le pouvoir magique de faire subitement

1. **À son insu** : sans le savoir.
2. **Œillades** : clins d'œil.

éclore au fond d'une âme cette fleur sombre, pleine de parfums et de poisons, qu'on appelle l'amour.

Le soir, en rentrant dans son galetas, Marius jeta les yeux sur son vêtement, et s'aperçut pour la première fois qu'il avait la 35 malpropreté, l'inconvenance[1] et la stupidité inouïe[2] d'aller se promener au Luxembourg avec ses habits « de tous les jours », c'est-à-dire avec un chapeau cassé près de la ganse[3], de grosses bottes de roulier, un pantalon noir blanc aux genoux et un habit noir pâle aux coudes.

Livre huitième
Le mauvais pauvre

VI

L'HOMME FAUVE AU GÎTE

Marius est tombé amoureux de Cosette mais il se désespère car il ne la voit plus. Dans la chambre voisine de la sienne se déroule un étrange manège auquel Marius assiste en regardant par un trou pratiqué dans la cloison.

Les villes comme les forêts, ont leurs antres[4] où se cachent tout ce qu'elles ont de plus méchant et de plus redoutable. Seulement, dans les villes, ce qui se cache ainsi est féroce, immonde[5] et petit, c'est-à-dire laid ; dans les forêts, ce qui se 5 cache est féroce, sauvage et grand, c'est-à-dire beau. Repaires

1. **Inconvenance** : incorrection.
2. **Inouïe** : incroyable.
3. **Ganse** : ruban décoratif.
4. **Antres** : ici, lieux inquiétants et mystérieux.
5. **Immonde** : affreux, répugnant.

pour repaires, ceux des bêtes sont préférables à ceux des hommes. Les cavernes valent mieux que les bouges[1].

Ce que Marius voyait était un bouge.

Marius était pauvre et sa chambre était indigente ; mais, de
10 même que sa pauvreté était noble, son grenier était propre. Le taudis où son regard plongeait en ce moment était abject, sale, fétide, infect, ténébreux, sordide[2]. Pour tous meubles, une chaise de paille, une table infirme, quelques vieux tessons, et dans deux coins deux grabats[3] indescriptibles ; pour toute
15 clarté, une fenêtre-mansarde à quatre carreaux, drapée de toiles d'araignée. Il venait par cette lucarne juste assez de jour pour qu'une face d'homme parût une face de fantôme. Les murs avaient un aspect lépreux[4], et étaient couverts de coutures et de cicatrices comme un visage défiguré par quelque horrible mala-
20 die. Une humidité chassieuse y suintait●. On y distinguait des dessins obscènes grossièrement charbonnés.

[...]

Dans un angle voisin de l'ouverture par où Marius regardait, était accrochée au mur dans un cadre de bois noir une gravure
25 coloriée au bas de laquelle était écrit en grosses lettres : le songe. Cela représentait une femme endormie et un enfant endormi, l'enfant sur les genoux de la femme, un aigle dans un nuage avec une couronne dans le bec, et la femme écartant la couronne de la tête de l'enfant, sans se réveiller d'ailleurs ; au fond
30 Napoléon dans une gloire s'appuyait sur une colonne gros bleu à chapiteau jaune ornée de cette inscription :

1. **Bouges** : lieux mal famés.
2. **Abject** : répugnant ;
fétide : puant ; **sordide** : crasseux.
3. **Grabats** : lits misérables.
4. **Lépreux** : misérable.

● **La *chassie* est une substance jaunâtre et gluante qui se dépose sur le bord des paupières. Les murs de la pièce sont tellement humides qu'ils ont l'apparence de la chassie.**

MARINGO.

AUSTERLITS.

IÉNA.

35 WAGRAMME.

ELOT●.

Au-dessous de ce cadre, une espèce de panneau de bois plus long que large était posé à terre et appuyé en plan incliné contre le 40 mur. Cela avait l'air d'un tableau retourné, d'un châssis probablement barbouillé de l'autre côté, de quelque trumeau[1] détaché d'une muraille et oublié là en attendant qu'on le raccroche.

Près de la table, sur laquelle Marius apercevait une plume, de l'encre et du papier, était assis un homme d'environ soixante 45 ans, petit, maigre, livide, hagard[2], l'air fin, cruel et inquiet ; un gredin hideux.

Lavater●, s'il eût considéré ce visage, y eût trouvé le vautour mêlé au procureur ; l'oiseau de proie et l'homme de chicane[3] s'enlaidissant et se complétant l'un par l'autre, l'homme de 50 chicane faisant[4] l'oiseau de proie ignoble, l'oiseau de proie faisant l'homme de chicane horrible.

Cet homme avait une longue barbe grise. Il était vêtu d'une chemise de femme qui laissait voir sa poitrine velue[5] et ses bras

1. **Trumeau** : panneau peint occupant l'espace entre deux fenêtres, au-dessus d'une cheminée, etc.
2. **Hagard** : perdu.
3. **Homme de chicane** : homme de loi.
4. **Faisant** : ici, au sens de « rendant ».
5. **Velue** : poilue.

● **Ces noms sont ceux de batailles remportées par Napoléon, mais trois d'entre eux sont mal orthographiés : il s'agit des victoires d'Austerlitz (et non Austerlits), de Wagram (et non Wagramme) et d'Eylau (et non Elot).**

● **Lavater est un penseur du XVIIIe siècle, resté célèbre pour avoir élaboré une théorie proposant de connaître la psychologie des hommes d'après l'étude de leur visage, de leur corps.**

nus hérissés de poils gris. Sous cette chemise, on voyait passer
55 un pantalon boueux et des bottes dont sortaient les doigts de ses pieds.

Il avait une pipe à la bouche et il fumait. Il n'y avait plus de pain dans le taudis[1], mais il y avait encore du tabac.

Il écrivait, probablement quelque lettre comme celles que
60 Marius avait lues.

[...]

Tout en écrivant, l'homme parlait haut, et Marius entendait ses paroles :

– Dire qu'il n'y a pas d'égalité, même quand on est mort !
65 Voyez un peu le Père-Lachaise ! Les grands, ceux qui sont riches, sont en haut, dans l'allée des acacias, qui est pavée. Ils peuvent y arriver en voiture. Les petits, les pauvres gens, les malheureux, quoi ! on les met dans le bas, où il y a de la boue jusqu'aux genoux, dans les trous, dans l'humidité. On les met là
70 pour qu'ils soient plus vite gâtés ! On ne peut pas aller les voir sans enfoncer dans la terre.

Ici il s'arrêta, frappa du poing sur la table, et ajouta en grinçant des dents :

– Oh ! je mangerais le monde !

75 Une grosse femme qui pouvait avoir quarante ans ou cent ans était accroupie près de la cheminée sur ses talons nus.

Elle n'était vêtue, elle aussi, que d'une chemise et d'un jupon de tricot rapiécé[2] avec des morceaux de vieux drap. Un tablier de grosse toile cachait la moitié du jupon. Quoique cette femme fût
80 pliée et ramassée sur elle-même, on voyait qu'elle était de très haute taille. C'était une espèce de géante à côté de son mari. Elle

1. **Taudis** : demeure misérable.
2. **Rapiécé** : raccommodé.

avait d'affreux cheveux d'un blond roux grisonnants qu'elle remuait de temps en temps avec ses énormes mains luisantes à ongles plats.

85 À côté d'elle était posé à terre, tout grand ouvert, un volume du même format que l'autre, et probablement du même roman.

Sur un des grabats, Marius entrevoyait une espèce de longue petite fille blême assise, presque nue et les pieds pendants, n'ayant l'air ni d'écouter, ni de voir, ni de vivre.

[...]

VIII

Le rayon dans le bouge

[...] Il y eut dans le bouge un moment de silence. La fille aînée décrottait d'un air insouciant le bas de sa mante, la jeune sœur continuait de sangloter ; la mère lui avait pris la tête dans ses deux mains et la couvrait de baisers en lui disant tout bas :

5 – Mon trésor, je t'en prie, ce ne sera rien, ne pleure pas, tu vas fâcher ton père.

– Non ! cria le père, au contraire ! sanglote ! sanglote ! cela fait bien.

Puis, revenant à l'aînée :

10 – Ah çà, mais ! il n'arrive pas ! S'il allait ne pas venir ! j'aurais éteint mon feu, défoncé ma chaise, déchiré ma chemise et cassé mon carreau pour rien !

– Et blessé la petite ! murmura la mère.

– Savez-vous, reprit le père, qu'il fait un froid de chien dans 15 ce galetas du diable ? Si cet homme ne venait pas ! Oh! Voilà ! il se fait attendre ! il se dit : Eh bien ! ils m'attendront ! ils sont là pour cela ! – Oh ! que je les hais, et comme je les étranglerais avec jubilation, joie, enthousiasme et satisfaction, ces riches ! tous ces riches ! ces prétendus hommes charitables, qui font les conflits, qui vont à la messe, qui donnent dans la prêtraille, prêchi, prêcha, dans les calotins[1], et qui se croient au-dessus de nous, et qui viennent nous humilier, et nous apporter des vêtements, comme ils disent ! des nippes qui ne valent pas quatre sous, et du pain ! Ce n'est pas cela que je veux, tas de canailles ! c'est de l'argent ! Ah ! de l'argent ! jamais ! parce qu'ils disent que nous l'irions boire, et que nous sommes des ivrognes et des fainéants Et eux ! qu'est-ce qu'ils sont donc, et qu'est-ce qu'ils ont été dans leur temps ? des voleurs ! ils ne se seraient pas enrichis sans cela ! Oh ! l'on devrait prendre la société par les quatre coins de la nappe et tout jeter en l'air ! tout se casserait, c'est possible, mais au moins personne n'aurait rien, ce serait cela de gagné ! – Mais qu'est-ce qu'il fait donc, ton mufle[2] de monsieur bienfaisant ? viendra-t-il ! L'animal a peut-être oublié l'adresse ! Gageons que cette vieille bête...

En ce moment on frappa un léger coup à la porte ; l'homme s'y précipita et l'ouvrit en s'écriant avec des salutations profondes et des sourires d'adoration :

– Entrez, monsieur ! daignez entrer, mon respectable bienfaiteur, ainsi que votre charmante demoiselle.

Un homme d'un âge mûr et une jeune fille parurent sur le seuil du galetas.

Marius n'avait pas quitté sa place. Ce qu'il éprouva en ce moment échappe à la langue humaine.

C'était Elle.

1. **Calotins** : partisans des prêtres (en raison de la *calotte* portée par le clergé catholique) ; terme familier et péjoratif.
2. **Mufle** : personne sans éducation.

45 Quiconque a aimé sait tous les sens rayonnants que contiennent les quatre lettres de ce mot : Elle.

C'était bien elle. C'est à peine si Marius la distinguait à travers la vapeur lumineuse qui s'était subitement répandue sur ses yeux. C'était ce doux être absent, cet astre qui lui avait lui 50 pendant six mois, c'était cette prunelle, ce front, cette bouche, ce beau visage évanoui qui avait fait la nuit en s'en allant. La vision s'était éclipsée[1], elle reparaissait !

Elle reparaissait dans cette ombre, dans ce galetas, dans ce bouge difforme[2], dans cette horreur !

55 Marius frémissait éperdument[3]. Quoi ! c'était elle ! les palpitations de son cœur lui troublaient la vue. Il se sentait prêt à fondre en larmes. Quoi ! il la revoyait enfin après l'avoir cherchée si longtemps ! il lui semblait qu'il avait perdu son âme et qu'il venait de la retrouver.

60 Elle était toujours la même, un peu pâle seulement ; sa délicate figure s'encadrait dans un chapeau de velours violet, sa taille se dérobait sous une pelisse[4] de satin noir. On entrevoyait sous sa longue robe son petit pied serré dans un brodequin de soie.

Elle était toujours accompagnée de M. Leblanc.

65 Elle avait fait quelques pas dans la chambre et avait déposé un assez gros paquet sur la table.

La Jondrette aînée s'était retirée derrière la porte et regardait d'un œil sombre ce chapeau de velours, cette mante[5] de soie, et ce charmant visage heureux.

1. **S'était éclipsée** : avait disparu.
2. **Difforme** : ici, au sens de « monstrueux ».
3. **Éperdument** : follement.
4. **Pelisse** : manteau garni de fourrure à l'intérieur.
5. **Mante** : large cape à capuchon.

XX
Le guet-apens

Surprenant une conversation entre les époux Jondrette, Marius comprend que ceux-ci projettent de tendre un guet-apens à M. Leblanc pour le soir même. Il informe l'inspecteur Javert de leur projet. Celui-ci se tiendra avec ses hommes, prêt à intervenir, lorsque Marius lui en donnera le signal en tirant un coup de feu.

La porte du galetas venait de s'ouvrir brusquement, et laissait voir trois hommes en blouse de toile bleue, masqués de masques de papier noir. Le premier était maigre et avait une longue trique ferrée, le second, qui était une espèce de colosse, portait, par le milieu du manche et la cognée en bas, un merlin[1] à assommer les bœufs. Le troisième, homme aux épaules trapues, moins maigre que le premier, moins massif que le second, tenait à plein poing une énorme clef volée à quelque porte de prison.

Il paraît que c'était l'arrivée de ces hommes que Jondrette attendait. Un dialogue rapide s'engagea entre lui et l'homme à la trique, le maigre.

– Tout est-il prêt ? dit Jondrette.

– Oui, répondit l'homme maigre.

– Où donc est Montparnasse ?

– Le jeune premier s'est arrêté pour causer avec ta fille.

– Laquelle ?

– L'aînée.

1. **Merlin** : marteau pour assommer les bovins lors de l'abattage.

– Il y a un fiacre en bas ?
20 – Oui.
– La maringotte[1] est attelée ?
– Attelée.
– De deux bons chevaux ?
– Excellents.
25 – Elle attend où j'ai dit qu'elle attendît ?
– Oui.
– Bien, dit Jondrette.

M. Leblanc était très pâle. Il considérait tout dans le bouge autour de lui comme un homme qui comprend où il est tombé, 30 et sa tête, tour à tour dirigée vers toutes les têtes qui l'entouraient, se mouvait sur son cou avec une lenteur attentive et étonnée, mais il n'y avait dans son air rien qui ressemblât à la peur. Il s'était fait de la table un retranchement improvisé ; et cet homme qui, le moment d'auparavant, n'avait l'air que d'un bon 35 vieux homme, était devenu subitement une sorte d'athlète, et posait son poing robuste sur le dossier de sa chaise avec un geste redoutable et surprenant.

Ce vieillard, si ferme et si brave devant un tel danger, semblait être de ces natures qui sont courageuses comme elles sont 40 bonnes, aisément et simplement. Le père d'une femme qu'on aime n'est jamais un étranger pour nous. Marius se sentit fier de cet inconnu.

Trois des hommes aux bras nus dont Jondrette avait dit : ce sont des fumistes[2], avaient pris dans le tas de ferrailles, l'un une 45 grande cisaille, l'autre une pince à faire des pesées, le troisième

1. **Maringotte** : voiture légère à deux roues.
2. **Fumistes** : ouvriers qui entretiennent les cheminées.

un marteau, et s'étaient mis en travers de la porte sans prononcer une parole. Le vieux était resté sur le lit, et avait seulement ouvert les yeux. La Jondrette s'était assise à côté de lui.

Marius pensa qu'avant quelques secondes le moment d'inter-
50 venir serait arrivé, et il éleva sa main droite vers le plafond, dans la direction du corridor, prêt à lâcher son coup de pistolet.

Jondrette, son colloque[1] avec l'homme à la trique terminé, se tourna de nouveau vers M. Leblanc et répéta sa question en l'accompagnant de ce rire bas, contenu et terrible qu'il avait :

55 – Vous ne me reconnaissez donc pas ?

M. Leblanc le regarda en face et répondit :

– Non.

Alors Jondrette vint jusqu'à la table. Il se pencha par-dessus la chandelle, croisant les bras, approchant sa mâchoire angu-
60 leuse et féroce du visage calme de M. Leblanc, et avançant le plus qu'il pouvait sans que M. Leblanc reculât, et, dans cette posture de bête fauve qui va mordre, il cria :

– Je ne m'appelle pas Fabantou, je ne m'appelle pas Jondrette, je me nomme Thénardier ! je suis l'aubergiste de Mont-
65 fermeil ! entendez-vous bien ? Thénardier ! Maintenant me reconnaissez-vous ?

Une imperceptible[2] rougeur passa sur le front de M. Leblanc, et il répondit sans que sa voix tremblât, ni s'élevât, avec sa placidité[3] ordinaire :

70 – Pas davantage.

Marius n'entendit pas cette réponse. Qui l'eût vu en ce moment dans cette obscurité l'eût vu hagard, stupide et

1. **Son colloque** : sa conversation.
2. **Imperceptible** : indiscernable.
3. **Placidité** : calme.

foudroyé. Au moment où Jondrette avait dit : Je me nomme Thénardier, Marius avait tremblé de tous ses membres et s'était
75 appuyé au mur comme s'il eût senti le froid d'une lame d'épée à travers son cœur. Puis son bras droit, prêt à lâcher le coup de signal, s'était abaissé lentement, et au moment où Jondrette avait répété : Entendez-vous bien, Thénardier ? Les doigts défaillants de Marius avaient manqué laisser tomber le pistolet.
80 Jondrette, en dévoilant[1] qui il était, n'avait pas ému M. Leblanc, mais il avait bouleversé Marius. Ce nom de Thénardier, que M. Leblanc ne semblait pas connaître, Marius le connaissait. Qu'on se rappelle ce que ce nom était pour lui ! Ce nom il l'avait porté sur son cœur, écrit dans le testament de son père ! il le
85 portait au fond de sa pensée, au fond de sa mémoire, dans cette recommandation sacrée : « Un nommé Thénardier m'a sauvé la vie. Si mon fils le rencontre, il lui fera tout le bien qu'il pourra. » Ce nom, on s'en souvient, était une des piétés de son âme ; il le mêlait au nom de son père dans son culte[2]. Quoi ! c'était là ce
90 Thénardier, c'était là cet aubergiste de Montfermeil qu'il avait vainement et si longtemps cherché ! Il le trouvait enfin, et comment ! ce sauveur de son père était un bandit ! cet homme, auquel lui Marius brûlait de se dévouer, était un monstre ! ce libérateur du colonel Pontmercy était en train de commettre un
95 attentat dont Marius ne voyait pas encore bien distinctement la forme, mais qui ressemblait à un assassinat ! et sur qui, grand Dieu ! Quelle fatalité ! quelle amère moquerie du sort ! Son père lui ordonnait du fond de son cercueil de faire tout le bien possible à Thénardier, depuis quatre ans Marius n'avait pas

1. **En dévoilant** : en révélant.
2. **Dans son culte** : dans sa reconnaissance.

100 d'autre idée que d'acquitter cette dette de son père, et, au moment où il allait faire saisir par la justice un brigand au milieu d'un crime, la destinée lui criait : c'est Thénardier ! La vie de son père, sauvée dans une grêle de mitraille sur le champ héroïque de Waterloo, il allait enfin la payer à cet homme, et la
105 payer de l'échafaud ! Il s'était promis, si jamais il retrouvait ce Thénardier, de ne l'aborder qu'en se jetant à ses pieds, et il le retrouvait en effet, mais pour le livrer au bourreau ! Son père lui disait : Secours Thénardier ! et il répondait à cette voix adorée et sainte en écrasant Thénardier ! Donner pour spectacle à son
110 père dans son tombeau l'homme qui l'avait arraché à la mort au péril de sa vie, exécuté place Saint-Jacques par le fait de son fils, de ce Marius à qui il avait légué cet homme ! et quelle dérision que d'avoir si longtemps porté sur sa poitrine les dernières volontés de son père écrites de sa main pour faire affreusement
115 tout le contraire ! Mais, d'un autre côté, assister à ce guet-apens et ne pas l'empêcher ! quoi ! condamner la victime et épargner l'assassin ! est-ce qu'on pouvait être tenu à quelque reconnaissance envers un pareil misérable ? Toutes les idées que Marius avait depuis quatre ans étaient comme traversées de part en
120 part par ce coup inattendu. Il frémissait. Tout dépendait de lui. Il tenait dans sa main à leur insu ces êtres qui s'agitaient là sous ses yeux. S'il tirait le coup de pistolet, M. Leblanc était sauvé et Thénardier était perdu ; s'il ne le tirait pas, M. Leblanc était sacrifié et, qui sait ? Thénardier échappait. Précipiter l'un, ou
125 laisser tomber l'autre ! remords des deux côtés. Que faire ? que choisir ? manquer aux[1] souvenirs les plus impérieux, à tant d'engagements profonds pris avec lui-même, au devoir le plus

1. **Manquer à** : ne pas respecter.

saint, au texte le plus vénéré ! manquer au testament de son père, ou laisser s'accomplir un crime ! Il lui semblait d'un côté
130 entendre « son Ursule● » le supplier pour son père, et de l'autre le colonel lui recommander Thénardier. Il se sentait fou. Ses genoux se dérobaient[1] sous lui. Et il n'avait pas même le temps de délibérer[2], tant la scène qu'il avait sous les yeux se précipitait[3] avec furie. C'était comme un tourbillon dont il s'était cru maître
135 et qui l'emportait. Il fut au moment[4] de s'évanouir.

Cependant Thénardier, nous ne le nommerons plus autrement désormais, se promenait de long en large devant la table dans une sorte d'égarement et de triomphe frénétique[5].

Il prit à plein poing la chandelle et la posa sur la cheminée
140 avec un frappement si violent que la mèche faillit s'éteindre et que le suif[6] éclaboussa le mur.

Puis il se tourna vers M. Leblanc, effroyable, et cracha ceci :

– Flambé ! fumé ! fricassé ! à la crapaudine● !

Et il se remit à marcher, en pleine explosion.

145 – Ah ! criait-il, je vous retrouve enfin, monsieur le philanthrope[7] ! monsieur le millionnaire râpé ! monsieur le donneur de poupées ! vieux Jocrisse[8] ! Ah ! vous ne me reconnaissez pas ! Non, ce n'est pas vous qui êtes venu à Montfermeil, à mon auberge, il y a huit ans, la nuit de Noël 1823 ! ce n'est pas vous

1. **Se dérobaient** : faiblissaient.
2. **Délibérer** : choisir.
3. **Se précipitait** : se déroulait.
4. **Au moment de** : sur le point de.
5. **Frénétique** : fou.
6. **Suif** : graisse animale utilisée pour fabriquer les bougies.
7. **Philanthrope** : individu s'efforçant d'améliorer le sort de ses semblables.
8. **Jocrisse (nom d'un personnage de théâtre)** : imbécile.

● **Parce qu'il a trouvé un mouchoir appartenant à Cosette brodé aux initiales U. F., Marius a imaginé que sa bien-aimée se prénommait Ursule.**

● **Toutes ces expressions désignent différentes manières de faire cuire une volaille. En les employant, Thénardier veut signifier à Jean Valjean qu'il est perdu.**

150 qui avez emmené de chez moi l'enfant de la Fantine, l'Alouette ! ce n'est pas vous qui aviez un carrick[1] jaune ! non ! et un paquet plein de nippes à la main comme ce matin chez moi ! Dis donc, ma femme ! c'est sa manie, à ce qu'il paraît, de porter dans les maisons des paquets pleins de bas de laine ! vieux charitable,
155 va ! Est-ce que vous êtes bonnetier[2], monsieur le millionnaire ? vous donnez aux pauvres votre fonds de boutique, saint homme ! quel funambule[3] ! Ah ! vous ne me reconnaissez pas ? Eh bien, je vous reconnais, moi, je vous ai reconnu tout de suite dès que vous avez fourré votre mufle ici. Ah ! on va voir enfin que ce
160 n'est pas tout rose d'aller comme cela dans les maisons des gens, sous prétexte que ce sont des auberges, avec des habits minables, avec l'air d'un pauvre, qu'on lui aurait donné un sou, tromper les personnes, faire le généreux, leur prendre leur gagne-pain, et menacer dans les bois, et qu'on n'en est pas
165 quitte pour rapporter après, quand les gens sont ruinés, une redingote trop large et deux méchantes couvertures d'hôpital, vieux gueux, voleur d'enfants !

Jean Valjean est ligoté mais il parvient à se défaire de ses liens...

Avant que les sept hommes eussent eu le temps de se recon-
170 naître et de s'élancer, lui s'était penché sous la cheminée, avait étendu la main vers le réchaud, puis s'était redressé, et maintenant Thénardier, la Thénardier et les bandits, refoulés par le saisissement au fond du bouge, le regardaient avec stupeur élevant au-dessus de sa tête le ciseau rouge d'où tombait une lueur
175 sinistre, presque libre et dans une attitude formidable.

1. **Carrick** : ample redingote à plusieurs collets, très à la mode à l'époque.
2. **Bonnetier** : vendeur de vêtements de laine.
3. **Funambule** : artiste de cirque.

[...]

N'ayant pu se baisser de peur de se trahir, il n'avait point coupé les liens de sa jambe gauche.

Les bandits étaient revenus de leur première surprise.

180 – Sois tranquille, dit Bigrenaille[1] à Thénardier. Il tient encore par une jambe, et il ne s'en ira pas. J'en réponds. C'est moi qui lui ai ficelé cette patte-là.

Cependant le prisonnier éleva la voix :

– Vous êtes des malheureux, mais ma vie ne vaut pas la peine 185 d'être tant défendue. Quant à vous imaginer que vous me feriez parler, que vous me feriez écrire ce que je ne veux pas écrire, que vous me feriez dire ce que je ne veux pas dire...

Il releva la manche de son bras gauche et ajouta :

– Tenez.

190 En même temps il tendit son bras et posa sur la chair nue le ciseau[2] ardent qu'il tenait dans sa main droite par le manche de bois.

On entendit le frémissement de la chair brûlée, l'odeur propre aux chambres de torture se répandit dans le taudis. 195 Marius chancela[3] éperdu d'horreur, les brigands eux-mêmes eurent un frisson, le visage de l'étrange vieillard se contracta à peine, et, tandis que le fer rouge s'enfonçait dans la plaie fumante, impassible[4] et presque auguste[5], il attachait sur Thénardier son beau regard sans haine où la souffrance s'éva-200 nouissait dans une majesté sereine.

1. **Bigrenaille** : nom d'un des brigands.
2. **Ciseau** : outil en acier employé pour travailler le métal à chaud.
3. **Chancela** : tituba.
4. **Impassible** : sans réaction.
5. **Auguste** : impérial.

Chez les grandes et hautes natures les révoltes de la chair et des sens en proie à la douleur physique font sortir l'âme et la font apparaître sur le front, de même que les rébellions de la soldatesque[1] forcent le capitaine à se montrer.

– Misérables, dit-il, n'ayez pas plus peur de moi que je n'ai peur de vous.

Et arrachant le ciseau de la plaie, il le lança par la fenêtre qui était restée ouverte, l'horrible outil embrasé disparut dans la nuit en tournoyant et alla tomber au loin et s'éteindre dans la neige.

Le prisonnier reprit :

– Faites de moi ce que vous voudrez.

Il était désarmé.

– Empoignez-le ! dit Thénardier.

Deux des brigands lui posèrent la main sur l'épaule, et l'homme masqué à voix de ventriloque[2] se tint en face de lui, prêt à lui faire sauter le crâne d'un coup de clef au moindre mouvement.

En même temps Marius entendit au-dessous de lui, au bas de la cloison, mais tellement près qu'il ne pouvait voir ceux qui parlaient, ce colloque échangé à voix basse :

– Il n'y a plus qu'une chose à faire.

– L'escarper[3] !

– C'est cela.

C'étaient le mari et la femme qui tenaient conseil. Thénardier marcha à pas lents vers la table, ouvrit le tiroir et y prit le couteau.

1. **La soldatesque** : les soldats.
2. **Ventriloque** : personne capable de parler sans bouger les lèvres.
3. **L'escarper** : le tuer, l'assassiner.

Marius tourmentait[1] le pommeau du pistolet. Perplexité inouïe. Depuis une heure il y avait deux voix dans sa conscience, l'une lui disait de respecter le testament de son père, l'autre lui criait de secourir le prisonnier. Ces deux voix continuaient sans interruption leur lutte qui le mettait à l'agonie. Il avait vaguement espéré jusqu'à ce moment trouver un moyen de concilier ces deux devoirs, mais rien de possible n'avait surgi. Cependant le péril pressait, la dernière limite de l'attente était dépassée, à quelques pas du prisonnier Thénardier songeait, le couteau à la main. Marius égaré promenait ses yeux autour de lui, dernière ressource machinale du désespoir. Tout à coup il tressaillit.

À ses pieds, sur la table, un vif rayon de pleine lune éclairait et semblait lui montrer une feuille de papier. Sur cette feuille il lut cette ligne écrite en grosses lettres le matin même par l'aînée des filles Thénardier :

– Les cognes[2] sont là.

Une idée, une clarté traversa l'esprit de Marius ; c'était le moyen qu'il cherchait, la solution de cet affreux problème qui le torturait, épargner l'assassin et sauver la victime. Il s'agenouilla sur la commode, étendit le bras, saisit la feuille de papier, détacha doucement un morceau de plâtre de la cloison, l'enveloppa dans le papier, et jeta le tout par la crevasse au milieu du bouge.

Il était temps. Thénardier avait vaincu ses dernières craintes ou ses derniers scrupules et se dirigeait vers le prisonnier.

– Quelque chose qui tombe ! cria la Thénardier.

– Qu'est-ce ? dit le mari.

La femme s'était élancée et avait ramassé le plâtras enveloppé du papier.

1. **Tourmentait** : triturait.
2. **Cognes** : policiers.

255 Elle le remit à son mari.

– Par où cela est-il venu ? demanda Thénardier.

– Pardié ! fit la femme, par où veux-tu que cela soit entré ? C'est venu par la fenêtre.

– Je l'ai vu passer, dit Bigrenaille.

260 Thénardier déplia rapidement le papier et l'approcha de la chandelle.

– C'est de l'écriture d'Éponine[1]. Diable !

Il fit signe à sa femme, qui s'approcha vivement et il lui montra la ligne écrite sur la feuille de papier, puis il ajouta d'une 265 voix sourde :

– Vite ! l'échelle ! laissons le lard dans la souricière et fichons le camp !

– Sans couper le cou à l'homme ? demanda la Thénardier.

– Nous n'avons pas le temps.

270 – Par où ? reprit Bigrenaille.

– Par la fenêtre, répondit Thénardier. Puisque Ponine a jeté la pierre par la fenêtre, c'est que la maison n'est pas cernée de ce côté-là.

Le masque à voix de ventriloque posa à terre sa grosse clef, 275 éleva ses deux bras en l'air et ferma trois fois rapidement ses mains sans dire un mot. Ce fut comme le signal du branlebas[2] dans un équipage. Les brigands qui tenaient le prisonnier le lâchèrent ; en un clin d'œil l'échelle de corde fut déroulée hors de la fenêtre et attachée solidement au rebord par les deux 280 crampons de fer.

1. **Éponine** : aînée des filles Thénardier.
2. **Branlebas** : préparatifs avant le combat sur un navire de guerre, d'où agitation précédant une action qui se prépare.

Le prisonnier ne faisait pas attention à ce qui se passait autour de lui. Il semblait rêver ou prier.

Sitôt l'échelle fixée, Thénardier cria :

– Viens ! la bourgeoise !

285 Et il se précipita vers la croisée.

Mais comme il allait enjamber, Bigrenaille le saisit rudement au collet.

– Non pas, dis donc, vieux farceur ! après nous !

– Après nous ! hurlèrent les bandits.

290 – Vous êtes des enfants, dit Thénardier, nous perdons le temps. Les railles[1] sont sur nos talons.

– Eh bien, dit un des bandits, tirons au sort à qui passera le premier.

Thénardier s'exclama :

295 – Êtes-vous fous ? êtes-vous toqués ! en voilà-t-il un tas de jobards[2] ! perdre le temps, n'est-ce pas ? tirer au sort, n'est-ce pas ? au doigt mouillé ! à la courte paille ! écrire nos noms ! les mettre dans un bonnet !...

– Voulez-vous mon chapeau ? cria une voix du seuil de la

300 porte.

Tous se retournèrent. C'était Javert.

Il tenait son chapeau à la main, et le tendait en souriant.

1. **Railles** : policiers.
2. **Jobards** : plaisantins.

Quatrième partie – L'idylle rue Plumet et l'épopée rue Saint-Denis

Dans les deux premiers livres de la quatrième partie, le narrateur revient sur le règne de Louis-Philippe et la misère dans laquelle se trouvent les Français. Dans le livre troisième, on retrouve Cosette, Jean Valjean et Marius.

Livre troisième
La maison de la rue Plumet

V

La rose s'aperçoit qu'elle est une machine de guerre

Cosette et Jean Valjean sont maintenant installés dans une maison de la rue Plumet.

Un jour Cosette se regarda par hasard dans son miroir et se dit : Tiens ! Il lui semblait presque qu'elle était jolie. Ceci la jeta dans un trouble singulier[1]. Jusqu'à ce moment elle n'avait point

1. **Singulier** : étrange.

songé à sa figure. Elle se voyait dans son miroir, mais elle ne s'y regardait pas. Et puis, on lui avait souvent dit qu'elle était laide ; Jean Valjean seul disait doucement : Mais non ! mais non ! Quoi qu'il en fût, Cosette s'était toujours crue laide, et avait grandi dans cette idée avec la résignation[1] facile de l'enfance. Voici que tout d'un coup son miroir lui disait comme Jean Valjean. Mais non ! Elle ne dormit pas de la nuit. – Si j'étais jolie ? pensait-elle, comme cela serait drôle que je fusse jolie ! – Et elle se rappelait celles de ses compagnes dont la beauté faisait effet dans le couvent, et elle se disait : Comment ! je serais comme mademoiselle une telle !

Le lendemain elle se regarda, mais non par hasard, et elle douta : – Où avais-je l'esprit ? dit-elle, non, je suis laide. – Elle avait tout simplement mal dormi, elle avait les yeux battus[2] et elle était pâle. Elle ne s'était pas sentie très joyeuse la veille de croire à sa beauté, mais elle fut triste de n'y plus croire. Elle ne se regarda plus, et pendant plus de quinze jours elle tâcha de se coiffer tournant le dos au miroir.

Le soir, après le dîner, elle faisait assez habituellement de la tapisserie dans le salon, ou quelque ouvrage de couvent, et Jean Valjean lisait à côté d'elle. Une fois elle leva les yeux de son ouvrage et elle fut toute surprise de la façon inquiète dont son père la regardait.

Une autre fois, elle passait dans la rue, et il lui sembla que quelqu'un qu'elle ne vit pas disait derrière elle : Jolie femme ! mais mal mise[3]. – Bah ! pensa-t-elle, ce n'est pas moi. Je suis

1. **Résignation** : acceptation.
2. **Battus** : cernés.
3. **Mal mise** : mal vêtue.

30 bien mise et laide. – Elle avait alors son chapeau de peluche[1] et sa robe de mérinos[2].

Un jour enfin, elle était dans le jardin, et elle entendit la pauvre vieille Toussaint qui disait : Monsieur, remarquez-vous comme mademoiselle devient jolie ? Cosette n'entendit pas ce 35 que son père répondit, les paroles de Toussaint furent pour elle une sorte de commotion[3]. Elle s'échappa du jardin, monta à sa chambre, courut à la glace, il y avait trois mois qu'elle ne s'était regardée, et poussa un cri. Elle venait de s'éblouir elle-même.

Elle était belle et jolie ; elle ne pouvait s'empêcher d'être de 40 l'avis de Toussaint et de son miroir. Sa taille s'était faite, sa peau avait blanchi, ses cheveux s'étaient lustrés[4], une splendeur inconnue s'était allumée dans ses prunelles bleues. La conviction de sa beauté lui vint tout entière, en une minute, comme un grand jour qui se fait ; les autres la remarquaient d'ailleurs, 45 Toussaint le disait, c'était d'elle évidemment que le passant avait parlé, il n'y avait plus à douter ; elle redescendit au jardin, se croyant reine, entendant les oiseaux chanter, c'était en hiver, voyant le ciel doré, le soleil dans les arbres, des fleurs dans les buissons, éperdue, folle, dans un ravissement inexprimable.

50 De son côté, Jean Valjean éprouvait un profond et indéfinissable serrement de cœur.

C'est qu'en effet, depuis quelque temps, il contemplait avec terreur cette beauté qui apparaissait chaque jour plus rayonnante sur le doux visage de Cosette. Aube riante pour tous, 55 lugubre[5] pour lui.

1. **Peluche** : étoffe.
2. **Mérinos** : voir ci-dessus, note p. 150.
3. **Commotion** : choc.
4. **S'étaient lustrés** : étaient devenus brillants.
5. **Lugubre** : sinistre.

Cosette avait été belle assez longtemps avant de s'en apercevoir. Mais, du premier jour, cette lumière inattendue qui se levait lentement et enveloppait par degrés toute la personne de la jeune fille blessa la paupière sombre de Jean Valjean. Il sentit
60 que c'était un changement dans une vie heureuse, si heureuse qu'il n'osait y remuer dans la crainte d'y déranger quelque chose. Cet homme qui avait passé par toutes les détresses, qui était encore tout saignant des meurtrissures[1] de sa destinée, qui avait été presque méchant et qui était devenu presque saint, qui,
65 après avoir traîné la chaîne du bagne, traînait maintenant la chaîne invisible, mais pesante, de l'infamie[2] indéfinie, cet homme que la loi n'avait pas lâché et qui pouvait être à chaque instant ressaisi et ramené de l'obscurité de sa vertu[3] au grand jour de l'opprobre[4] public, cet homme acceptait tout, excusait
70 tout, pardonnait tout, bénissait tout, voulait bien tout, et ne demandait à la providence, aux hommes, aux lois, à la société, à la nature, au monde, qu'une chose, que Cosette l'aimât !

Que Cosette continuât de l'aimer ! que Dieu n'empêchât pas le cœur de cette enfant de venir à lui, et de rester à lui ! Aimé de
75 Cosette, il se trouvait guéri, reposé, apaisé, comblé, récompensé, couronné. Aimé de Cosette, il était bien ! il n'en demandait pas davantage. On lui eût dit : Veux-tu être mieux ? il eût répondu : Non. Dieu lui eût dit : Veux-tu le ciel ? il eût répondu : J'y perdrais.

80 Tout ce qui pouvait effleurer cette situation, ne fût-ce qu'à la surface, le faisait frémir comme le commencement d'autre

1. **Meurtrissures** : souffrances.
2. **Infamie** : honte.
3. **Vertu** : bonté.
4. **Opprobre** : déshonneur.

chose. Il n'avait jamais trop su ce que c'était que la beauté d'une femme ; mais, par instinct, il comprenait que c'était terrible.

Cette beauté qui s'épanouissait de plus en plus triomphante
85 et superbe à côté de lui, sous ses yeux, sur le front ingénu[1] et redoutable de l'enfant, du fond de sa laideur, de sa vieillesse, de sa misère, de sa réprobation[2], de son accablement, il la regardait effaré[3].

Il se disait : Comme elle est belle ! Qu'est-ce que je vais deve-
90 nir, moi ?

Là du reste était la différence entre sa tendresse et la tendresse d'une mère. Ce qu'il voyait avec angoisse, une mère l'eût vu avec joie.

Les premiers symptômes ne tardèrent pas à se manifester.
95 Dès le lendemain du jour où elle s'était dit : Décidément, je suis belle ! Cosette fit attention à sa toilette. Elle se rappela le mot du passant : – Jolie, mais mal mise ; souffle d'oracle qui avait passé à côté d'elle et s'était évanoui après avoir déposé dans son cœur un des deux germes qui doivent plus tard emplir toute
100 la vie de la femme, la coquetterie. L'amour est l'autre.

Avec la foi en sa beauté, toute l'âme féminine s'épanouit en elle. Elle eut horreur du mérinos et honte de la peluche. Son père ne lui avait jamais rien refusé. Elle sut tout de suite toute la science du chapeau, de la robe, du mantelet, du brodequin, de la
105 manchette[4], de l'étoffe qui va, de la couleur qui sied, cette science qui fait de la femme parisienne quelque chose de si

1. **Ingénu** : innocent.
2. **Sa réprobation** : sa condamnation, son rejet par la société en raison de ses années de bagne.
3. **Effaré** : troublé.
4. **Manchette** : partie prolongeant le gant au-dessus du poignet.

charmant, de si profond et de si dangereux. Le mot femme capiteuse[1] a été inventé pour la Parisienne.

En moins d'un mois la petite Cosette fut dans cette thébaïde[2] 110 de la rue de Babylone une des femmes, non seulement les plus jolies, ce qui est quelque chose, mais « les mieux mises » de Paris, ce qui est bien davantage [...].

Cosette, à se savoir belle, perdit la grâce de l'ignorer ; grâce exquise, car la beauté rehaussée de naïveté est ineffable, et rien 115 n'est adorable comme une innocente éblouissante qui marche tenant en main, sans le savoir, la clef d'un paradis. Mais ce qu'elle perdit en grâce ingénue, elle le regagna en charme pensif et sérieux. Toute sa personne pénétrée des joies de la jeunesse, de l'innocence et de la beauté, respirait une mélancolie splendide.

120 Ce fut à cette époque que Marius, après six mois écoulés, la revit au Luxembourg.

Livre cinquième
Dont la fin ne ressemble pas au commencement

VI

Les vieux sont faits pour sortir à propos

Marius a déclaré sa flamme à Cosette en déposant une lettre d'amour sur le banc sur lequel elle a l'habitude de s'asseoir.

Le soir venu, Jean Valjean sortit ; Cosette s'habilla. Elle arrangea ses cheveux de la manière qui lui allait le mieux, et elle mit

1. **Capiteuse** : excitante.
2. **Thébaïde** : espace retiré où l'on mène une vie paisible.

une robe dont le corsage, qui avait reçu un coup de ciseau de trop, et qui, par cette échancrure[1], laissait voir la naissance du cou, était, comme disent les jeunes filles, « un peu indécent[2] ». Ce n'était pas le moins du monde indécent, mais c'était plus joli qu'autrement. Elle fit toute cette toilette sans savoir pourquoi.

Voulait-elle sortir ? non.

Attendait-elle une visite ? non.

À la brune, elle descendit au jardin. Toussaint était occupée à sa cuisine qui donnait sur l'arrière-cour.

Elle se mit à marcher sous les branches, les écartant de temps en temps avec la main, parce qu'il y en avait de très basses.

Elle arriva au banc.

La pierre● y était restée.

Elle s'assit, et posa sa douce main blanche sur cette pierre comme si elle voulait la caresser et la remercier.

Tout à coup, elle eut une impression indéfinissable qu'on éprouve, même sans voir, lorsqu'on a quelqu'un debout derrière soi.

Elle tourna la tête et se dressa.

C'était lui.

Il était tête nue. Il paraissait pâle et amaigri. On distinguait à peine son vêtement noir. Le crépuscule blêmissait[3] son beau front et couvrait ses yeux de ténèbres. Il avait, sous un voile d'incomparable douceur, quelque chose de la mort et de la nuit. Son visage était éclairé par la clarté du jour qui se meurt et par la pensée d'une âme qui s'en va.

Il semblait que ce n'était pas encore le fantôme et que ce n'était déjà plus l'homme.

1. **Échancrure** : ouverture.
2. **Indécent** : incorrect.
3. **Blêmissait** : blanchissait.

● **Il s'agit de la pierre sous laquelle Marius a déposé l'enveloppe contenant sa lettre d'amour.**

30 Son chapeau était jeté à quelques pas dans les broussailles.

Cosette, prête à défaillir[1], ne poussa pas un cri. Elle reculait lentement, car elle se sentait attirée. Lui ne bougeait point. À je ne sais quoi d'ineffable et de triste qui l'enveloppait, elle sentait le regard de ses yeux qu'elle ne voyait pas. Cosette, en reculant, 35 rencontra un arbre et s'y adossa. Sans cet arbre, elle fût tombée.

Alors elle entendit sa voix, cette voix qu'elle n'avait vraiment jamais entendue, qui s'élevait à peine au-dessus du frémissement des feuilles, et qui murmurait :

– Pardonnez-moi, je suis là. J'ai le cœur gonflé, je ne pouvais 40 pas vivre comme j'étais, je suis venu. Avez-vous lu ce que j'avais mis là, sur ce banc ? Me reconnaissez-vous un peu ? N'ayez pas peur de moi. Voilà du temps déjà, vous rappelez-vous le jour où vous m'avez regardé ? c'était dans le Luxembourg, près du Gladiateur. Et le jour où vous avez passé devant moi ? C'étaient 45 le 16 juin et le 2 juillet. Il va y avoir un an. Depuis bien longtemps, je ne vous ai plus vue. J'ai demandé à la loueuse de chaises, elle m'a dit qu'elle ne vous voyait plus. Vous demeuriez rue de l'Ouest au troisième sur le devant dans une maison neuve, vous voyez que je sais ? Je vous suivais, moi. Qu'est-ce 50 que j'avais à faire ? Et puis vous avez disparu. J'ai cru vous voir passer une fois que je lisais les journaux sous les arcades de l'Odéon. J'ai couru. Mais non. C'était une personne qui avait un chapeau comme vous. La nuit, je viens ici. Ne craignez pas, personne ne me voit. Je viens regarder vos fenêtres de près. Je 55 marche bien doucement pour que vous n'entendiez pas, car vous auriez peut-être peur. L'autre soir j'étais derrière vous, vous vous êtes retournée, je me suis enfui. Une fois je vous ai

1. **Défaillir** : s'effondrer.

entendue chanter. J'étais heureux. Est-ce que cela vous fait quelque chose que je vous entende chanter à travers le volet ? 60 cela ne peut rien vous faire. Non, n'est-ce pas ? Voyez-vous, vous êtes mon ange, laissez-moi venir un peu. Je crois que je vais mourir. Si vous saviez ! je vous adore, moi ! Pardonnez-moi, je vous parle, je ne sais pas ce que je vous dis, je vous fâche peut-être ; est-ce que je vous fâche ?

65 – Ô ma mère ! dit-elle.

Et elle s'affaissa sur elle-même comme si elle se mourait.

Il la prit, elle tombait, il la prit dans ses bras, il la serra étroitement sans avoir conscience de ce qu'il faisait. Il la soutenait tout en chancelant[1]. Il était comme s'il avait la tête pleine de 70 fumée ; des éclairs lui passaient entre les cils ; ses idées s'évanouissaient[2] ; il lui semblait qu'il accomplissait un acte religieux et qu'il commettait une profanation[3]. Du reste il n'avait pas le moindre désir de cette femme ravissante dont il sentait la forme contre sa poitrine. Il était éperdu d'amour.

75 Elle lui prit une main et la posa sur son cœur. Il sentit le papier qui y était. Il balbutia :

– Vous m'aimez donc ?

Elle répondit d'une voix si basse que ce n'était plus qu'un souffle qu'on entendait à peine :

80 – Tais-toi ! tu le sais !

Et elle cacha sa tête rouge dans le sein du jeune homme superbe et enivré.

Il tomba sur le banc, elle près de lui. Ils n'avaient plus de paroles. Les étoiles commençaient à rayonner. Comment se fit-il

1. **En chancelant** : en titubant.
2. **S'évanouissaient** : disparaissaient.
3. **Profanation** : violation de quelque chose de sacré.

85 que leurs lèvres se rencontrèrent ? Comment se fait-il que l'oiseau chante, que la neige fonde, que la rose s'ouvre, que mai s'épanouisse, que l'aube blanchisse derrière les arbres noirs au sommet frissonnant des collines ?

Un baiser, et ce fut tout.

90 Tous deux tressaillirent[1], et ils se regardèrent dans l'ombre avec des yeux éclatants. Ils ne sentaient ni la nuit fraîche, ni la pierre froide, ni la terre humide, ni l'herbe mouillée, ils se regardaient et ils avaient le cœur plein de pensées. Ils s'étaient pris les mains, sans savoir.

95 Elle ne lui demandait pas, elle n'y songeait pas même, par où il était entré et comment il avait pénétré dans le jardin. Cela lui paraissait si simple qu'il fût là !

De temps en temps le genou de Marius touchait le genou de Cosette, et tous deux frémissaient.

100 Par intervalles, Cosette bégayait une parole. Son âme tremblait à ses lèvres comme une goutte de rosée à une fleur.

Peu à peu ils se parlèrent. L'épanchement[2] succéda au silence qui est la plénitude. La nuit était sereine et splendide au-dessus de leur tête. Ces deux êtres, purs comme des esprits, se dirent 105 tout, leurs songes, leurs ivresses, leurs extases, leurs chimères[3], leurs défaillances[4], comme ils s'étaient adorés de loin, comme ils s'étaient souhaités, leur désespoir quand ils avaient cessé de s'apercevoir. Ils se confièrent, dans une intimité idéale que rien déjà ne pouvait plus accroître, ce qu'ils avaient de plus caché et 110 de plus mystérieux. Ils se racontèrent, avec une foi candide[5]

1. **Tressaillirent** : tremblèrent.
2. **Épanchement** : aveu de sentiments.
3. **Chimères** : rêves.
4. **Défaillances** : faiblesses.
5. **Candide** : innocente.

dans leurs illusions, tout ce que l'amour, la jeunesse et ce reste d'enfance qu'ils avaient, leur mettaient dans la pensée. Ces deux cœurs se versèrent l'un dans l'autre, de sorte qu'au bout d'une heure, c'était le jeune homme qui avait l'âme de la jeune fille et la jeune fille qui avait l'âme du jeune homme. Ils se pénétrèrent, ils s'enchantèrent, ils s'éblouirent.

Quand ils eurent fini, quand ils se furent tout dit, elle posa sa tête sur son épaule et lui demanda :

– Comment vous appelez-vous ?

– Je m'appelle Marius, dit-il. Et vous ?

– Je m'appelle Cosette.

Livre sixième
Le petit Gavroche

II

Où le petit Gavroche tire parti de Napoléon le Grand

Le printemps à Paris est assez souvent traversé par des bises aigres et dures dont on est, non pas précisément glacé, mais gelé ; ces bises, qui attristent les plus belles journées, font exactement l'effet de ces souffles d'air froid qui entrent dans une chambre chaude par les fentes d'une fenêtre ou d'une porte mal fermée. Il semble que la sombre porte de l'hiver soit restée entrebâillée et qu'il vienne du vent par là. Au printemps de 1832, époque où éclata la première grande épidémie de ce siècle en Europe, ces bises étaient plus âpres et plus poignantes que jamais. C'était une porte plus glaciale encore que celle de l'hiver qui était entr'ouverte. C'était la porte du sépulcre. On sentait dans ces bises le souffle du choléra.

[...]

Il y a vingt ans, on voyait encore dans l'angle sud-est de la
15 place de la Bastille, près de la gare du canal creusée dans l'ancien fossé de la prison-citadelle●, un monument bizarre qui s'est effacé déjà de la mémoire des Parisiens, et qui méritait d'y laisser quelque trace, car c'était une pensée du « membre de l'Institut, général en chef de l'armée d'Égypte● ».

20 Nous disons monument, quoique ce ne fût qu'une maquette. Mais cette maquette elle-même, ébauche prodigieuse, cadavre grandiose d'une idée de Napoléon que deux ou trois coups de vent successifs avaient emportée et jetée à chaque fois plus loin de nous, était devenue historique, et avait pris je ne sais quoi de
25 définitif qui contrastait avec son aspect provisoire. C'était un éléphant de quarante pieds[1] de haut, construit en charpente et en maçonnerie, portant sur son dos sa tour qui ressemblait à une maison, jadis peint en vert par un badigeonneur[2] quelconque, maintenant peint en noir par le ciel, la pluie et le temps.
30 Dans cet angle désert et découvert de la place, le large front du colosse[3], sa trompe, ses défenses, sa tour, sa croupe énorme, ses quatre pieds pareils à des colonnes faisaient, la nuit, sur le ciel étoilé, une silhouette surprenante et terrible. On ne savait ce que cela voulait dire. C'était une sorte de symbole de la force
35 populaire. C'était sombre, énigmatique et immense. C'était on

1. **Quarante pieds** : soit environ treize mètres.
2. **Badigeonneur** : peintre médiocre.
3. **Colosse** : statue d'une grandeur extraordinaire ; renvoie à l'éléphant.

● **Il s'agit de la Bastille, citadelle militaire et prison d'État, prise par les révolutionnaires le 14 juillet 1789 et détruite l'année suivante.**

● **Bonaparte dirigea en effet l'expédition d'Égypte en 1798-1799. La maquette de ce monument, projeté par Napoléon, occupa la place de la Bastille de 1814 à 1846.**

ne sait quel fantôme puissant, visible et debout à côté du spectre[1] invisible de la Bastille.

Peu d'étrangers visitaient cet édifice, aucun passant ne le regardait. Il tombait en ruine ; à chaque saison, des plâtras[2] qui
40 se détachaient de ses flancs lui faisaient des plaies hideuses. Les « édiles[3] », comme on dit en patois élégant, l'avaient oublié depuis 1814. Il était là dans son coin, morne[4], malade, croulant, entouré d'une palissade pourrie souillée à chaque instant par des cochers ivres ; des crevasses lui lézardaient le ventre, une
45 latte lui sortait de la queue, les hautes herbes lui poussaient entre les jambes ; et comme le niveau de la place s'élevait depuis trente ans tout autour par ce mouvement lent et continu qui exhausse[5] insensiblement le sol des grandes villes, il était dans un creux et il semblait que la terre s'enfonçât sous lui. Il était
50 immonde, méprisé, repoussant et superbe, laid aux yeux du bourgeois, mélancolique[6] aux yeux du penseur. Il avait quelque chose d'une ordure qu'on va balayer et quelque chose d'une majesté qu'on va décapiter.

Comme nous l'avons dit, la nuit l'aspect changeait. La nuit
55 est un véritable milieu de tout ce qui est ombre. Dès que tombait le crépuscule, le vieil éléphant se transfigurait[7] ; il prenait une figure tranquille et redoutable dans la formidable sérénité des ténèbres. Étant du passé, il était de la nuit ; et cette obscurité allait à sa grandeur.

1. **Spectre** : fantôme.
2. **Plâtras** : morceaux de plâtre.
3. **Édiles** : hommes politiques.
4. **Morne** : triste.
5. **Exhausse** : relève, remonte.
6. **Mélancolique** : sombre.
7. **Se transfigurait** : se transformait.

Ce monument, rude, trapu, pesant, âpre, austère, presque difforme, mais à coup sûr majestueux et empreint d'une sorte de gravité magnifique et sauvage, a disparu pour laisser régner en paix l'espèce de poêle gigantesque orné de son tuyau qui a remplacé la sombre forteresse à neuf tours, à peu près comme la bourgeoisie remplace la féodalité. Il est tout simple qu'un poêle soit le symbole d'une époque dont une marmite contient la puissance. Cette époque passera, elle passe déjà ; on commence à comprendre que, s'il peut y avoir de la force dans une chaudière, il ne peut y avoir de puissance que dans un cerveau ; en d'autres termes, que ce qui mène et entraîne le monde, ce ne sont pas les locomotives, ce sont les idées. Attelez les locomotives aux idées, c'est bien ; mais ne prenez pas le cheval pour le cavalier. Quoi qu'il en soit, pour revenir à la place de la Bastille, l'architecte de l'éléphant avec du plâtre était parvenu à faire du grand ; l'architecte du tuyau de poêle a réussi à faire du petit avec du bronze.

Ce tuyau de poêle qu'on a baptisé d'un nom sonore et nommé la colonne de Juillet, ce monument manqué d'une révolution avortée[1], était encore enveloppé en 1832 d'une immense chemise en charpente que nous regrettons pour notre part, et d'un vaste enclos en planches, qui achevait d'isoler l'éléphant.

Ce fut vers ce coin de la place, à peine éclairé du reflet d'un réverbère éloigné, que le gamin dirigea les deux « mômes ».

Qu'on nous permette de nous interrompre ici et de rappeler que nous sommes dans la simple réalité, et qu'il y a vingt ans les tribunaux correctionnels eurent à juger, sous prévention de[2]

1. **Avortée** : manquée.
2. **Sous prévention de** : sous l'accusation de.

vagabondage et de bris d'un monument public, un enfant qui avait été surpris couché dans l'intérieur même de l'éléphant de la Bastille.

90 Ce fait constaté, nous continuons.

En arrivant près du colosse, Gavroche comprit l'effet que l'infiniment grand peut produire sur l'infiniment petit, et dit :

– Moutards[1] ! n'ayez pas peur.

Puis il entra par une lacune[2] de la palissade dans l'enceinte 95 de l'éléphant et aida les mômes à enjamber la brèche. Les deux enfants, un peu effrayés, suivaient sans dire mot Gavroche et se confiaient à cette petite providence[3] en guenilles qui leur avait donné du pain et leur avait promis un gîte.

Il y avait là, couchée le long de la palissade, une échelle qui 100 servait le jour aux ouvriers du chantier voisin. Gavroche la souleva avec une singulière vigueur[4], et l'appliqua contre une des jambes de devant de l'éléphant. Vers le point où l'échelle allait aboutir, on distinguait une espèce de trou noir dans le ventre du colosse.

105 Gavroche montra l'échelle et le trou à ses hôtes et leur dit :

– Montez et entrez ;

[...]

Le trou par où Gavroche était entré était une brèche à peine visible du dehors, cachée qu'elle était, nous l'avons dit, sous le 110 ventre de l'éléphant, et si étroite qu'il n'y avait guère que des chats et des mômes qui pussent y passer.

1. **Moutards** : enfants.
2. **Lacune** : trou.
3. **Cette petite providence** : ce secours.
4. **Une singulière vigueur** : une force étonnante.

– Commençons, dit Gavroche, par dire au portier[1] que nous n'y sommes pas.

Et plongeant dans l'obscurité avec certitude comme quelqu'un qui connaît son appartement, il prit une planche et en boucha le trou.

Gavroche replongea dans l'obscurité. Les enfants entendirent le reniflement de l'allumette enfoncée dans la bouteille phosphorique. L'allumette chimique n'existait pas encore ; le briquet Fumade représentait à cette époque le progrès.

Une clarté subite leur fit cligner les yeux ; Gavroche venait d'allumer un de ces bouts de ficelle trempés dans la résine qu'on appelle rats de cave. Le rat de cave, qui fumait plus qu'il n'éclairait, rendait confusément visible le dedans de l'éléphant.

Les deux hôtes de Gavroche regardèrent autour d'eux et éprouvèrent quelque chose de pareil à ce qu'éprouverait quelqu'un qui serait enfermé dans la grosse tonne de Heidelberg[2], ou mieux encore, à ce que dut éprouver Jonas dans le ventre biblique de la baleine●. Tout un squelette gigantesque leur apparaissait et les enveloppait. En haut, une longue poutre brune d'où partaient de distance en distance de massives membrures cintrées figurait la colonne vertébrale avec les côtes, des stalactites de plâtre y pendaient comme des viscères, et d'un côté à l'autre de vastes toiles d'araignée faisaient des diaphragmes poudreux. On voyait çà et là dans les coins de grosses taches noirâtres qui avaient l'air de vivre et qui se déplaçaient rapidement avec un mouvement brusque et effaré.

1. **Portier** : concierge.
2. **Grosse tonne** : gros tonneau ; **Heidelberg** : ville d'Allemagne.

● **La Bible raconte que Jonas, jeté à la mer par les marins pour calmer la tempête, fut avalé par une baleine puis recraché vivant après trois jours.**

Les débris tombés du dos de l'éléphant sur son ventre en avaient comblé la concavité[1], de sorte qu'on pouvait y marcher
140 comme sur un plancher.

Le plus petit se rencogna[2] contre son frère et dit à demi-voix :

– C'est noir.

Ce mot fit exclamer Gavroche. L'air pétrifié[3] des deux mômes rendait une secousse nécessaire.

145 – Qu'est-ce que vous fichez ? s'écria-t-il. Blaguons-nous ? faisons-nous les dégoûtés ? vous faut-il pas les Tuileries[4] ? Seriez-vous des brutes ? Dites-le. Je vous préviens que je ne suis pas du régiment des godiches[5]. Ah çà, est-ce que vous êtes les moutards du moutardier du pape● ?

150 Un peu de rudoiement est bon dans l'épouvante. Cela rassure. Les deux enfants se rapprochèrent de Gavroche.

Gavroche, paternellement attendri de cette confiance, passa « du grave au doux » et s'adressant au plus petit :

– Bêta, lui dit-il en accentuant l'injure d'une nuance cares-
155 sante, c'est dehors que c'est noir. Dehors il pleut, ici il ne pleut pas ; dehors il fait froid, ici il n'y a pas une miette de vent ; dehors il y a des tas de monde, ici il n'y a personne ; dehors il n'y a pas même la lune, ici il y a ma chandelle, nom d'unch !

Les deux enfants commençaient à regarder l'appartement
160 avec moins d'effroi ; mais Gavroche ne leur laissa pas plus longtemps le loisir de la contemplation.

– Vite, dit-il.

1. **La concavité** : le creux.
2. **Se rencogna** : se colla.
3. **Pétrifié** : terrifié.
4. **Tuileries** : palais où réside le roi.
5. **Godiches** : imbéciles.

● **On raconte que le pape d'Avignon Jean XXII, au XIVe siècle, aimait tellement la moutarde qu'il créa la charge de « premier moutardier du pape ». De là l'expression *se croire le moutardier du pape* pour qualifier quelqu'un qui a une très haute opinion de lui-même.**

Et il les poussa vers ce que nous sommes très heureux de pouvoir appeler le fond de la chambre.

Là était son lit.

Le lit de Gavroche était complet. C'est-à-dire qu'il y avait un matelas, une couverture et une alcôve avec rideaux.

Le matelas était une natte de paille, la couverture un assez vaste pagne de grosse laine grise fort chaud et presque neuf. Voici ce que c'était que l'alcôve :

Trois échalas[1] assez longs, enfoncés et consolidés dans les gravois[2] du sol, c'est-à-dire du ventre de l'éléphant, deux en avant, un en arrière, et réunis par une corde à leur sommet, de manière à former un faisceau pyramidal. Ce faisceau supportait un treillage de fil de laiton qui était simplement posé dessus, mais artistement appliqué et maintenu par des attaches de fil de fer, de sorte qu'il enveloppait entièrement les trois échalas. Un cordon de grosses pierres fixait tout autour ce treillage sur le sol, de manière à ne rien laisser passer. Ce treillage n'était autre chose qu'un morceau de ces grillages de cuivre dont on revêt les volièresk dans les ménageries. Le lit de Gavroche était sous ce grillage comme dans une cage [...].

1. **Échalas** : pieux en bois.
2. **Gravois** : débris.

Livre quatorzième
Les grandeurs du désespoir

I
Le drapeau – Premier acte

Le 5 juin 1832, le peuple se soulève contre Louis-Philippe. Prenant les rues d'assaut, les insurgés dressent des barricades derrière lesquelles ils se retranchent. Enjolras et les Amis de l'ABC ont établi leur barricade dans le quartier des Halles, fin prêts à en découdre avec les troupes du roi.

Rien ne venait encore. Dix heures avaient sonné à Saint-Merry, Enjolras et Combeferre étaient allés s'asseoir, la carabine à la main, près de la coupure de la grande barricade. Ils ne se parlaient pas ; ils écoutaient, cherchant à saisir même le bruit
5 de marche le plus sourd et le plus lointain.

Subitement, au milieu de ce calme lugubre, une voix claire, jeune, gaie, qui semblait venir de la rue Saint-Denis, s'éleva et se mit à chanter distinctement sur le vieil air populaire Au clair de la lune [une] poésie terminée par une sorte de cri pareil au
10 chant du coq [...].

– C'est Gavroche, dit Enjolras.

– Il nous avertit, dit Combeferre.

Une course précipitée troubla la rue déserte, on vit un être plus agile qu'un clown grimper par-dessus l'omnibus, et
15 Gavroche bondit dans la barricade tout essoufflé, en disant :

– Mon fusil ! Les voici.

Un frisson électrique parcourut toute la barricade, et l'on entendit le mouvement des mains cherchant les fusils.

– Veux-tu ma carabine ? dit Enjolras au gamin.

20 – Je veux le grand fusil, répondit Gavroche.

Et il prit le fusil de Javert.

Deux sentinelles s'étaient repliées et étaient rentrées presque en même temps que Gavroche. C'était la sentinelle du bout de la rue et la vedette de la Petite-Truanderie. La vedette de la ruelle 25 des Prêcheurs était restée à son poste, ce qui indiquait que rien ne venait du côté des ponts et des halles.

La rue de la Chanvrerie, dont quelques pavés à peine étaient visibles au reflet de la lumière qui se projetait sur le drapeau, offrait aux insurgés l'aspect d'un grand porche noir vaguement 30 ouvert dans une fumée.

Chacun avait pris son poste de combat [...].

Quelques instants s'écoulèrent encore ; puis un bruit de pas, mesuré, pesant, nombreux, se fit entendre distinctement du côté de Saint-Leu. Ce bruit, d'abord faible, puis précis, puis 35 lourd et sonore, s'approchait lentement, sans halte, sans interruption, avec une continuité tranquille et terrible. On n'entendait rien que cela. C'était tout ensemble le silence et le bruit de la statue du commandeur, mais ce pas de pierre avait on ne sait quoi d'énorme et de multiple qui éveillait l'idée d'une foule en 40 même temps que l'idée d'un spectre•. On croyait entendre marcher l'effrayante statue Légion. Ce pas approcha ; il approcha encore, et s'arrêta. Il sembla qu'on entendît au bout de la rue le

• **La statue du commandeur est une allusion au personnage de la pièce de Molière, *Dom Juan*, où, apparition fantastique costumée en empereur romain, la statue incarne la vengeance du ciel. Ici, Hugo la qualifie de « Légion » parce que, des deux côtés de la barricade, les combattants sont très nombreux.**

souffle de beaucoup d'hommes. On ne voyait rien pourtant, seulement on distinguait tout au fond, dans cette épaisse obs-
45 curité, une multitude de fils métalliques, fins comme des aiguilles et presque imperceptibles, qui s'agitaient, pareils à ces indescriptibles réseaux phosphoriques qu'au moment de s'endormir on aperçoit, sous ses paupières fermées, dans les premiers brouillards du sommeil. C'étaient les baïonnettes et
50 les canons de fusils confusément éclairés par la réverbération lointaine de la torche.

Il y eut encore une pause, comme si des deux côtés on attendait. Tout à coup, du fond de cette ombre, une voix, d'autant plus sinistre qu'on ne voyait personne, et qu'il semblait que c'était
55 l'obscurité elle-même qui parlait, cria :

– Qui vive ?

En même temps on entendit le cliquetis des fusils qui s'abattent.

Enjolras répondit d'un accent vibrant et altier[1] :

60 – Révolution française.

– Feu ! dit la voix.

Un éclair empourpra[2] toutes les façades de la rue comme si la porte d'une fournaise[3] s'ouvrait et se fermait brusquement.

Une effroyable détonation éclata sur la barricade. Le drapeau
65 rouge tomba. La décharge avait été si violente et si dense qu'elle en avait coupé la hampe[4] ; c'est-à-dire la pointe même du timon[5] de l'omnibus. Des balles, qui avaient ricoché sur les corniches

1. **Altier** : plein d'orgueil.
2. **Empourpra** : colora de rouge.
3. **Fournaise** : four.
4. **Hampe** : manche du drapeau.
5. **Timon** : longue pièce de bois fixée à l'avant d'une voiture, à laquelle sont attelés les animaux de traits.

des maisons, pénétrèrent dans la barricade et blessèrent plusieurs hommes.

70 L'impression de cette première décharge fut glaçante. L'attaque était rude, et de nature à faire songer les plus hardis[1]. Il était évident qu'on avait au moins affaire à un régiment tout entier.

– Camarades, cria Courfeyrac, ne perdons pas la poudre.
75 Attendons pour riposter qu'ils soient engagés dans la rue [...].

IV

Le baril de poudre

Javert, qui s'était introduit parmi les insurgés, a été démasqué, et ligoté. Son sort est scellé : il sera exécuté. Jean Valjean projette de quitter Paris pour l'Angleterre, afin de mettre Cosette à l'abri de Thénardier et des troubles qui agitent la capitale. Informé du projet de Valjean, Marius demande à son grand-père de l'argent pour épouser Cosette. Face au refus de ce dernier, convaincu qu'il ne reverra plus Cosette, Marius décide de rejoindre la barricade pour y défendre ses idées, jusqu'à la mort s'il le faut.

Marius, toujours caché dans le coude de la rue Mondétour, avait assisté à la première phase du combat, irrésolu[2] et frissonnant. Cependant il n'avait pu résister longtemps à ce vertige mystérieux et souverain qu'on pourrait nommer l'appel de l'abîme[3].
5 Devant l'imminence du péril, devant la mort de M. Mabeuf, cette funèbre énigme, devant Bahorel tué, Courfeyrac criant : à moi !

1. **Faire songer les plus hardis** : faire hésiter les plus courageux.
2. **Irrésolu** : indécis.
3. **De l'abîme** : des profondeurs.

cet enfant menacé[1], ses amis à secourir ou à venger, toute hésitation s'était évanouie, et il s'était rué dans la mêlée ses deux pistolets à la main. Du premier coup il avait sauvé Gavroche et du second délivré Courfeyrac.

Aux coups de feu, aux cris des gardes frappés, les assaillants avaient gravi le retranchement, sur le sommet duquel on voyait maintenant se dresser plus qu'à mi-corps, et en foule, des gardes municipaux, des soldats de la ligne, des gardes nationaux de la banlieue, le fusil au poing. Ils couvraient déjà plus des deux tiers du barrage, mais ils ne sautaient pas dans l'enceinte, comme s'ils balançaient[2], craignant quelque piège. Ils regardaient dans la barricade obscure comme on regarderait dans une tanière de lions. La lueur de la torche n'éclairait que les baïonnettes, les bonnets à poil et le haut des visages inquiets et irrités.

Marius n'avait plus d'armes, il avait jeté ses pistolets déchargés, mais il avait aperçu un baril de poudre dans la salle basse près de la porte.

Comme il se tournait à demi, regardant de ce côté, un soldat le coucha en joue[3]. Au moment où le soldat ajustait Marius, une main se posa sur le bout du canon du fusil, et le boucha. C'était quelqu'un qui s'était élancé, le jeune ouvrier au pantalon de velours. Le coup partit, traversa la main, et peut-être aussi l'ouvrier, car il tomba, mais la balle n'atteignit pas Marius. Tout cela dans la fumée, plutôt entrevu que vu. Marius, qui entrait dans la salle basse, s'en aperçut à peine. Cependant il avait confusément vu ce canon de fusil dirigé sur lui et cette main

1. **Cet enfant menacé** : il s'agit de Gavroche.
2. **S'ils balançaient** : s'ils hésitaient.
3. **Le coucha en joue** : le visa.

qui l'avait bouché, et il avait entendu le coup. Mais dans des minutes comme celle-là, les choses qu'on voit vacillent[1] et se précipitent, et l'on ne s'arrête à rien. On se sent obscurément poussé vers plus d'ombre encore, et tout est nuage.

Les insurgés, surpris, mais non effrayés, s'étaient ralliés. Enjolras avait crié : Attendez ! ne tirez pas au hasard ! Dans la première confusion en effet ils pouvaient se blesser les uns les autres. La plupart étaient montés à la fenêtre du premier étage et aux mansardes d'où ils dominaient les assaillants. Les plus déterminés, avec Enjolras, Courfeyrac, Jean Prouvaire et Combeferre, s'étaient fièrement adossés aux maisons du fond, à découvert et faisant face aux rangées de soldats et de gardes qui couronnaient la barricade.

Tout cela s'accomplit sans précipitation, avec cette gravité étrange et menaçante qui précède les mêlées. Des deux parts on se couchait en joue, à bout portant, on était si près qu'on pouvait se parler à portée de voix. Quand on fut à ce point où l'étincelle va jaillir, un officier en hausse-col[2] et à grosses épaulettes étendit son épée et dit :

– Bas les armes !

– Feu ! dit Enjolras.

Les deux détonations partirent en même temps, et tout disparut dans la fumée.

Fumée âcre[3] et étouffante où se traînaient, avec des gémissements faibles et sourds, des mourants et des blessés.

1. **Vacillent** : sont confuses.
2. **Hausse-col** : pièce de cuivre protégeant le cou.
3. **Âcre** : irritante.

Quand la fumée se dissipa, on vit des deux côtés les combattants, éclaircis[1], mais toujours aux mêmes places, qui rechargeaient les armes en silence.

Tout à coup, on entendit une voix tonnante qui criait :

– Allez-vous-en, ou je fais sauter la barricade !

Tous se retournèrent du côté d'où venait la voix.

1. **Éclaircis** : moins nombreux.

65 Marius était entré dans la salle basse, y avait pris le baril de poudre, puis il avait profité de la fumée et de l'espèce de brouillard obscur qui emplissait l'enceinte retranchée pour se glisser le long de la barricade jusqu'à cette cage de pavés où était fixée la torche. En arracher la torche, y mettre le baril de poudre, 70 pousser la pile de pavés sous le baril, qui s'était sur-le-champ défoncé, avec une sorte d'obéissance terrible, tout cela avait été pour Marius le temps de se baisser et de se relever ; et maintenant tous, gardes nationaux, gardes municipaux, officiers, soldats, pelotonnés[1] à l'autre extrémité de la barricade, le 75 regardaient avec stupeur le pied sur les pavés, la torche à la main, son fier visage éclairé par une résolution fatale, penchant la flamme de la torche vers ce monceau redoutable où l'on distinguait le baril de poudre brisé, et poussant ce cri terrifiant :

– Allez-vous-en, ou je fais sauter la barricade !

80 Marius sur cette barricade après l'octogénaire●, c'était la vision de la jeune révolution après l'apparition de la vieille.

– Sauter la barricade ! dit un sergent, et toi aussi !

Marius répondit :

– Et moi aussi.

85 Et il approcha la torche du baril de poudre.

Mais il n'y avait déjà plus personne sur le barrage. Les assaillants, laissant leurs morts et leurs blessés, refluaient pêle-mêle et en désordre vers l'extrémité de la rue et s'y perdaient de nouveau dans la nuit. Ce fut un sauve-qui-peut.

90 La barricade était dégagée.

● Il s'agit de M. Mabeuf, vieillard de 80 ans qui s'est dressé au sommet de la barricade drapeau rouge à la main et est mort sous le feu des assaillants en criant « Vive la révolution ! vive la République ».

1. **Pelotonnés** : regroupés.

Cinquième partie – Jean Valjean

Livre premier
La guerre entre quatre murs

XV
Gavroche dehors

La bataille fait rage. Cosette est parvenue à adresser un message à Marius qui lui répond que son sort est désormais lié à celui de ses camarades. Jean Valjean, qui a pu prendre connaissance du message, prend le chemin du quartier des Halles pour sauver Marius.

Courfeyrac tout à coup aperçut quelqu'un au bas de la barricade, dehors, dans la rue, sous les balles.

Gavroche avait pris un panier à bouteilles, dans le cabaret, était sorti par la coupure[1], et était paisiblement occupé à vider 5 dans son panier les gibernes[2] pleines de cartouches des gardes nationaux tués sur le talus de la redoute[3].

– Qu'est-ce que tu fais là ? dit Courfeyrac.

1. **Coupure** : brèche permettant de quitter la barricade.
2. **Gibernes** : cartouchières.
3. **Redoute** : fortification reculée.

Gavroche leva le nez :

– Citoyen, j'emplis mon panier.

10 – Tu ne vois donc pas la mitraille ?

Gavroche répondit :

– Eh bien, il pleut. Après ?

Courfeyrac cria :

– Rentre !

15 – Tout à l'heure, fit Gavroche.

Et, d'un bond, il s'enfonça dans la rue.

On se souvient que la compagnie Fannicot, en se retirant, avait laissé derrière elle une traînée de cadavres.

Une vingtaine de morts gisaient çà et là dans toute la longueur de la rue sur le pavé. Une vingtaine de gibernes pour Gavroche. Une provision de cartouches pour la barricade.

La fumée était dans la rue comme un brouillard. Quiconque a vu un nuage tombé dans une gorge de montagnes entre deux escarpements à pic, peut se figurer cette fumée resserrée et comme épaissie par deux sombres lignes de hautes maisons. Elle montait lentement et se renouvelait sans cesse ; de là un obscurcissement graduel[1] qui blêmissait même le plein jour. C'est à peine si, d'un bout à l'autre de la rue, pourtant fort courte, les combattants s'apercevaient.

Cet obscurcissement, probablement voulu et calculé par les chefs qui devaient diriger l'assaut de la barricade, fut utile à Gavroche.

Sous les plis de ce voile de fumée, et grâce à sa petitesse, il put s'avancer assez loin dans la rue sans être vu. Il dévalisa[2] les sept ou huit premières gibernes sans grand danger.

1. **Graduel** : progressif.
2. **Dévalisa** : vida.

Il rampait à plat ventre, galopait à quatre pattes, prenait son panier aux dents, se tordait, glissait, ondulait, serpentait d'un mort à l'autre, et vidait la giberne ou la cartouchière comme un singe ouvre une noix.

40 De la barricade, dont il était encore assez près, on n'osait lui crier de revenir, de peur d'appeler[1] l'attention sur lui.

Sur un cadavre, qui était un caporal, il trouva une poire à poudre[2].

– Pour la soif●, dit-il en la mettant dans sa poche. À force 45 d'aller en avant, il parvint au point où le brouillard de la fusillade devenait transparent.

Si bien que les tirailleurs de la ligne rangés et à l'affût derrière leur levée de pavés, et les tirailleurs de la banlieue massés à l'angle de la rue, se montrèrent soudainement quelque chose 50 qui remuait dans la fumée.

Au moment où Gavroche débarrassait de ses cartouches un sergent gisant près d'une borne, une balle frappa le cadavre.

– Fichtre[3] ! fit Gavroche. Voilà qu'on me tue mes morts.

Une deuxième balle fit étinceler[4] le pavé à côté de lui. Une 55 troisième renversa son panier.

Gavroche regarda, et vit que cela venait de la banlieue.

Il se dressa tout droit, debout, les cheveux au vent, les mains sur les hanches, l'œil fixé sur les gardes nationaux qui tiraient, et il chanta :

1. **D'appeler** : d'attirer.
2. **Poire à poudre** : gourde contenant la poudre destinée aux fusils et aux pistolets.
3. **Fichtre** : expression de surprise.
4. **Fit étinceler** : fit des étincelles.

● **La locution *une poire pour la soif* signifie « garder quelque chose pour l'avenir ». Gavroche fait de l'humour car cette poudre ne sera pas de trop dans le combat inégal que les insurgés livrent aux gardes nationaux.**

Willette (1857-1926), Gavroche ramassant des cartouches, *peinture. Coll. particulière.*

60 *On est laid à Nanterre,*
C'est la faute à Voltaire,
Et bête à Palaiseau,
C'est la faute à Rousseau.

Puis il ramassa son panier, y remit, sans en perdre une seule, 65 les cartouches qui en étaient tombées, et, avançant vers la fusillade, alla dépouiller une autre giberne. Là une quatrième balle le manqua encore. Gavroche chanta :

Je ne suis pas notaire,
C'est la faute à Voltaire
70 *Je suis petit oiseau*
C'est la faute à Rousseau.

Une cinquième balle ne réussit qu'à tirer de lui un troisième couplet :

Joie est mon caractère,
75 *C'est la faute à Voltaire*
Misère est mon trousseau,
C'est la faute à Rousseau.

Cela continua ainsi quelque temps.

Le spectacle était épouvantable● et charmant. Gavroche, 80 fusillé, taquinait[1] la fusillade. Il avait l'air de s'amuser beaucoup.

1. **Taquinait** : provoquait gentiment.

● **Le spectacle est « épouvantable » parce que Gavroche continue de chanter alors que les balles sifflent autour de lui et qu'il risque la mort à tout moment.**

C'était le moineau becquetant les chasseurs. Il répondait à chaque décharge par un couplet. On le visait sans cesse, on le manquait toujours. Les gardes nationaux et les soldats riaient en l'ajustant[1]. Il se couchait, puis se redressait, s'effaçait dans un coin de porte, puis bondissait, disparaissait, reparaissait, se sauvait, revenait, ripostait à la mitraille par des pieds de nez, et cependant pillait les cartouches, vidait les gibernes et remplissait son panier. Les insurgés, haletants d'anxiété, le suivaient des yeux. La barricade tremblait ; lui, il chantait. Ce n'était pas un enfant, ce n'était pas un homme ; c'était un étrange gamin fée. On eût dit le nain invulnérable de la mêlée. Les balles couraient après lui, il était plus leste[2] qu'elles. Il jouait on ne sait quel effrayant jeu de cache-cache avec la mort ; chaque fois que la face camarde[3] du spectre s'approchait, le gamin lui donnait une pichenette●.

Une balle pourtant, mieux ajustée ou plus traître que les autres, finit par atteindre l'enfant feu follet. On vit Gavroche chanceler, puis il s'affaissa. Toute la barricade poussa un cri ; mais il y avait de l'Antée dans ce pygmée● ; pour le gamin toucher le pavé, c'est comme pour le géant toucher la terre ; Gavroche n'était tombé que pour se redresser ; il resta assis sur son séant, un long filet de sang rayait son visage, il éleva ses deux bras en l'air, regarda du côté d'où était venu le coup, et se mit à chanter :

1. **En l'ajustant** : en le visant.
2. **Leste** : léger.
3. **Camarde** : au nez écrasé. Le substantif *camarde* désigne la mort, souvent représentée par un squelette au nez aplati.

● **Une pichenette est une petite tape. L'expression signifie que Gavroche évite la mort sans difficulté.**

● **Antée est un géant monstrueux de la mythologie grecque qui retrouvait sa force en touchant la terre, sa mère. Le pygmée, lui, est un homme de très petite taille. Hugo compare donc Gavroche à la fois à un géant et à un nain.**

105 *Je suis tombé par terre,*
C'est la faute à Voltaire,
Le nez dans le ruisseau,
C'est la faute à...

Il n'acheva point. Une seconde balle du même tireur l'arrêta
110 court[1]. Cette fois il s'abattit la face contre le pavé, et ne remua plus. Cette petite grande âme venait de s'envoler.

XIX
Jean Valjean se venge

La mort de Gavroche a sonné le glas des espoirs des insurgés. La barricade ne tiendra pas longtemps. Enjolras donne l'ordre d'exécuter Javert. Valjean se propose d'exécuter la sentence, pour assouvir sa vengeance.

Quand Jean Valjean fut seul avec Javert, il défit la corde qui assujettissait[2] le prisonnier par le milieu du corps, et dont le nœud était sous la table. Après quoi, il lui fit signe de se lever.

Javert obéit, avec cet indéfinissable sourire où se condense[3] la
5 suprématie[4] de l'autorité enchaînée.

Jean Valjean prit Javert par la martingale[5] comme on prendrait une bête de somme par la bricole[6], et, l'entraînant après

1. **L'arrêta court** : l'arrêta net.
2. **Assujettissait** : immobilisait.
3. **Se condense** : se concentre.
4. **Suprématie** : supériorité.
5. **Martingale** : bande de tissu placée horizontalement dans le dos d'un vêtement.
6. **Bricole** : courroie d'un harnais.

lui, sortit du cabaret, lentement, car Javert, entravé[1] aux jambes, ne pouvait faire que de très petit pas.

10 Jean Valjean avait le pistolet au poing.

Ils franchirent ainsi le trapèze intérieur de la barricade. Les insurgés, tout à l'attaque imminente, tournaient le dos.

Marius, seul, placé de côté à l'extrémité gauche du barrage, les vit passer. Ce groupe du patient[2] et du bourreau s'éclaira de 15 la lueur sépulcrale qu'il avait dans l'âme.

Jean Valjean fit escalader, avec quelque peine, à Javert garrotté[3], mais sans le lâcher un seul instant, le petit retranchement de la ruelle Mondétour.

Quand ils eurent enjambé ce barrage, ils se trouvèrent seuls 20 tous les deux dans la ruelle. Personne ne les voyait plus. Le coude des maisons les cachait aux insurgés. Les cadavres retirés de la barricade faisaient un monceau[4] terrible à quelques pas.

On distinguait dans le tas des morts une face livide, une chevelure dénouée, une main percée, et un sein de femme demi-25 nu. C'était Éponine●.

Javert considéra obliquement cette morte, et, profondément calme, dit à demi-voix :

– Il me semble que je connais cette fille-là.

Puis il se tourna vers Jean Valjean.

30 Jean Valjean mit le pistolet sous son bras, et fixa sur Javert un regard qui n'avait pas besoin de paroles pour dire : – Javert, c'est moi.

Javert répondit :

– Prends ta revanche.

1. **Entravé** : attaché.
2. **Du patient** : du condamné à mort.
3. **Garotté** : attaché.
4. **Monceau** : tas.

● **Éponine est l'aînée des filles Thénardier.**

35 Jean Valjean tira de son gousset un couteau, et l'ouvrit.

– Un surin[1] ! s'écria Javert. Tu as raison. Cela te convient mieux.

Jean Valjean coupa la martingale que Javert avait au cou, puis il coupa les cordes qu'il avait aux poignets, puis se baissant, il
40 coupa la ficelle qu'il avait aux pieds ; et, se redressant, il lui dit :

– Vous êtes libre.

Javert n'était pas facile à étonner. Cependant, tout maître qu'il était de lui, il ne put se soustraire à une commotion[2]. Il resta béant[3] et immobile.

45 Jean Valjean poursuivit :

– Je ne crois pas que je sorte d'ici. Pourtant, si, par hasard, j'en sortais, je demeure, sous le nom de Fauchelevent, rue de l'Homme-Armé, numéro sept.

Javert eut un froncement de tigre qui lui entr'ouvrit un coin
50 de la bouche, et il murmura entre ses dents :

– Prends garde.

– Allez, dit Jean Valjean.

Javert reprit :

– Tu as dit Fauchelevent, rue de l'Homme-Armé ?

55 – Numéro sept.

Javert répéta à demi-voix – Numéro sept.

Il reboutonna sa redingote, remit de la roideur[4] militaire entre ses deux épaules, fit demi-tour, croisa les bras en soutenant son menton dans une de ses mains, et se mit à marcher
60 dans la direction des halles. Jean Valjean le suivait des yeux.

1. **Surin** : couteau (terme argotique).
2. **Commotion** : choc.
3. **Béant** : bouche bée.
4. **Roideur** : raideur.

Après quelques pas, Javert se retourna, et cria à Jean Valjean :

– Vous m'ennuyez. Tuez-moi plutôt.

Javert ne s'apercevait pas lui-même qu'il ne tutoyait plus Jean Valjean :

65 – Allez-vous-en, dit Jean Valjean.

Javert s'éloigna à pas lents. Un moment après, il tourna l'angle de la rue des Prêcheurs.

Quand Javert eut disparu, Jean Valjean déchargea le pistolet en l'air.

70 Puis il rentra dans la barricade et dit :

– C'est fait.

Cependant[1] voici ce qui s'était passé :

Marius, plus occupé du dehors que du dedans, n'avait pas jusque-là regardé attentivement l'espion garrotté au fond obscur 75 de la salle basse.

Quand il le vit au grand jour, enjambant la barricade pour aller mourir, il le reconnut. Un souvenir subit lui entra dans l'esprit. Il se rappela l'inspecteur de la rue de Pontoise, et les deux pistolets qu'il lui avait remis et dont il s'était servi, lui 80 Marius, dans cette barricade même ; et non seulement il se rappela la figure, mais il se rappela le nom.

Ce souvenir pourtant était brumeux et trouble comme toutes ses idées. Ce ne fut pas une affirmation qu'il se fit, ce fut une question qu'il s'adressa : – Est-ce que ce n'est pas là cet inspec-85 teur de police qui m'a dit s'appeler Javert ?

Peut-être était-il encore temps d'intervenir pour cet homme ? Mais il fallait d'abord savoir si c'était bien ce Javert.

Marius interpella Enjolras qui venait de se placer à l'autre bout de la barricade.

1. **Cependant** : pendant ce temps.

90 – Enjolras ?
– Quoi ?
– Comment s'appelle cet homme-là ?
– Qui ?
– L'agent de police. Sais-tu son nom ?
95 – Sans doute. Il nous l'a dit.
– Comment s'appelle-t-il ?
– Javert.
Marius se dressa.
En ce moment on entendit le coup de pistolet.
100 Jean Valjean reparut et cria : C'est fait.
Un froid sombre traversa le cœur de Marius.

XXIV
Prisonnier

La barricade a cédé. Les meneurs ont été exécutés. Les troupes du roi fouillent les maisons pour traquer les fuyards. Marius, blessé, s'est senti happé par une force peu commune avant de s'évanouir.

Marius était prisonnier en effet. Prisonnier de Jean Valjean.

La main qui l'avait étreint par derrière au moment où il tombait, et dont, en perdant connaissance, il avait senti le saisissement, était celle de Jean Valjean.

5 Jean Valjean n'avait pris au combat d'autre part que de s'y exposer. Sans lui, à cette phase suprême de l'agonie, personne n'eût songé aux blessés. Grâce à lui, partout présent dans le carnage comme une providence[1], ceux qui tombaient étaient relevés,

1. **Comme une providence** : comme un protecteur, un secours.

transportés dans la salle basse, et pansés[1]. Dans les intervalles, il réparait la barricade. Mais rien qui pût ressembler à un coup, à une attaque, ou même à une défense personnelle, ne sortit de ses mains. Il se taisait et secourait. Du reste, il avait à peine quelques égratignures. Les balles n'avaient pas voulu de lui. Si le suicide faisait partie de ce qu'il avait rêvé en venant dans ce sépulcre, de ce côté-là il n'avait point réussi. Mais nous doutons qu'il eût songé au suicide, acte irréligieux.

Jean Valjean, dans la nuée épaisse du combat, n'avait pas l'air de voir Marius ; le fait est qu'il ne le quittait pas des yeux. Quand un coup de feu renversa Marius, Jean Valjean bondit avec une agilité de tigre, s'abattit sur lui comme sur une proie, et l'emporta.

Le tourbillon de l'attaque était en cet instant-là si violemment concentré sur Enjolras et sur la porte du cabaret que personne ne vit Jean Valjean, soutenant dans ses bras Marius évanoui, traverser le champ dépavé[2] de la barricade et disparaître derrière l'angle de la maison de Corinthe●.

On se rappelle cet angle qui faisait une sorte de cap dans la rue ; il garantissait des balles et de la mitraille, et des regards aussi, quelques pieds carrés de terrain. Il y a ainsi parfois dans les incendies une chambre qui ne brûle point, et dans les mers les plus furieuses, en deçà d'un promontoire ou au fond d'un cul-de-sac d'écueils, un petit coin tranquille. C'était dans cette espèce de repli du trapèze intérieur de la barricade qu'Éponine avait agonisé.

Là Jean Valjean s'arrêta, il laissa glisser à terre Marius, s'adossa au mur et jeta les yeux autour de lui.

1. **Pansés :** soignés.
2. **Dépavé :** dont les pavés ont été retirés.

● **La maison de Corinthe est le cabaret dont les insurgés avaient fait leur quartier général et où ils s'étaient réfugiés.**

La situation était épouvantable.

Pour l'instant, pour deux ou trois minutes peut-être, ce pan de muraille était un abri ; mais comment sortir de ce massacre ? Il se rappelait l'angoisse où il s'était trouvé rue Polonceau●, huit
40 ans auparavant, et de quelle façon il était parvenu à s'échapper ; c'était difficile alors, aujourd'hui c'était impossible. Il avait devant lui cette implacable et sourde maison à six étages qui ne semblait habitée que par l'homme mort penché à sa fenêtre ; il avait à sa droite la barricade assez basse qui fermait la Petite-
45 Truanderie ; enjamber cet obstacle paraissait facile, mais on voyait au-dessus de la crête du barrage une rangée de pointes de baïonnettes. C'était la troupe de ligne, postée au-delà de cette barricade, et aux aguets. Il était évident que franchir la barricade c'était aller chercher un feu de peloton[1], et que toute tête
50 qui se risquerait à dépasser le haut de la muraille de pavés servirait de cible à soixante coups de fusil. Il avait à sa gauche le champ du combat. La mort était derrière l'angle du mur.

Que faire ?

Un oiseau seul eût pu se tirer de là.

55 Et il fallait se décider sur-le-champ, trouver un expédient[2], prendre un parti. On se battait à quelques pas de lui ; par bonheur tous s'acharnaient sur un point unique, sur la porte du cabaret ; mais qu'un soldat un seul, eût l'idée de tourner la maison, ou de l'attaquer en flanc[3], tout était fini.

60 Jean Valjean regarda la maison en face de lui, il regarda la barricade à côté de lui, puis il regarda la terre, avec la violence

1. **Chercher un feu de peloton** : s'exposer au feu des armes.
2. **Expédient** : solution.
3. **En flanc** : de côté.

● **Lorsqu'il avait échappé à la police en portant Cosette pour franchir le mur du couvent.**

de l'extrémité suprême, éperdu, et comme s'il eût voulu y faire un trou avec ses yeux.

À force de regarder, on ne sait quoi de vaguement saisissable
65 dans une telle agonie se dessina et prit forme à ses pieds, comme si c'était une puissance du regard de faire éclore la chose demandée. Il aperçut à quelques pas de lui, au bas du petit barrage si impitoyablement gardé et guetté au dehors, sous un écroulement de pavés qui la cachait en partie, une grille de fer
70 posée à plat et de niveau avec le sol. Cette grille, faite de forts barreaux transversaux, avait environ deux pieds carrés. L'encadrement de pavés qui la maintenait avait été arraché, et elle était comme descellée[1]. À travers les barreaux on entrevoyait une ouverture obscure, quelque chose de pareil au
75 conduit d'une cheminée ou au cylindre d'une citerne. Jean Valjean s'élança. Sa vieille science des évasions lui monta au cerveau comme une clarté. Écarter les pavés, soulever la grille, charger sur ses épaules Marius inerte comme un corps mort, descendre, avec ce fardeau[2] sur les reins, en s'aidant des coudes
80 et des genoux, dans cette espèce de puits heureusement peu profond, laisser retomber au-dessus de sa tête la lourde trappe de fer sur laquelle les pavés ébranlés croulèrent de nouveau, prendre pied sur une surface dallée à trois mètres au-dessous du sol, cela fut exécuté comme ce qu'on fait dans le délire, avec
85 une force de géant et une rapidité d'aigle ; cela dura quelques minutes à peine.

Jean Valjean se trouva, avec Marius toujours évanoui, dans une sorte de long corridor souterrain.

1. **Descellée** : ouverte.
2. **Fardeau** : charge pesante.

Là, paix profonde, silence absolu, nuit.

90 L'impression qu'il avait autrefois éprouvée en tombant de la rue dans le couvent, lui revint. Seulement, ce qu'il emportait aujourd'hui, ce n'était plus Cosette ; c'était Marius.

C'est à peine maintenant s'il entendait au-dessus de lui, comme un vague murmure, le formidable tumulte du cabaret 95 pris d'assaut.

Livre troisième
La boue, mais l'âme

I
Le cloaque[1] et ses surprises

La chasse aux fuyards se poursuit dans les égouts de Paris. C'est par là que, portant Marius sur ses épaules, Jean Valjean a choisi d'échapper aux forces de police.

C'est dans l'égout de Paris que se trouvait Jean Valjean.

Ressemblance de plus de Paris avec la mer. Comme dans l'Océan, le plongeur peut y disparaître.

La transition était inouïe. Au milieu même de la ville, Jean 5 Valjean était sorti de la ville ; et, en un clin d'œil, le temps de lever un couvercle et de le refermer, il avait passé du plein jour à l'obscurité complète, de midi à minuit, du fracas au silence, du tourbillon des tonnerres à la stagnation[2] de la tombe, et, par une péripétie bien plus prodigieuse encore que celle de la rue 10 Polonceau, du plus extrême péril à la sécurité la plus absolue.

1. **Cloaque** : taudis.
2. **Stagnation** : immobilité.

Chute brusque dans une cave ; disparition dans l'oubliette[1] de Paris ; quitter cette rue où la mort était partout pour cette espèce de sépulcre où il y avait la vie ; ce fut un instant étrange. Il resta quelques secondes comme étourdi ; écoutant, stupéfait. 15 La chausse-trape du salut s'était subitement ouverte sous lui. La bonté céleste l'avait en quelque sorte pris par trahison. Adorables embuscades de la providence[2] !

Seulement le blessé ne remuait point, et Jean Valjean ne savait pas si ce qu'il emportait dans cette fosse était un vivant ou 20 un mort.

Sa première sensation fut l'aveuglement. Brusquement, il ne vit plus rien. Il lui sembla aussi qu'en une minute il était devenu sourd. Il n'entendait plus rien. Le frénétique[3] orage de meurtre qui se déchaînait à quelques pieds au-dessus de lui n'arrivait 25 jusqu'à lui, nous l'avons dit, grâce à l'épaisseur de terre qui l'en séparait, qu'éteint et indistinct, et comme une rumeur dans une profondeur. Il sentait que c'était solide sous ses pieds ; voilà tout ; mais cela suffisait. Il étendit un bras, puis l'autre, et toucha le mur des deux côtés, et reconnut que le couloir était étroit ; 30 il glissa, et reconnut que la dalle était mouillée. Il avança un pied avec précaution, craignant un trou, un puisard[4], quelque gouffre ; il constata que le dallage se prolongeait. Une bouffée de fétidité[5] l'avertit du lieu où il était.

Au bout de quelques instants, il n'était plus aveugle. Un peu 35 de lumière tombait du soupirail par où il s'était glissé, et son

1. **Oubliette** : cachot où l'on enfermait les condamnés à la prison perpétuelle.
2. **De la providence** : du destin.
3. **Frénétique** : épouvantable.
4. **Puisard** : sorte de puits.
5. **Fétidité** : odeur répugnante.

regard s'était fait à cette cave. Il commença à distinguer quelque chose. Le couloir où il s'était terré, nul autre mot n'exprime mieux la situation, était muré derrière lui. C'était un de ces culs-de-sac que la langue spéciale appelle branchements. Devant lui, il y avait un autre mur, un mur de nuit. La clarté du soupirail expirait à dix ou douze pas du point où était Jean Valjean, et faisait à peine une blancheur blafarde sur quelques mètres de la paroi humide de l'égout. Au-delà l'opacité était massive ; y pénétrer paraissait horrible, et l'entrée y semblait un engloutissement. On pouvait s'enfoncer pourtant dans cette muraille de brume, il le fallait. Il fallait même se hâter. Jean Valjean songea que cette grille, aperçue par lui sous les pavés, pouvait l'être par les soldats, et que tout tenait à ce hasard. Ils pouvaient descendre eux aussi dans ce puits et le fouiller. Il n'y avait pas une minute à perdre. Il avait déposé Marius sur le sol, il le ramassa, ceci est encore le mot vrai, le reprit sur ses épaules et se mit en marche. Il entra résolument dans cette obscurité.

La réalité est qu'ils étaient moins sauvés que Jean Valjean ne le croyait. Des périls d'un autre genre et non moins grands les attendaient peut-être. Après le tourbillon fulgurant du combat, la caverne des miasmes[1] et des pièges ; après le chaos, le cloaque. Jean Valjean était tombé d'un cercle de l'enfer dans l'autre.

Quand il eut fait cinquante pas, il fallut s'arrêter. Une question se présenta. Le couloir aboutissait à un autre boyau[2] qu'il rencontrait transversalement. Là s'offraient deux voies. Laquelle prendre ? fallait-il tourner à gauche ou à droite ? Comment s'orienter dans ce labyrinthe noir ? Ce labyrinthe, nous l'avons

1. **Miasmes** : émanations auxquelles on attribuait les maladies infectieuses.
2. **Boyau** : étroit tunnel.

fait remarquer, a un fil ; c'est sa pente. Suivre la pente, c'est aller à la rivière.

65 Jean Valjean le comprit sur-le-champ.

Il se dit qu'il était probablement dans l'égout des Halles ; que, s'il choisissait à gauche et suivait la pente, il arriverait avant un quart d'heure à quelque embouchure sur la Seine entre le Pont-au-Change et le Pont-Neuf, c'est-à-dire à une apparition en plein 70 jour sur le point le plus peuplé de Paris. Peut-être aboutirait-il à quelque cagnard[1] de carrefour. Stupeur des passants de voir deux hommes sanglants sortir de terre sous leurs pieds. Survenue des sergents de ville, prise d'armes du corps de garde[2] voisin. On serait saisi avant d'être sorti. Il valait mieux s'enfon-75 cer dans le dédale[3], se fier à cette noirceur, et s'en remettre à la providence quant à l'issue.

Il remonta la pente et prit à droite.

Quand il eut tourné l'angle de la galerie, la lointaine lueur du soupirail disparut, le rideau d'obscurité retomba sur lui et il 80 redevint aveugle. Il n'en avança pas moins, et aussi rapidement qu'il put. Les deux bras de Marius étaient passés autour de son cou et les pieds pendaient derrière lui. Il tenait les deux bras d'une main et tâtait le mur de l'autre. La joue de Marius touchait la sienne et s'y collait, étant sanglante. Il sentait couler sur 85 lui et pénétrer sous ses vêtements un ruisseau tiède qui venait de Marius. Cependant une chaleur humide à son oreille que touchait la bouche du blessé indiquait de la respiration, et par conséquent de la vie. Le couloir où Jean Valjean cheminait maintenant était moins étroit que le premier. Jean Valjean y

1. **Cagnard** : sortie d'égout.
2. **Corps de garde** : hommes montant la garde.
3. **Dédale** : labyrinthe.

90 marchait assez péniblement. Les pluies de la veille n'étaient pas encore écoulées et faisaient un petit torrent au centre du radier, et il était forcé de se serrer contre le mur pour ne pas avoir les pieds dans l'eau. Il allait ainsi ténébreusement. Il ressemblait aux êtres de nuit tâtonnant dans l'invisible et souterrainement
95 perdus dans les veines de l'ombre [...].

À force de ténacité et de courage, Jean Valjean parvient enfin à retrouver l'air libre.

IX

Marius fait l'effet d'être mort à quelqu'un qui s'y connaît

Il laissa glisser Marius sur la berge.

Ils étaient dehors !

Les miasmes, l'obscurité, l'horreur, étaient derrière lui. L'air salubre, pur, vivant, joyeux, librement respirable, l'inondait.
5 Partout autour de lui le silence, mais le silence charmant du soleil couché en plein azur. Le crépuscule s'était fait ; la nuit venait, la grande libératrice, l'amie de tous ceux qui ont besoin d'un manteau d'ombre pour sortir d'une angoisse. Le ciel s'offrait de toutes parts comme un calme énorme. La rivière arrivait à ses pieds
10 avec le bruit d'un baiser. On entendait le dialogue aérien des nids qui se disaient bonsoir dans les ormes des Champs-Élysées. Quelques étoiles, piquant faiblement le bleu pâle du zénith et visibles à la seule rêverie, faisaient dans l'immensité de petits resplendissements imperceptibles. Le soir déployait sur la tête de
15 Jean Valjean toutes les douceurs de l'infini.

C'était l'heure indécise et exquise qui ne dit ni oui ni non. Il y avait déjà assez de nuit pour qu'on pût s'y perdre à quelque distance, et encore assez de jour pour qu'on pût s'y reconnaître de près.

20 Jean Valjean fut pendant quelques secondes irrésistiblement vaincu par toute cette sérénité[1] auguste et caressante ; il y a de ces minutes d'oubli ; la souffrance renonce à harceler le misérable ; tout s'éclipse dans la pensée ; la paix couvre le songeur comme une nuit ; et sous le crépuscule qui rayonne, et à l'imi-
25 tation du ciel qui s'illumine, l'âme s'étoile.

Jean Valjean ne put s'empêcher de contempler cette vaste ombre claire qu'il avait au-dessus de lui ; pensif, il prenait dans le majestueux silence du ciel éternel un bain d'extase[2] et de prière. Puis, vivement, comme si le sentiment d'un devoir lui
30 revenait, il se courba vers Marius, et, puisant de l'eau dans le creux de sa main, il lui en jeta doucement quelques gouttes sur le visage. Les paupières de Marius ne se soulevèrent pas ; cependant sa bouche entr'ouverte respirait.

Jean Valjean allait plonger de nouveau sa main dans la rivière,
35 quand tout à coup il sentit je ne sais quelle gêne, comme lorsqu'on a, sans le voir, quelqu'un derrière soi.

Nous avons déjà indiqué ailleurs cette impression, que tout le monde connaît.

Il se retourna.

40 Comme tout à l'heure, quelqu'un en effet était derrière lui.

Un homme de haute stature, enveloppé d'une longue redingote, les bras croisés, et portant dans son poing droit un cassetête[3] dont on voyait la pomme de plomb, se tenait debout à quelques pas en arrière de Jean Valjean accroupi sur Marius.

1. **Sérénité** : paix.
2. **Extase** : vif enthousiasme.
3. **Casse-tête** : canne.

45 C'était, l'ombre aidant, une sorte d'apparition. Un homme simple en eût eu peur à cause du crépuscule, et un homme réfléchi à cause du casse-tête.

Jean Valjean reconnut Javert.

Livre quatrième
Javert déraillé

Javert arrête Jean Valjean. Après lui avoir permis de laisser Marius chez son grand-père, il l'accompagne chez lui, puis repart seul.

Javert s'était éloigné à pas lents de la rue de l'Homme-Armé.

Il marchait la tête baissée, pour la première fois de sa vie, et, pour la première fois de sa vie également, les mains derrière
5 le dos.

[...]

Javert souffrait affreusement.

Depuis quelques heures Javert avait cessé d'être simple. Il était troublé ; ce cerveau, si limpide dans sa cécité[1], avait perdu
10 sa transparence ; il y avait un nuage dans ce cristal. Javert sentait dans sa conscience le devoir se dédoubler, et il ne pouvait se le dissimuler. Quand il avait rencontré si inopinément Jean Valjean sur la berge de la Seine, il y avait eu en lui quelque chose du loup qui ressaisit sa proie et du chien qui retrouve
15 son maître.

1. **Cécité** : aveuglement.

Il voyait devant lui deux routes également droites toutes deux, mais il en voyait deux ; et cela le terrifiait, lui qui n'avait jamais connu dans sa vie qu'une ligne droite. Et, angoisse poignante, ces deux routes étaient contraires. L'une de ces deux lignes 20 droites excluait l'autre. Laquelle des deux était la vraie ?

Sa situation était inexprimable.

[...].

Devoir la vie à un malfaiteur, accepter cette dette et la rembourser, être, en dépit de soi-même, de plain-pied[1] avec un 25 repris de justice, et lui payer un service avec un autre service ; se laisser dire : Va-t'en, et lui dire à son tour : Sois libre ; sacrifier à des motifs personnels le devoir, cette obligation générale, et sentir dans ces motifs personnels quelque chose de général aussi, et de supérieur peut-être ; trahir la société pour rester 30 fidèle à sa conscience ; que toutes ces absurdités se réalisassent et qu'elles vinssent s'accumuler sur lui-même, c'est ce dont il était atterré[2].

Une chose l'avait étonné, c'était que Jean Valjean lui eût fait grâce, et une chose l'avait pétrifié, c'était que, lui Javert, il eût 35 fait grâce à Jean Valjean.

Où en était-il ? Il se cherchait et ne se trouvait plus. Que faire maintenant ? Livrer Jean Valjean, c'était mal ; laisser Jean Valjean libre, c'était mal. Dans le premier cas, l'homme de l'autorité tombait plus bas que l'homme du bagne ; dans le 40 second, un forçat montait plus haut que la loi et mettait le pied dessus. Dans les deux cas, déshonneur pour lui Javert. Dans tous les partis qu'on pouvait prendre, il y avait de la chute [...].

1. **De plain-pied** : sur un pied d'égalité.
2. **Atterré** : stupéfait.

Toutes sortes de nouveautés énigmatiques s'entr'ouvraient devant ses yeux. Il s'adressait des questions, et il se faisait des 45 réponses, et ses réponses l'effrayaient. Il se demandait : Ce forçat, ce désespéré, que j'ai poursuivi jusqu'à le persécuter, et qui m'a eu sous son pied, et qui pouvait se venger, et qui le devait tout à la fois pour sa rancune et pour sa sécurité, en me laissant la vie, en me faisant grâce, qu'a-t-il fait ? Son devoir. Non. 50 Quelque chose de plus. Et moi, en lui faisant grâce à mon tour, qu'ai-je fait ? Mon devoir. Non. Quelque chose de plus. Il y a donc quelque chose de plus que le devoir ? Ici il s'effarait[1] ; sa balance se disloquait[2] ; l'un des plateaux tombait dans l'abîme, l'autre s'en allait dans le ciel ; et Javert n'avait pas moins d'épou-55 vante de celui qui était en haut que de celui qui était en bas. Sans être le moins du monde ce qu'on appelle voltairien[3], ou philosophe, ou incrédule, respectueux au contraire, par instinct, pour l'Église établie, il ne la connaissait que comme un fragment auguste de l'ensemble social ; l'ordre était son dogme[4] 60 et lui suffisait ; depuis qu'il avait l'âge d'homme et de fonctionnaire, il mettait dans la police à peu près toute sa religion, étant, et nous employons ici les mots sans la moindre ironie et dans leur acception[5] la plus sérieuse, étant, nous l'avons dit, espion comme on est prêtre. Il avait un supérieur, M. Gisquet ; il n'avait 65 guère songé jusqu'à ce jour à cet autre supérieur, Dieu.

Ce chef nouveau, Dieu, il le sentait inopinément[6], et en était troublé.

1. **Il s'effarait** : il se surprenait.
2. **Se disloquait** : se détraquait.
3. **Voltairien** : philosophe.
4. **Son dogme** : sa croyance.
5. **Acception** : signification.
6. **Inopinément** : de manière inattendue.

Il était désorienté de cette présence inattendue ; il ne savait que faire de ce supérieur-là, lui qui n'ignorait pas que le subordonné est tenu de se courber toujours, qu'il ne doit ni désobéir, ni blâmer, ni discuter, et que, vis-à-vis d'un supérieur qui l'étonne trop, l'inférieur n'a d'autre ressource que sa démission.

Mais comment s'y prendre pour donner sa démission à Dieu ?

[...]

L'endroit où Javert s'était accoudé était, on s'en souvient, précisément situé au-dessus du rapide de la Seine, à pic sur cette redoutable spirale de tourbillons qui se dénoue et se renoue comme une vis sans fin.

Javert pencha la tête et regarda. Tout était noir. On ne distinguait rien. On entendait un bruit d'écume ; mais on ne voyait pas la rivière. Par instants, dans cette profondeur vertigineuse, une lueur apparaissait et serpentait vaguement, l'eau ayant cette puissance, dans la nuit la plus complète, de prendre la lumière on ne sait où et de la changer en couleuvre. La lueur s'évanouissait et tout redevenait indistinct. L'immensité semblait ouverte là. Ce qu'on avait au-dessous de soi, ce n'était pas de l'eau, c'était du gouffre. Le mur du quai, abrupt, confus, mêlé à la vapeur, tout de suite dérobé, faisait l'effet d'un escarpement de l'infini.

On ne voyait rien, mais on sentait la froideur hostile de l'eau et l'odeur fade des pierres mouillées. Un souffle farouche montait de cet abîme. Le grossissement du fleuve plutôt deviné qu'aperçu, le tragique chuchotement du flot, l'énormité lugubre[1]

1. **Lugubre** : sombre.

95 des arches du pont, la chute imaginable dans ce vide sombre, toute cette ombre était pleine d'horreur.

Javert demeura quelques minutes immobile, regardant cette ouverture de ténèbres ; il considérait l'invisible avec une fixité qui ressemblait à de l'attention. L'eau bruissait. Tout à coup, il 100 ôta son chapeau et le posa sur le rebord du quai. Un moment après, une figure haute et noire, que de loin quelque passant attardé eût pu prendre pour un fantôme, apparut debout sur le parapet, se courba vers la Seine, puis se redressa, et tomba droite dans les ténèbres ; il y eut un clapotement sourd ; et 105 l'ombre seule fut dans le secret des convulsions de cette forme obscure disparue sous l'eau.

Livre sixième
La nuit blanche

II

Jean Valjean a toujours son bras en écharpe

Marius et Cosette peuvent enfin se marier, en présence du grand-père de Marius et de Jean Valjean, dont Marius ignore la véritable identité et que c'est lui qui l'a sauvé des barricades.

Réaliser son rêve. À qui cela est-il donné ? Il doit y avoir des élections pour cela dans le ciel ; nous sommes tous candidats à notre insu[1] ; les anges votent[2]. Cosette et Marius avaient été élus.

1. **À notre insu** : sans le savoir.
2. **Votent** : décident.

Cosette, à la mairie et dans l'église, était éclatante et tou-
5 chante. C'était Toussaint, aidée de Nicolette, qui l'avait habillée.

Cosette avait sur une jupe de taffetas[1] blanc sa robe de guipure de Binche●, un voile de point d'Angleterre, un collier de perles fines, une couronne de fleurs d'oranger ; tout cela était blanc, et, dans cette blancheur, elle rayonnait. C'était une can-
10 deur[2] exquise se dilatant et se transfigurant dans de la clarté. On eût dit une vierge en train de devenir déesse.

Les beaux cheveux de Marius étaient lustrés[3] et parfumés ; on entrevoyait çà et là, sous l'épaisseur des boucles, des lignes pâles qui étaient les cicatrices de la barricade.

15 Le grand-père, superbe, la tête haute, amalgamant[4] plus que jamais dans sa toilette et dans ses manières toutes les élégances du temps de Barras, conduisait Cosette. Il remplaçait Jean Valjean qui, à cause de son bras en écharpe, ne pouvait donner la main à la mariée.

20 Jean Valjean, en noir, suivait et souriait.

Monsieur Fauchelevent, lui disait l'aïeul[5], voilà un beau jour. Je vote la fin des afflictions[6] et des chagrins ! Il ne faut plus qu'il y ait de tristesse nulle part désormais. Pardieu ! je décrète la joie ! Le mal n'a pas le droit d'être. Qu'il y ait des hommes mal-
25 heureux, en vérité, cela est honteux pour l'azur[7] du ciel. Le mal ne vient pas de l'homme qui, au fond, est bon. Toutes les misères humaines ont pour chef-lieu et pour gouvernement central l'enfer, autrement dit les Tuileries du diable. Bon, voilà que je dis

1. **Taffetas** : tissu de soie.
2. **Candeur** : innocence.
3. **Lustrés** : brillants.
4. **Amalgamant** : réunissant.
5. **L'aïeul** : le grand-père.
6. **Afflictions** : malheurs.
7. **L'azur** : le bleu.

● **Il s'agit d'une robe en dentelle, fabriquée dans la ville de Binche, en Belgique.**

des mots démagogiques[1] à présent ! Quant à moi, je n'ai plus
30 d'opinion politique ; que tous les hommes soient riches, c'est-à-dire joyeux, voilà à quoi je me borne.

Quand, à l'issue de toutes les cérémonies, après avoir prononcé devant le maire et devant le prêtre tous les oui possibles, après avoir signé les registres à la municipalité et à la sacristie,
35 après avoir échangé leurs anneaux, après avoir été à genoux coude à coude sous le poêle de moire[2] blanche dans la fumée de l'encensoir, ils arrivèrent se tenant par la main, admirés et enviés de tous, Monsieur Marius en noir, elle en blanc, précédés du suisse[3] à épaulettes de colonel frappant les dalles de sa
40 hallebarde[4], entre deux haies d'assistants émerveillés, sous le portail de l'église ouvert à deux battants, prêts à remonter en voiture et tout étant fini, Cosette ne pouvait encore y croire. Elle regardait Marius, elle regardait la foule, elle regardait le ciel ; il semblait qu'elle eût peur de se réveiller. Son air étonné et
45 inquiet lui ajoutait on ne sait quoi d'enchanteur. Pour s'en retourner, ils montèrent ensemble dans la même voiture, Marius près de Cosette ; M. Gillenormand et Jean Valjean leur faisaient vis-à-vis. La tante Gillenormand avait reculé d'un plan, et était dans la seconde voiture. – Mes enfants, disait le grand-
50 père, vous voilà monsieur le baron● et madame la baronne avec trente mille livres de rente. Et Cosette, se penchant tout contre Marius, lui caressa l'oreille de ce chuchotement angélique : – C'est donc vrai. Je m'appelle Marius. Je suis madame Toi.

1. **Démagogiques** : qui vont dans le sens du peuple.
2. **Poêle** : voile tenu au-dessus de la tête des mariés ; **moire** : étoffe de soie.
3. **Suisse** : employé chargé des processions dans une église.
4. **Hallebarde** : lance surmontée d'un fer de hache.

● **Marius a hérité du titre de baron de son père, que Napoléon en personne avait anobli.**

Ces deux êtres resplendissaient. Ils étaient à la minute irré-
55 vocable et introuvable, à l'éblouissant point d'intersection de toute la jeunesse et de toute la joie. Ils réalisaient le vers de Jean Prouvaire[1] ; à eux deux, ils n'avaient pas quarante ans. C'était le mariage sublimé, ces deux enfants étaient deux lys. Ils ne se voyaient pas, ils se contemplaient. Cosette apercevait Marius
60 dans une gloire[2] ; Marius apercevait Cosette sur un autel. Et sur cet autel et dans cette gloire, les deux apothéoses se mêlant●, au fond, on ne sait comment, derrière un nuage pour Cosette, dans un flamboiement pour Marius, il y avait la chose idéale, la chose réelle, le rendez-vous du baiser et du songe, l'oreiller
65 nuptial[3].

III
L'inséparable

[...]

Jean Valjean rentra chez lui. Il alluma sa chandelle et monta. L'appartement était vide. Toussaint elle-même n'y était plus. Le pas de Jean Valjean faisait dans les chambres plus de bruit qu'à
5 l'ordinaire. Toutes les armoires étaient ouvertes. Il pénétra dans la chambre de Cosette. Il n'y avait pas de draps au lit. L'oreiller de coutil[4], sans taie et sans dentelles, était posé sur les couvertures pliées au pied des matelas dont on voyait la toile et où personne ne devait plus coucher. Tous les petits objets féminins
10 auxquels tenait Cosette avaient été emportés ; il ne restait que

1. **Jean Prouvaire** : ami de Marius.
2. **Une gloire** : une aura lumineuse.
3. **Nuptial** : qui se rapporte au mariage.
4. **Coutil** : coton.

● **Cela signifie que chacun des deux époux perçoit l'autre comme une divinité.**

les gros meubles et les quatre murs. Le lit de Toussaint était également dégarni. Un seul lit était fait et semblait attendre quelqu'un ; c'était celui de Jean Valjean.

Jean Valjean regarda les murailles, ferma quelques portes d'armoires, alla et vint d'une chambre à l'autre.

Puis il se retrouva dans sa chambre, et il posa sa chandelle sur une table.

Il avait dégagé son bras de l'écharpe, et il se servait de la main droite comme s'il n'en souffrait pas.

Il s'approcha de son lit, et ses yeux s'arrêtèrent, fut-ce par hasard ? fut-ce avec intention[1] ? sur l'inséparable, dont Cosette avait été jalouse, sur la petite malle qui ne le quittait jamais. Le 4 juin, en arrivant rue de l'Homme-Armé, il l'avait déposée sur un guéridon près de son chevet. Il alla à ce guéridon avec une sorte de vivacité, prit dans sa poche une clef, et ouvrit la valise.

Il en tira lentement les vêtements avec lesquels, dix ans auparavant, Cosette avait quitté Montfermeil ; d'abord la petite robe noire, puis le fichu noir, puis les bons gros souliers d'enfant que Cosette aurait presque pu mettre encore, tant elle avait le pied petit, puis la brassière de futaine[2] bien épaisse, puis le jupon de tricot, puis le tablier à poches, puis les bas de laine. Ces bas où était encore gracieusement marquée la forme d'une petite jambe, n'étaient guère plus longs que la main de Jean Valjean. Tout cela était de couleur noire. C'était lui qui avait apporté ces vêtements pour elle à Montfermeil. À mesure qu'il les ôtait de la valise, il les posait sur le lit. Il pensait. Il se rappelait. C'était en hiver, un mois de décembre très froid, elle grelottait à demi

1. **Avec intention** : délibérément.
2. **Futaine** : tissu croisé dont la chaîne est en fil et la trame en coton.

nue dans des guenilles[1], ses pauvres petits pieds tout rouges dans des sabots. Lui Jean Valjean, il lui avait fait quitter ces
40 haillons pour lui faire mettre cet habillement de deuil. La mère avait dû être contente dans sa tombe de voir sa fille porter son deuil, et surtout de voir qu'elle était vêtue et qu'elle avait chaud. Il pensait à cette forêt de Montfermeil ; ils l'avaient traversée ensemble, Cosette et lui ; il pensait au temps qu'il faisait, aux
45 arbres sans feuilles, au bois sans oiseaux, au ciel sans soleil ; c'est égal, c'était charmant. Il rangea les petites nippes[2] sur le lit, le fichu près du jupon, les bas à côté des souliers, la brassière à côté de la robe, et il les regarda l'une après l'autre. Elle n'était pas plus haute que cela, elle avait sa grande poupée dans ses
50 bras, elle avait mis son louis d'or dans la poche de ce tablier, elle riait, ils marchaient tous les deux se tenant par la main, elle n'avait que lui au monde.

Alors sa vénérable[3] tête blanche tomba sur le lit, ce vieux cœur stoïque[4] se brisa, sa face s'abîma[5] pour ainsi dire dans les
55 vêtements de Cosette, et si quelqu'un eût passé dans l'escalier en ce moment, on eût entendu d'effrayants sanglots.

1. **Guenilles** : haillons.
2. **Nippes** : vêtements pauvres.
3. **Vénérable** : respectable.
4. **Stoïque** : courageux.
5. **S'abîma** : chancela.

Livre septième
La dernière gorgée du calice

I

Le septième cercle et le huitième ciel

Jean Valjean décide de révéler à Marius sa véritable identité. Il se fait introduire chez le jeune homme.

– Monsieur, dit Jean Valjean, j'ai une chose à vous dire. Je suis un ancien forçat.

La limite des sons aigus perceptibles peut être tout aussi bien dépassée pour l'esprit que pour l'oreille. Ces mots : Je suis un ancien forçat, sortant de la bouche de M. Fauchelevent et entrant dans l'oreille de Marius, allaient au-delà du possible. Marius n'entendit pas. Il lui sembla que quelque chose venait de lui être dit ; mais il ne sut quoi. Il resta béant.

Il s'aperçut alors que l'homme qui lui parlait était effrayant. Tout à son éblouissement, il n'avait pas jusqu'à ce moment remarqué cette pâleur terrible.

Jean Valjean dénoua la cravate noire qui lui soutenait le bras droit, défit le linge roulé autour de sa main, mit son pouce à nu et le montra à Marius.

– Je n'ai rien à la main, dit-il.

Marius regarda le pouce.

– Je n'y ai jamais rien eu, reprit Jean Valjean.

Il n'y avait en effet aucune trace de blessure.

Jean Valjean poursuivit :

– Il convenait que je fusse absent de votre mariage. Je me suis fait absent le plus que j'ai pu. J'ai supposé cette blessure pour ne point faire un faux●, pour ne pas introduire de nullité dans les actes du mariage, pour être dispensé de signer.

Marius bégaya :

25 – Qu'est-ce que cela veut dire ?

– Cela veut dire, répondit Jean Valjean, que j'ai été aux galères.

– Vous me rendez fou ! s'écria Marius épouvanté.

– Monsieur Pontmercy, dit Jean Valjean, j'ai été dix-neuf ans 30 aux galères. Pour vol. Puis j'ai été condamné à perpétuité. Pour vol. Pour récidive. À l'heure qu'il est, je suis en rupture de ban[1].

Marius avait beau reculer devant la réalité, refuser le fait, résister à l'évidence, il fallait s'y rendre. Il commença à comprendre, et comme cela arrive toujours en pareil cas, il comprit 35 au-delà. Il eut le frisson d'un hideux[2] éclair intérieur ; une idée, qui le fit frémir, lui traversa l'esprit. Il entrevit dans l'avenir, pour lui-même, une destinée difforme[3].

– Dites tout, dites tout ! cria-t-il. Vous êtes le père de Cosette !

Et il fit deux pas en arrière avec un mouvement d'indicible 40 horreur.

Jean Valjean redressa la tête dans une telle majesté d'attitude qu'il sembla grandir jusqu'au plafond.

– Il est nécessaire que vous me croyiez ici, monsieur ; et, quoique notre serment à nous autres ne soit pas reçu en justice...

45 Ici il fit un silence, puis avec une sorte d'autorité souveraine et sépulcrale[4], il ajouta en articulant lentement et en pesant sur les syllabes :

1. **En rupture de ban** : en infraction.
2. **Hideux** : affreux.
3. **Difforme** : monstrueuse.
4. **Sépulcrale** : du tombeau.

● **Jean Valjean, ne pouvant signer de son vrai nom, a trouvé ce subterfuge pour ne pas signer de l'un de ses noms d'emprunt, ce qui aurait eu pour effet d'invalider le mariage.**

– ...Vous me croirez. Le père de Cosette, moi ! devant Dieu, non. Monsieur le baron Pontmercy, je suis un paysan de Faverolles. 50 Je gagnais ma vie à émonder des arbres. Je ne m'appelle pas Fauchelevent, je m'appelle Jean Valjean. Je ne suis rien à Cosette. Rassurez-vous.

Marius balbutia :

– Qui me prouve ?...

55 – Moi. Puisque je le dis.

Marius regarda cet homme. Il était lugubre[1] et tranquille. Aucun mensonge ne pouvait sortir d'un tel calme. Ce qui est glacé est sincère. On sentait le vrai dans cette froideur de tombe.

– Je vous crois, dit Marius.

60 Jean Valjean inclina la tête comme pour prendre acte, et continua :

– Qui suis-je pour Cosette ? un passant. Il y a dix ans, je ne savais pas qu'elle existât. Je l'aime, c'est vrai. Une enfant qu'on a vue petite, étant soi-même déjà vieux, on l'aime. Quand on est 65 vieux, on se sent grand-père pour tous les petits enfants. Vous pouvez, ce me semble, supposer que j'ai quelque chose qui ressemble à un cœur. Elle était orpheline. Sans père ni mère. Elle avait besoin de moi. Voilà pourquoi je me suis mis à l'aimer. C'est si faible les enfants, que le premier venu, même un 70 homme comme moi, peut être leur protecteur. J'ai fait ce devoir-là vis-à-vis de Cosette. Je ne crois pas qu'on puisse vraiment appeler si peu de chose une bonne action ; mais si c'est une bonne action, eh bien, mettez que je l'ai faite. Enregistrez cette circonstance atténuante. Aujourd'hui Cosette quitte ma vie, nos 75 deux chemins se séparent. Désormais je ne suis plus rien pour

1. **Lugubre** : sombre.

elle. Elle est madame Pontmercy. Sa providence[1] a changé. Et Cosette gagne au change. Tout est bien. Quant aux six cent mille francs, vous ne m'en parlez pas, mais je vais au-devant de votre pensée, c'est un dépôt. Comment ce dépôt était-il entre mes mains ? Qu'importe ? Je rends le dépôt. On n'a rien de plus à me demander. Je complète la restitution en disant mon vrai nom. Ceci encore me regarde. Je tiens, moi, à ce que vous sachiez qui je suis.

Et Jean Valjean regarda Marius en face.

Tout ce qu'éprouvait Marius était tumultueux et incohérent. De certains coups de vent de la destinée font de ces vagues dans notre âme.

Nous avons tous eu de ces moments de trouble dans lesquels tout se disperse en nous ; nous disons les premières choses venues, lesquelles ne sont pas toujours précisément celles qu'il faudrait dire. Il y a des révélations subites qu'on ne peut porter et qui enivrent comme un vin funeste[2]. Marius était stupéfié[3] de la situation nouvelle qui lui apparaissait, au point de parler à cet homme presque comme quelqu'un qui lui en aurait voulu de cet aveu.

– Mais enfin, s'écria-t-il, pourquoi me dites-vous tout cela ? Qu'est-ce qui vous y force ? Vous pouviez garder le secret à vous-même. Vous n'êtes ni dénoncé, ni poursuivi, ni traqué ? Vous avez une raison pour faire, de gaîté de cœur, une telle révélation. Achevez. Il y a autre chose. À quel propos faites-vous cet aveu ? Pour quel motif ?

1. **Sa providence** : son protecteur.
2. **Funeste** : mortel.
3. **Stupéfié** : stupéfait.

– Pour quel motif ? répondit Jean Valjean d'une voix si basse et si sourde qu'on eût dit que c'était à lui-même qu'il parlait plus qu'à Marius. Pour quel motif, en effet, ce forçat vient-il dire : Je suis un forçat ? Eh bien oui ! le motif est étrange. C'est par honnêteté. Tenez, ce qu'il y a de malheureux, c'est un fil que j'ai là dans le cœur et qui me tient attaché. C'est surtout quand on est vieux que ces fils-là sont solides. Toute la vie se défait alentour ; ils résistent. Si j'avais pu arracher ce fil, le casser, dénouer le nœud ou le couper, m'en aller bien loin, j'étais sauvé, je n'avais qu'à partir ; il y a des diligences rue du Bouloi ; vous êtes heureux, je m'en vais. J'ai essayé de rompre, ce fil, j'ai tiré dessus, il a tenu bon, il n'a pas cassé, je m'arracherais le cœur avec. Alors j'ai dit : Je ne puis pas vivre ailleurs que là. Il faut que je reste. Eh bien oui, vous avez raison, je suis un imbécile, pourquoi ne pas rester tout simplement ? Vous m'offrez une chambre dans la maison, madame Pontmercy m'aime bien, elle dit à ce fauteuil : tends-lui les bras, votre grand-père ne demande pas mieux que de m'avoir, je lui vas, nous habiterions tous ensemble, repas en commun, je donnerai le bras à Cosette… – à madame de Pontmercy, pardon, c'est l'habitude, – nous n'aurons qu'un toit, qu'une table, qu'un feu, le même coin de cheminée l'hiver, la même promenade l'été, c'est la joie cela, c'est le bonheur cela, c'est tout, cela. Nous vivrons en famille. En famille !

À ce mot, Jean Valjean devint farouche. Il croisa les bras, considéra le plancher à ses pieds comme s'il voulait y creuser un abîme, et sa voix fut tout à coup éclatante :

– En famille ! non. Je ne suis d'aucune famille, moi. Je ne suis pas de la vôtre. Je ne suis pas de celle des hommes. Les maisons où l'on est entre soi, j'y suis de trop. Il y a des familles, mais ce n'est pas pour moi. Je suis le malheureux ; je suis

dehors. Ai-je eu un père et une mère ? j'en doute presque. Le jour où j'ai marié cette enfant, cela a été fini, je l'ai vue heureuse, et qu'elle était avec l'homme qu'elle aime, et qu'il y avait
135 là un bon vieillard, un ménage de deux anges, toutes les joies dans cette maison, et que c'était bien, et je me suis dit : Toi, n'entre pas. Je pouvais mentir, c'est vrai, vous tromper tous, rester monsieur Fauchelevent. Tant que cela a été pour elle, j'ai pu mentir ; mais maintenant ce serait pour moi, je ne le dois pas.
140 Il suffisait de me taire, c'est vrai, et tout continuait Vous me demandez ce qui me force à parler ? une drôle de chose, ma conscience. Me taire, c'était pourtant bien facile. J'ai passé la nuit à tâcher de me le persuader ; vous me confessez, et ce que je viens vous dire est si extraordinaire que vous en avez le droit ;
145 eh bien oui, j'ai passé la nuit à me donner des raisons, je me suis donné de très bonnes raisons, j'ai fait ce que j'ai pu, allez. Mais il y a deux choses où je n'ai pas réussi ; ni à casser le fil qui me tient par le cœur fixé, rivé[1] et scellé[2] ici, ni à faire taire quelqu'un qui me parle bas quand je suis seul. C'est pourquoi je
150 suis venu vous avouer tout ce matin. Tout, ou à peu près tout. Il y a de l'inutile à dire qui ne concerne que moi ; je le garde pour moi. L'essentiel, vous le savez. Donc j'ai pris mon mystère, et je vous l'ai apporté. Et j'ai éventré mon secret sous vos yeux. ce n'était pas une résolution aisée à prendre. Toute la nuit je me
155 suis débattu. Ah! vous croyez que je ne me suis pas dit que ce n'était point là l'affaire Champmathieu, qu'en cachant mon nom je ne faisais de mal à personne, que le nom de Fauchelevent m'avait été donné par Fauchelevent lui-même en reconnaissance

1. **Rivé** : attaché.
2. **Scellé** : fixé.

d'un service rendu, et que je pouvais bien le garder, et que je
160 serais heureux dans cette chambre que vous m'offrez, que je ne
gênerais rien, que je serais dans mon petit coin, et que, tandis
que vous auriez Cosette, moi j'aurais l'idée d'être dans la même
maison qu'elle. Chacun aurait eu son bonheur proportionné.
Continuer d'être monsieur Fauchelevent, cela arrangeait tout.
165 Oui, excepté mon âme [...].

Jean Valjean fit encore une pause, avalant sa salive avec effort
comme si ses paroles avaient un arrière-goût amer, et il reprit :

– Quand on a une telle horreur sur soi, on n'a pas le droit de
la faire partager aux autres à leur insu[1], on n'a pas le droit de
170 leur communiquer sa peste, on n'a pas le droit de les faire glisser
dans son précipice sans qu'ils s'en aperçoivent, on n'a pas le
droit de laisser traîner sa casaque rouge[2] sur eux, on n'a pas le
droit d'encombrer sournoisement[3] de sa misère le bonheur
d'autrui. S'approcher de ceux qui sont sains et les toucher dans
175 l'ombre avec son ulcère[4] invisible, c'est hideux. Fauchelevent a
eu beau me prêter son nom, je n'ai pas le droit de m'en servir ;
il a pu me le donner, je n'ai pas pu le prendre. Un nom, c'est un
moi. Voyez-vous, monsieur, j'ai un peu pensé, j'ai un peu lu,
quoique je sois un paysan ; et je me rends compte des choses.
180 Vous voyez que je m'exprime convenablement. Je me suis fait
une éducation à moi. Eh bien oui, soustraire un nom et se
mettre dessous, c'est déshonnête[5]. Des lettres de l'alphabet, cela
s'escroque comme une bourse ou comme une montre. Être une
fausse signature en chair et en os, être une fausse clef vivante,

1. **À leur insu** : sans le savoir.
2. **Casaque rouge** : veste des forçats.
3. **Sournoisement** : lâchement.
4. **Ulcère** : maladie.
5. **Déshonnête** : malhonnête.

185 entrer chez d'honnêtes gens en trichant leur serrure, ne plus jamais regarder, loucher toujours, être infâme au-dedans de moi, non ! non ! non ! non ! Il vaut mieux souffrir, saigner, pleurer, s'arracher la peau de la chair avec les ongles, passer les nuits à se tordre dans les angoisses, se ronger le ventre et l'âme.
190 Voilà pourquoi je viens vous raconter tout cela. De gaîté de cœur comme vous dites.

Il respira péniblement, et jeta ce dernier mot :

– Pour vivre, autrefois, j'ai volé un pain ; aujourd'hui, pour vivre, je ne veux pas voler un nom.

195 [...]

Livre neuvième
Suprême ombre, suprême aurore

V

Nuit derrière laquelle il y a le jour

Marius apprend indirectement de Thénardier que c'est Jean Valjean qui lui a sauvé la vie. Il s'en veut d'avoir demandé à celui qui s'avère être son sauveur de ne venir voir Cosette que le soir. Jean Valjean, que cette décision a meurtri et que la vie a épuisé, est sur le point de rendre l'âme. Dans ses derniers instants, Cosette et Marius sont à ses côtés.

[...]

D'instant en instant, Jean Valjean déclinait. Il baissait ; il se rapprochait de l'horizon sombre. Son souffle était devenu intermittent[1] ; un peu de râle l'entrecoupait. Il avait de la peine à

1. **Intermittent** : irrégulier.

5 déplacer son avant-bras, ses pieds avaient perdu tout mouvement, et en même temps que la misère des membres et l'accablement du corps croissait[1], toute la majesté de l'âme montait et se déployait sur son front. La lumière du monde inconnu était déjà visible dans sa prunelle.

10 Sa figure blêmissait et en même temps souriait. La vie n'était plus là, il y avait autre chose. Son haleine tombait, son regard grandissait. C'était un cadavre auquel on sentait des ailes. Il fit signe à Cosette d'approcher, puis à Marius ; c'était évidemment la dernière minute de la dernière heure, et il se mit à leur parler 15 d'une voix si faible qu'elle semblait venir de loin, et qu'on eût dit qu'il y avait dès à présent une muraille entre eux et lui.

– Approche, approchez tous deux. Je vous aime bien. Oh ! c'est bon de mourir comme cela ! Toi aussi, tu m'aimes, ma Cosette. Je savais bien que tu avais toujours de l'amitié pour ton 20 vieux bonhomme. Comme tu es gentille de m'avoir mis ce coussin sous les reins ! Tu me pleureras un peu, n'est-ce pas ? Pas trop. Je ne veux pas que tu aies de vrais chagrins. Il faudra vous amuser beaucoup, mes enfants. J'ai oublié de vous dire que sur les boucles sans ardillons[2] on gagnait encore plus que sur tout 25 le reste. La grosse, les douze douzaines, revenait à dix francs, et se vendait soixante. C'était vraiment un bon commerce. Il ne faut donc pas s'étonner des six cent mille francs, monsieur Pontmercy. C'est de l'argent honnête. Vous pouvez être riches tranquillement. Il faudra avoir une voiture, de temps en temps 30 une loge aux théâtres, de belles toilettes[3] de bal, ma Cosette, et puis donner de bons dîners à vos amis, être très heureux.

1. **Croissait** : augmentait.
2. **Ardillon** : pointe de métal d'une boucle de ceinture.
3. **Toilettes** : robes.

J'écrivais tout à l'heure à Cosette. Elle trouvera ma lettre. C'est à elle que je lègue les deux chandeliers qui sont sur la cheminée. Ils sont en argent ; mais pour moi ils sont en or, ils sont en diamant ; ils changent les chandelles qu'on y met, en cierges. Je ne sais pas si celui qui me les a donnés● est content de moi là-haut. J'ai fait ce que j'ai pu. Mes enfants, vous n'oublierez pas que je suis un pauvre, vous me ferez enterrer dans le premier coin de terre venu sous une pierre pour marquer l'endroit. C'est là ma volonté. Pas de nom sur la pierre. Si Cosette veut venir un peu quelquefois, cela me fera plaisir. Vous aussi, monsieur Pontmercy. Il faut que je vous avoue que je ne vous ai pas toujours aimé ; je vous en demande pardon. Maintenant, elle et vous, vous n'êtes qu'un pour moi. Je vous suis très reconnaissant. Je sens que vous rendez Cosette heureuse. Si vous saviez, monsieur Pontmercy, ses belles joues roses, c'était ma joie ; quand je la voyais un peu pâle, j'étais triste. Il y a dans la commode un billet de cinq cents francs. Je n'y ai pas touché. C'est pour les pauvres. Cosette, vois-tu ta petite robe, là, sur le lit ? la reconnais-tu ? Il n'y a pourtant que dix ans de cela. Comme le temps passe ! Nous avons été bien heureux. C'est fini. Mes enfants, ne pleurez pas, je ne vais pas très loin. Je vous verrai de là. Vous n'aurez qu'à regarder quand il fera nuit, vous me verrez sourire. Cosette, te rappelles-tu Montfermeil ? Tu étais dans le bois, tu avais bien peur ; te rappelles-tu quand j'ai pris l'anse du seau ? C'est la première fois que j'ai touché ta pauvre petite main. Elle était si froide ! Ah ! vous aviez les mains rouges dans ce temps-là, mademoiselle, vous les avez bien blanches maintenant. Et la grande poupée ! te rappelles-tu ? Tu la nommais

● **Il s'agit de monseigneur Myriel.**

Catherine. Tu regrettais de ne pas l'avoir emmenée au couvent ! Comme tu m'as fait rire des fois, mon doux ange ! Quand il avait plu, tu embarquais sur les ruisseaux des brins de paille, et tu les regardais aller. Un jour, je t'ai donné une raquette en osier, et un volant avec des plumes jaunes, bleues, vertes. Tu l'as oublié, toi. Tu étais si espiègle toute petite ! Tu jouais. Tu te mettais des cerises aux oreilles. Ce sont là des choses du passé. Les forêts où l'on a passé avec son enfant, les arbres où l'on s'est promené, les couvents où l'on s'est caché, les jeux, les bons rires de l'enfance, c'est de l'ombre. Je m'étais imaginé que tout cela m'appartenait. Voilà où était ma bêtise. Ces Thénardier ont été méchants. Il faut leur pardonner. Cosette, voici le moment venu de te dire le nom de ta mère. Elle s'appelait Fantine. Retiens ce nom-là : Fantine. Mets-toi à genoux toutes les fois que tu le prononceras. Elle a bien souffert. Elle t'a bien aimée. Elle a eu en malheur tout ce que tu as en bonheur. Ce sont les partages de Dieu. Il est là-haut, il nous voit tous, et il sait ce qu'il fait au milieu de ses grandes étoiles. Je vais donc m'en aller, mes enfants. Aimez-vous bien toujours. Il n'y a guère autre chose que cela dans le monde : s'aimer. Vous penserez quelquefois au pauvre vieux qui est mort ici. Ô ma Cosette ! ce n'est pas ma faute, va, si je ne t'ai pas vue tous ces temps-ci, cela me fendait le cœur, j'allais jusqu'au coin de la rue, je devais faire un drôle d'effet aux gens qui me voyaient passer, j'étais comme fou, une fois je suis sorti sans chapeau. Mes enfants, voici que je ne vois plus clair, j'avais encore des choses à dire, mais c'est égal. Pensez un peu à moi. Vous êtes des êtres bénis. Je ne sais pas ce que j'ai, je vois de la lumière. Approchez encore. Je meurs heureux. Donnez-moi vos chères têtes bien-aimées, que je mette mes mains dessus.

90 Cosette et Marius tombèrent à genoux, éperdus, étouffés de larmes, chacun sur une des mains de Jean Valjean. Ces mains augustes ne remuaient plus.

Il était renversé en arrière, la lueur des deux chandeliers l'éclairait ; sa face blanche regardait le ciel, il laissait Cosette et
95 Marius couvrir ses mains de baisers ; il était mort.

La nuit était sans étoiles et profondément obscure. Sans doute, dans l'ombre, quelque ange immense était debout, les ailes déployées, attendant l'âme.

VI

L'HERBE CACHE ET LA PLUIE EFFACE

Il y a, au cimetière du Père-Lachaise●, aux environs de la fosse commune, loin du quartier élégant de cette ville des sépulcres[1], loin de tous ces tombeaux de fantaisie qui étalent en présence de l'éternité les hideuses[2] modes de la mort, dans un
5 angle désert, le long d'un vieux mur, sous un grand if[3] auquel grimpent, parmi les chiendents[4] et les mousses, les liserons[5], une pierre. Cette pierre n'est pas plus exempte que les autres des lèpres[6] du temps, de la moisissure, du lichen, et des fientes d'oiseaux. L'eau la verdit, l'air la noircit. Elle n'est voisine d'aucun
10 sentier, et l'on n'aime pas aller de ce côté-là, parce que l'herbe est haute et qu'on a tout de suite les pieds mouillés. Quand il y a un peu de soleil, les lézards y viennent. Il y a, tout autour, un frémissement de folles avoines. Au printemps, les fauvettes chantent dans l'arbre.

15 Cette pierre est toute nue. On n'a songé en la taillant qu'au

1. **Sépulcres** : tombeaux.
2. **Hideuses** : affreuses.
3. **If** : arbre à fruits rouges.
4. **Chiendents** : mauvaises herbes.
5. **Liserons** : plantes grimpantes.
6. **Lèpres** : marques.

● **Le Père-Lachaise, situé dans le 20e arrondissement de Paris, est le plus vaste cimetière de la capitale.**

nécessaire de la tombe, et l'on n'a pris d'autre soin que de faire cette pierre assez longue et assez étroite pour couvrir un homme. On n'y lit aucun nom.

Seulement, voilà de cela bien des années déjà, une main y a
20 écrit au crayon ces quatre vers qui sont devenus peu à peu illisibles sous la pluie et la poussière, et qui probablement sont aujourd'hui effacés :

Il dort. Quoique le sort fût pour lui bien étrange,
Il vivait. Il mourut quand il n'eut plus son ange ;
25 *La chose simplement d'elle-même arriva,*
Comme la nuit se fait lorsque le jour s'en va.

Victor Hugo, *Les Misérables*, 1862.

Taudis près de Paris, fin du XIXe siècle. Gravure d'après Henri Meyer.

Les Misérables

Un roman historique et une fresque sociale

REPÈRES

PARCOURS DE L'ŒUVRE

TEXTES ET IMAGES

Les Misérables, un roman historique

Dans le roman historique, l'Histoire sert de toile de fond à l'intrigue, les principaux personnages sont des figures historiques ou l'action a partie liée avec l'Histoire à une époque plus ou moins reculée dans le temps. Le XIXe siècle est l'âge d'or du roman historique grâce à des auteurs comme Walter Scott, Victor Hugo ou Alexandre Dumas. Certains épisodes des Misérables, comme les émeutes de 1832 à Paris, sont de véritables récits historiques.

● LE PRÉCURSEUR : WALTER SCOTT

C'est l'Écossais Walter Scott qui, avec *Waverley* (1814) et *Rob Roy* (1817), deux œuvres ayant pour contexte les conflits entre Anglais et Écossais à la fin du XVIIe siècle, mais surtout avec *Ivanhoé* (1819), ancré dans le Moyen Âge, inaugure le genre du roman historique tel qu'il va se développer tout au long du XIXe siècle. L'atmosphère de ses romans va en effet exercer une profonde influence sur les écrivains romantiques, Victor Hugo en tête.

● L'ÉPOQUE

Toute période peut servir de cadre au roman historique. Cependant, certaines époques, riches en événements, en tensions, en conflits, ont plus particulièrement inspiré les romanciers. C'est le cas, au XIXe siècle, de l'Antiquité, avec *Les Martyrs* (1809), de François-René de Chateaubriand, *Le Roman de la momie* (1858), de Théophile Gautier, *Salammbô* (1862), de Gustave Flaubert ; ou encore du Moyen Âge, avec *Ivanhoé*, déjà cité, ou *Notre-Dame de Paris* (1831), de Victor Hugo.

Du roman à la saga...

Le succès de certains romans historiques a incité leurs auteurs à rédiger des suites, d'où de vastes sagas. Ainsi des Trois Mousquetaires *(1844), d'Alexandre Dumas, qu'ont suivi* Vingt Ans après *(1845) et* Le Vicomte de Bragelonne *(1848), ou encore la série des* Rois maudits *(1955-1977), en sept volumes, de Maurice Druon.*

Le roman historique au cinéma

Comme le roman d'aventures, le roman historique, avec ses figures héroïques, ses grands espaces et ses périodes troublées, l'Egypte de Cléopâtre, le Moyen Âge de la Guerre de Cent Ans, les guerres napoléoniennes... est rapidement apparu comme un genre idéal à transposer au cinéma. Dès les années 1930 nombreuses sont les adaptations par les grands studios américains ou européens d'œuvres comme Ivanhoé, Les Misérables, Notre-Dame de Paris, Les Trois Mousquetaires...

● LES PERSONNAGES

Si le héros peut être un personnage réel, il est souvent un personnage fictif amené à côtoyer des figures historiques. Tel est fréquemment le cas dans es romans d'Alexandre Dumas. Ainsi, dans *Les Trois Mousquetaires* (1844), d'Artagnan et ses compagnons, au service de Louis XIII, doivent affronter a redoutable Milady, qui œuvre en secret pour le cardinal de Richelieu.

● LA PART DE L'HISTOIRE

Dans le roman historique, soit les péripéties permettent aux personnages de jouer un rôle dans ce qu'on nomme l'Histoire avec un H majuscule, soit elles se développent sur la toile de fond de l'Histoire.
Dans *Les Misérables*, les références à l'histoire agitée de la France de la défaite de Napoléon Ier à Waterloo (1815) au soulèvement des Parisiens ontre Louis-Philippe en 1830 abondent (l'exil de l'Empereur, les Cent-ours, la Restauration, les Trois Glorieuses, la monarchie de Juillet, les meutes de juin 1832...).

UN DÉPAYSEMENT TOTAL

Dans le roman historique, comme dans le oman d'aventures, le dépaysement est à la ois social, spatial et temporel. Le lecteur a le entiment d'évoluer au contact de personages ayant un rôle historique à jouer, d'être e témoin de machinations ou de négociaons secrètes dont dépendent l'issue d'une ataille, la destinée d'une famille royale ou le sort de tout un pays.

Ainsi, Bug Jargal *(1820), autre récit historique de Victor Hugo, raconte une révolte d'esclaves dans une plantation de Saint-Domingue en 1791.*

Les Misérables, un roman épique

Le registre* épique a pour but de susciter l'admiration du lecteur et de déclencher son enthousiasme face à des actions extraordinaires, surhumaines ou prodigieuses. Les procédés employés par les auteurs pour obtenir ces effets sont issus de l'épopée, dont le registre épique est une des composantes.

● L'ÉPOPÉE

Très tôt, l'*épopée* a pris la forme d'un récit d'un haut fait devenu légendaire, mettant en scène les exploits d'un héros surhumain, confronté à des forces – souvent merveilleuses – qui le dépassent. Qu'il sorte vainqueur ou vaincu ne retire rien à sa grandeur. Le but de l'épopée est, *via* ce héros, de véhiculer une morale ou un certain nombre de vertus pour exalter les valeurs d'une communauté ou célébrer la grandeur de l'homme.

Le terme « épopée » vient de deux mots grecs : epos, *qui signifie « parole » et* poiein, *qui signifie « fabriquer », « faire ».*

● LES PROCÉDÉS DE L'ÉPOPÉE

Sur le plan lexical, l'auteur emploie de nombreux adverbes et adjectifs qualificatifs à valeur emphatique. Sur le plan sémantique, il a recours à des *périodes* pour accentuer l'opposition entre deux éléments, et à la forme exclamative pour toucher le lecteur et susciter son empathie et son adhésion. Enfin, il utilise un certain nombre de figures de style : la comparaison, la métaphore, pour traduire les contrastes ; l'énumération, la répétition, l'inversion, l'hyperbole, pour exprimer l'amplification, l'emphase.

La période est une phrase longue et complexe.

● LE REGISTRE ÉPIQUE DANS *LES MISÉRABLES*

À l'origine, Victor Hugo avait choisi d'intituler son roman *Les Misères* et de livrer un tableau de toutes les formes de la misère et de ses victimes de tous âges dans la France de la Restauration. D'où une série de personnages

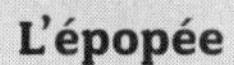

L'épopée

Qu'elle revête la forme du poème, du drame ou du roman, l'épopée implique le récit d'une grande action présidant à la naissance d'un peuple via *l'affirmation d'un certain nombre de ses valeurs : son sol, son sang, sa chrétienté. En cela* La Chanson de Roland *(fin du XIe siècle) est un récit épique puisqu'il narre la défense héroïque opposée par Roland, neveu de Charlemagne, et l'arrière-garde française aux armées sarrazines.*

ıommes (Jean Valjean), femmes (Fantine), enfants (Cosette, Gavroche, Éponine...), victimes du pouvoir ou des êtres qu'il a produits, tels l'inspec-eur Javert ou les Thénardier. D'où également un roman construit sur une ılternance entre de longues séquences narratives, des tableaux saisis-sants dont l'efficacité procède des contrastes, amplifications et autres ›rocédés employés pour toucher le lecteur, et des chapitres délibératifs lans lesquels Hugo interpelle la société entière pour la mettre face à ses ·esponsabilités.

/ictor Hugo recourt au registre épique dans nombre de ses poèmes des *Rayons et les Ombres* (1840) et d'autres recueils, dans ses grands romans, *Notre-Dame de Paris, Les Misérables, Les Travailleurs de la mer* (1866)... Mais il est également l'auteur d'une épopée : *La Légende des siècles*, qu'il compose entre 1855 et 1876, durant ses années d'exil à Guernesey.

La voix épique dans *Les Misérables*

Parmi les grands moments épiques du roman figurent le récit de la bataille de Waterloo, la mort de Gavroche, l'exécution des insurgés sur les barricades, la traversée des égouts par Jean Valjean portant Marius sur son dos, ou encore la mort de Jean Valjean.

Les Misérables, une fresque sociale

La misère, la lutte pour les droits, l'oppression que subit le peuple sont des thèmes forts des* Misérables. *Parce que Victor Hugo se livre à une peinture réaliste de la société française sous la Restauration, le règne de Charles X et la monarchie de Juillet, le roman constitue une véritable fresque sociale.

● LA MISÈRE SOCIALE

Cette misère est incarnée par des personnages d'âges et de statuts différents : Jean Valjean, l'ancien forçat, envoyé au bagne pour avoir volé un pain Fantine, réduite à vendre ses cheveux et ses dents pour payer la pension de sa fille Cosette, traitée comme une esclave ; Gavroche, livré à lui-même, qui n'a trouvé d'autre refuge que le ventre d'une colossale statue d'éléphant… Hommes, femmes, enfants : nul n'est épargné par la *misère*, laquelle semble prendre un malin plaisir à s'acharner sur les plus faibles.

Lorsqu'il entreprend l'écriture des Misérables *en 1845, Hugo, dont l'objectif est de dresser un tableau de toutes les formes de la misère, intitule son texte* Les Misères. *Ce n'est qu'en 1860, quand il le reprend durant l'exil à Guernesey, que le roman trouve son titre définitif.*

● LA LUTTE POUR LES DROITS

Les droits des individus sont souvent bafoués : c'est ce que dénonce Hugo lorsqu'il retrace l'itinéraire de Valjean ou lorsqu'il revient sur les circonstances dans lesquelles Fantine a été renvoyée de l'usine. Les « Amis de l'ABC », le groupe d'étudiants auquel appartient Marius, revendique davantage de droits et de libertés. Il est plein d'idéaux et a foi en l'avenir. Mais il sait également prendre les armes pour passer à l'action, lorsqu'il s'agit de tenter de renverser le pouvoir en place.

À travers les personnages de Valjean, Marius, Tholomyès…, Hugo rend hommage à tous ceux qui refusent les injustices, qu'elles soient sociales, politiques ou économiques.

LE PROGRÈS SOCIAL

L'étrange « invention » de Jean Valjean

« Au moment où Fantine revint à Montreuil-sur-mer, une transformation inouïe s'était opérée dans [la] production des "articles noirs". » (Première partie, livre V, I.)
C'est en effet grâce à la mise au point d'un procédé révolutionnaire pour l'époque (la substitution de la gomme laque, moins chère, à la résine dans la production des « articles noirs », pierres et objets en verre noirs et brillants fabriqués de tout temps à Montreuil-sur-mer) que Jean Valjean, sous l'identité de M. Madeleine, fait fortune et devient un notable de Montreuil-sur-mer.

.e rôle que jouent cette invention et la métamorphose de Jean Valjean en 1. Madeleine sur le plan du fonctionnement du roman est intéressant uant au message véhiculé par Victor Hugo sur le progrès social. ean Valjean ne tire pas seul profit de son inven-on. Celle-ci profite à ses employés et ar-delà à la ville entière, usine et ville evenant deux modèles e prospérité. e progrès social est donc, on seulement possible, nais accessible à tous : 'est le message social ort délivré par Victor ugo à travers *es Misérables.*

Fabrique de poupées de Montreuil en 1888, salle des expéditions de la fabrique.

Étape 1 • Entrer dans le roman

SUPPORT • Du chapitre « M. Myriel » (p. 14) à la fin du chapitre XII : « L'évêque travaille » (p. 50).

OBJECTIF • Analyser la mise en place de l'intrigue.

As-tu bien lu ?

1 Où commence l'action ? Qui est le personnage avec lequel s'ouvre le roman ?

2 Sur quel personnage l'action se déplace-t-elle ensuite ? Pourquoi ?

3 Qu'est-ce que le « passeport » auquel Jean Valjean fait allusion ?
- ☐ une pièce d'identité
- ☐ un document que tout forçat devait avoir en sa possession
- ☐ un « passe » pour se rendre d'un port à un autre

4 Quelles sont les motivations qui poussent Jean Valjean à voler son bienfaiteur ?

5 Comment Jean Valjean réagit-il après que son bienfaiteur l'a innocenté devant les gendarmes ?
- ☐ Il le remercie
- ☐ Il ne dit mot
- ☐ Il est stupéfait

6 Pourquoi peut-on penser qu'il va changer ?

Un forçat nommé Jean Valjean

7 Dans le chapitre intitulé « Le soir d'un jour de marche » (p. 17-24), quelle phrase annonce l'entrée en scène du personnage principal ?

8 Relève, dans le tableau suivant, les caractéristiques permettant de dire qu'il était « difficile de rencontrer un passant d'un aspect plus misérable ».

Description physique	
Taille, âge	
Vêtements	
Particularités physiques	

9 Quels éléments traduisent son épuisement ?

La mise en place de l'intrigue

10 Qu'est-ce qui convainc finalement Jean Valjean de frapper à la porte de monseigneur Myriel ?

11 En quoi l'accueil que monseigneur Myriel réserve à Jean Valjean contraste-t-il avec celui auquel il a eu droit chez l'aubergiste ?

La langue et le style

12 Relève quelques mots et expressions employés par Jean Valjean pour évoquer le bagne. Que révèlent-ils sur son registre de langue ?

13 Dans le chapitre XI, « Ce qu'il fait » (p. 42-46), relève les termes appartenant aux champs lexicaux de l'ombre et de la lumière. Que traduit le contraste obtenu ?

Faire le bilan

14 Résume en quelques lignes ces premiers chapitres des *Misérables*. Que peut-on attendre de la suite du roman ?

À toi de jouer

15 Effectue une recherche sur le bagne et les forçats (leurs origines, la durée des peines, les conditions d'emprisonnement...). Dans quelles autres œuvres Victor Hugo s'en prend-il violemment à l'univers carcéral ? Pourquoi ?

Étape 2 • Étudier quelques personnages clés du roman

SUPPORT • Du chapitre « Double quatuor » (p. 59)) à la fin du chapitre : « L'Alouette » (p. 73).

OBJECTIF • Caractériser les personnages de Fantine, Cosette et du couple Thénardier, et analyser leur fonction dans l'évolution de l'intrigue.

As-tu bien lu ?

1 Quels personnages font leur entrée dans le roman ? Quelle est leur occupation ?

2 Pour quelle raison Fantine est-elle contrainte de quitter Paris ?
☐ pour chercher du travail
☐ parce qu'elle ne supporte plus la capitale
☐ pour se promener

3 Quelle est le véritable prénom de l'enfant de Fantine ? Puis comment la prénomme-t-elle ? Pourquoi ce changement ?

4 Quels sont les prénoms de monsieur et de madame Thénardier ?
☐ Raymond et Huguette ☐ Nicolas et Carla
☐ Hyppolite et Philomène

5 De quelle manière les Thénardier exploitent-ils Fantine ?

Fantine

6 Quels éléments indiquent que Fantine n'a pas été favorisée par la destinée, de sa naissance à ses premières amours ?

7 Compare les portraits que le narrateur brosse de Fantine dans les chapitres « Double quatuor » (p. 59-60) et « Une mère qui en rencontre une autre » (p. 61-68).

Fantine dans « Double quatuor »	Fantine dans « Une mère... »

Les Thénardier

8 Relève quelques éléments indiquant que la mère Thénardier cherche à se montrer sous son meilleur jour.

Paroles	
Attitude	
Commentaires du narrateur	

9 En quoi les interventions du père Thénardier esquissent-elles de lui un portrait moral aussi rapide que saisissant ?

10 Quelle phrase indique que les filles Thénardier sont aussi méchantes que leur mère ? Que suggère le narrateur ?

La langue et le style

11 Relève quelques procédés employés par Hugo pour mettre l'accent sur la perfidie et la noirceur des Thénardier.

Faire le bilan

12 Fantine, Cosette et les Thénardier sont entrés dans l'imaginaire collectif. À ton avis, pour quelles raisons ?

À toi de jouer

13 Imagine en une vingtaine de lignes un mauvais tour joué à Cosette par les filles Thénardier.
Tu veilleras à faire alterner narration, description et dialogue, et à susciter la pitié du lecteur.

Étape 3 • Analyser un temps fort du roman : l'incident de la charrette

SUPPORT • Chapitre « Le père Fauchelevent » (p. 84-89).

OBJECTIF • Analyser l'épisode de la reconnaissance de Jean Valjean par l'inspecteur Javert.

As-tu bien lu ?

1 Qui est M. Madeleine ? Comment a-t-il fait fortune ?

2 Quelle mésaventure advient au père Fauchelevent ?
☐ Il est coincé sous sa charrette ☐ On l'a volé
☐ Il a été agressé

3 Comment réagissent Javert et M. Madeleine : que fait le premier ? Qu'offre le second ?

4 Relève les phrases prononcées par Javert et les commentaires du narrateur indiquant que l'inspecteur pense avoir identifié Jean Valjean. Relève également les réactions de Jean Valjean.

Phrases prononcées par Javert	Commentaires du narrateur	Réactions de Jean Valjean

5 Que traduit l'échange de regards entre M. Madeleine et l'inspecteur Javert sur lequel se clôt le chapitre ?

M. Madeleine

6 Relève les éléments qui montrent la force physique, la générosité et la grandeur d'âme de M. Madeleine.

Force physique	Générosité	Grandeur d'âme

L'inspecteur Javert

7 M. Madeleine tente tout d'abord d'envoyer un homme sous la charrette pour la soulever. Comment l'inspecteur Javert le convainc-t-il indirectement de le faire lui-même ?

8 Pour quelle raison l'inspecteur Javert souhaite-t-il avoir une preuve de ce que M. Madeleine est très probablement le forçat qu'il a connu des années auparavant au bagne de Toulon, sous le nom de Jean Valjean ?

9 Qu'est-ce que l'attitude adoptée par l'inspecteur Javert révèle au lecteur sur ce personnage ?

La langue et le style

10 Comment le narrateur fait-il alterner narration et description dans le récit de cet épisode ?

11 Relève deux procédés employés par l'auteur pour ralentir le rythme de l'action et préparer la chute du chapitre.

Faire le bilan

12 En quoi cet épisode constitue-t-il un temps fort du roman ? Pour répondre, songe à l'homme qu'était Jean Valjean à la sortie du bagne, à l'homme qu'il est devenu, et à ce que cette reconnaissance par Javert implique pour la suite de son existence.

À toi de jouer

13 L'inspecteur Javert quitte les lieux, plongé dans de profondes réflexions. Dans un texte d'une vingtaine de lignes, imagine ses pensées en insistant sur sa certitude d'avoir reconnu Jean Valjean et sur son désarroi de ne pouvoir l'arrêter, faute de mobile et de preuves.

Étape 4 • Reconnaître les marques du registre épique

SUPPORT • Du chapitre « Le Drapeau – premier acte » (p. 194) à la fin du chapitre « Gavroche dehors » (p. 208).

OBJECTIF • Caractériser le registre épique.

As-tu bien lu ?

1 Qui se dévoue pour aller replanter le drapeau sur la barricade ?

2 De quoi Marius se saisit-il durant les émeutes ?

- ☐ d'un casque et d'une épée
- ☐ d'un baril de poudre
- ☐ d'un fusil et de pistolets

3 Pour quelle raison Gavroche s'élance-t-il dans la rue ?

4 De quelle manière Gavroche défie-t-il les soldats ?

5 « Je suis tombé par terre, c'est la faute à … » Complète la phrase.

- ☐ mon père
- ☐ ma mère
- ☐ Voltaire
- ☐ Javert

L'héroïsme de Marius

6 Quels sont les événements et sentiments qui poussent Marius à passer à l'action ?

7 Dans le passage qui s'étend de « Aux coups de feu… » à « visages inquiets et irrités » (p 198, l. 11-21), quels sont les éléments lexicaux, syntaxiques et temporels qui indiquent que la bataille fait rage ?

8 Par quel acte Marius apparaît-il comme un héros aux yeux des insurgés et des troupes royales ? Quelle phrase du narrateur l'indique ?

La mort de Gavroche

9 Pour quelles raisons l'attitude et la mort de Gavroche sont-elles héroïques ?

10 « Cette petite grande âme venait de s'envoler » (p. 208, l. 111). Comment nomme-t-on ce procédé ? Quel est l'effet produit ?

La langue et le style

11 Relève plusieurs comparaisons et métaphores, et précise quel est le comparé et quel est le comparant.

Comparaison	Comparé	Comparant

Métaphore	Comparé	Comparant

12 Relève un exemple d'amplification et précise quel est l'effet produit.

13 Quelle est la forme de phrase dominante dans les propos échangés par les insurgés dans le chapitre « Le Drapeau – premier acte » (p 194-197). Pourquoi, à ton avis ?

Faire le bilan

14 Récapitule les procédés caractéristiques du registre épique que tu as pu relever et indique quel est le but visé par l'auteur.

À toi de jouer

15 Imagine en une trentaine de lignes le récit que Marius pourrait faire de son intervention sur la barricade, en employant les procédés étudiés dans le cadre de cette étape.

Étape 5 • Étudier un thème clé : l'ordre et le désordre

SUPPORT • Du chapitre « Marius fait l'effet d'être mort à quelqu'un qui s'y connaît » (p. 220) à la fin de « Javert déraillé » (p. 226).

OBJECTIF • Analyser l'épisode de la fin de Javert.

As-tu bien lu ?

1 Dans quelles circonstances Jean Valjean se retrouve-t-il à devoir porter Marius sur ses épaules ?

2 À quel élément Jean Valjean reconnaît-il l'ombre qui le suit ?
☐ à son couvre-chef
☐ à son casse-tête
☐ à son imperméable

3 À quoi l'inspecteur Javert attribue-t-il la détermination qui a été la sienne de poursuivre Jean Valjean sa vie durant ?
☐ à l'ennui
☐ à sa force de caractère
☐ au devoir

4 « L'ordre était son… » (p. 224). Complète la phrase.
☐ passe-temps
☐ dogme
☐ fardeau

Le dilemme

5 Par quoi l'inspecteur Javert est-il atterré ?

6 Qu'est-ce qui l'effraie le plus sur lui-même ? Relève la phrase qui l'indique.

7 Quelles sont les deux options qui s'offrent à l'inspecteur Javert ?

Première option	Seconde option

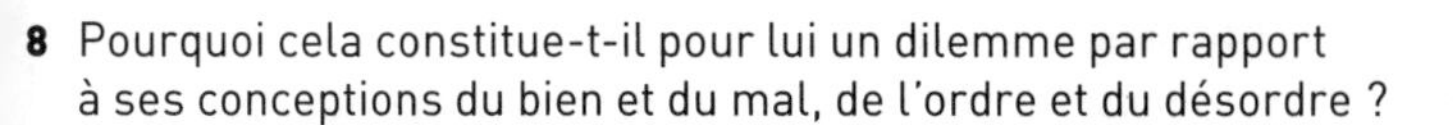

8 Pourquoi cela constitue-t-il pour lui un dilemme par rapport à ses conceptions du bien et du mal, de l'ordre et du désordre ?

La fin de Javert

9 Relève, à la fin du texte (p. 226, l. 97-106), les termes appartenant au champ lexical de l'ombre. Pourquoi le narrateur a-t-il fait ce choix ?

10 Qu'advient-il de l'inspecteur Javert ? Relève la phrase qui le suggère.

La langue et le style

11 À quelle forme de phrase le narrateur a-t-il recours pour exprimer le désarroi de l'inspecteur Javert ? Comment appelle-t-on ces phrases ?

12 « Ici il s'effarait ; sa balance se disloquait ; l'un des plateaux tombait dans l'abîme, l'autre s'en allait dans le ciel » (p. 224, l. 51-54). Le narrateur a choisi la métaphore de la balance pour traduire l'effarement de Javert. De quoi la balance est-elle le symbole ? Pour quelles raisons cette image illustre-t-elle bien le dilemme auquel Javert se trouve confronté ?

Faire le bilan

13 Que révèle le portrait moral de l'inspecteur Javert dans ce chapitre quant à ses conceptions de l'ordre et du désordre, et quant au trouble qui est le sien après avoir choisi de renoncer à renvoyer Jean Valjean au bagne ?

À toi de jouer

14 Pour quelles raisons, selon toi, est-il si difficile pour Javert d'accepter qu'un ancien forçat ait pu devenir vertueux ? Rédige ta réponse en une dizaine de lignes.

Étape 6 • Faire le point sur la structure narrative et le dénouement

SUPPORT • La totalité du roman.

OBJECTIF • Revenir sur la structure, les personnages, les thèmes clés et le dénouement des *Misérables*.

As-tu bien lu ?

1 Complète le tableau suivant. Résume en quelques lignes chacune des cinq parties du roman en veillant à bien mettre en évidence les principales péripéties, de manière à faire apparaître la structure narrative de la situation initiale à la situation finale.

Parties	Principales péripéties
I. Fantine	
II. Cosette	
III. Marius	
IV. L'idylle rue Plumet et l'épopée rue Saint-Denis	
V. Jean Valjean	

Le cadre spatiotemporel

2 En t'appuyant sur ta lecture du roman, indique en quoi *Les Misérables* est un roman historique.

L'évolution des personnages

3 Jean Valjean a-t-il tenu la promesse qu'il avait faite à Mgr Myriel ?

4 Indique en quelques lignes comment Fantine, Cosette et Marius ont évolué au fil du roman.

5 Quel personnage n'a changé qu'à la toute fin du roman ? Qu'est-ce qui l'a fait changer ?

Les thèmes clés

6 Quels sont les thèmes clés des *Misérables* ?

7 Parmi ces thèmes, quels sont ceux qui sont caractéristiques de l'univers de Victor Hugo ? Dans quelles autres de ses œuvres les retrouve-t-on ?

La langue et le style

8 Relève quelques phrases montrant l'intervention du narrateur dans le récit. Quelle est la nature de ces interventions (commentaire, jugement...) ?

9 Relève quelques paroles prononcées par Jean Valjean au sortir du bagne et quelques propos tenus par M. Madeleine. Que révèlent-ils sur l'évolution de Jean Valjean ?

Faire le bilan

10 Qu'advient-il de chacun des personnages (Jean Valjean, Javert, Cosette, Marius, les Thénardier) à la fin du roman ?

11 Si le roman comporte une morale, quelle est-elle ? Formule-la en quelques mots et explique ton choix.

À toi de jouer

12 Victor Hugo avait initialement choisi d'intituler son roman *Les Misères*. Pourquoi a-t-il finalement opté pour *Les Misérables* ? Indique ce qu'évoque pour toi chacun des deux titres. Précise lequel a ta préférence et pourquoi.

Étape 7 • *Les Misérables*, un roman ancré dans l'Histoire

SUPPORT • Le roman et l'enquête.

OBJECTIF • Poursuivre l'enquête en recherchant des informations complémentaires.

As-tu bien lu ?

1 Relève dans les premiers chapitres du roman quelques références à l'exil de l'Empereur et aux Cent-Jours.

2 Qu'est-ce que la Restauration ?
☐ la salle où l'on déjeune
☐ le fait de restaurer un objet ancien
☐ le rétablissement de la monarchie

3 Classe ces souverains dans l'ordre dans lequel ils ont régné :
☐ Louis-Philippe
☐ Napoléon Ier
☐ Charles X
☐ Louis XVIII

4 Qu'est-ce que les « Trois Glorieuses » ?

5 Dans quel quartier de Paris se retranchent Marius et les insurgés ?
☐ dans le quartier Saint-Merri
☐ dans le quartier Saint-Denis
☐ dans le quartier Saint-Antoine

La Restauration

6 En quoi Louis XVIII a-t-il contribué au redressement de la France ?

7 Quelles décisions prises par Charles X ont précipité sa chute ?

La monarchie de Juillet

8 À quel titre le duc d'Orléans accepte-t-il de prendre le pouvoir ? À quelle date devient-il « roi des Français » ?

9 Quelles mesures symboliques prend-il qui lui permettent d'être très populaire au début de son règne ?

Les émeutes de juin 1832

10 Quels événements sont à l'origine des émeutes des 5, 6 et 7 juin 1832 ? Quel était le but des insurgés ?

Faire le bilan

11 En quoi les derniers chapitres des *Misérables* traduisent-ils bien la violence des affrontements lors de ces journées d'émeute ?

À toi de jouer

12 Complète le tableau suivant en faisant correspondre aux événements historiques qui servent de toile de fond au roman, les principales péripéties des *Misérables*.

	Événements historiques	Action des *Misérables*
1815	Exil de Napoléon Ier ; Restauration	
1818		
1820		
1823		
1824	Début du règne de Charles X	
1829		
1830	Révolution de juillet ; chute de Charles X ; règne de Louis-Philippe	
1831		
1832	Soulèvement des Parisiens	
1833		

Le peuple en colère : groupement de documents

OBJECTIF • Comparer plusieurs documents sur le thème du peuple en révolte.

DOCUMENT 1 GUSTAVE FLAUBERT, *L'Éducation sentimentale*, III, 1, 1869.

Frédéric Deslauriers et son ami Hussonnet sont les témoins de l'attaque et de la mise à sac des Tuileries durant la révolution de 1848.

Tout à coup *La Marseillaise* retentit. Hussonnet et Frédéric se penchèrent sur la rampe. C'était le peuple. Il se précipita dans l'escalier, en secouant à flots vertigineux des têtes nues, des casques, des bonnets rouges, des baïonnettes et des épaules, si impétueusement, que des gens disparaissaient dans cette masse grouillante qui montait toujours, comme un fleuve refoulé par une marée d'équinoxe, avec un long mugissement, sous une impulsion irrésistible. En haut, elle se répandit, et le chant tomba.

On n'entendait plus que les piétinements de tous les souliers, avec le clapotement des voix. La foule inoffensive se contentait de regarder. Mais, de temps à autre, un coude trop à l'étroit enfonçait une vitre ; ou bien un vase, une statuette déroulait d'une console, par terre. Les boiseries pressées craquaient. Tous les visages étaient rouges ; la sueur en coulait à larges gouttes ; Hussonnet fit cette remarque :

– Les héros ne sentent pas bon !

– Ah ! vous êtes agaçant, reprit Frédéric.

Et poussés malgré eux, ils entrèrent dans un appartement où s'étendait, au plafond, un dais de velours rouge. Sur le trône, en dessous, était assis un prolétaire à barbe noire, la chemise entr'ouverte, l'air hilare et stupide comme un magot[2]. D'autres gravissaient l'estrade pour s'asseoir à sa place.

– Quel mythe ! dit Hussonnet. Voilà le peuple souverain !

Le fauteuil fut enlevé à bout de bras, et traversa toute la salle en se balançant.

– Saprelotte ! comme il chaloupe ! Le vaisseau de l'État est ballotté sur une mer orageuse ! Cancane-t-il ! Cancane-t-il !

On l'avait approché d'une fenêtre, et, au milieu des sifflets, on le lança.

1. **Magot** : ici, figurine trapue de l'Extrême-Orient.

– Pauvre vieux ! dit Hussonnet en le voyant tomber dans le jardin, où il fut repris vivement pour être promené ensuite jusqu'à la Bastille, et brûlé.
Alors, une joie frénétique éclata, comme si, à la place du trône, un avenir de bonheur illimité avait paru ; et le peuple, moins par vengeance que pour affirmer sa possession, brisa, lacéra[2] les glaces et les rideaux, les lustres, les flambeaux, les tables, les chaises, les tabourets, tous les meubles, jusqu'à des albums de dessins, jusqu'à des corbeilles de tapisserie. Puisqu'on était victorieux, ne fallait-il pas s'amuser ! La canaille[3] s'affubla ironiquement de dentelles et de cachemires. Des crépines[4] d'or s'enroulèrent aux manches des blouses, des chapeaux à plumes d'autruche ornaient la tête des forgerons, des rubans de la Légion d'honneur firent des ceintures aux prostituées. Chacun satisfaisait son caprice ; les uns dansaient, d'autres buvaient. Dans la chambre de la reine, une femme lustrait ses bandeaux avec de la pommade ; derrière un paravent, deux amateurs jouaient aux cartes ; Hussonnet montra à Frédéric un individu qui fumait son brûle-gueule[5] accoudé sur un balcon ; et le délire redoublait au tintamarre continu des porcelaines brisées et des morceaux de cristal qui sonnaient, en rebondissant, comme des lames d'harmonica.

2. **Lacéra** : mit en pièces.
3. **La canaille** : la populace.
4. **Crépines** : franges ornant les rideaux.
5. **Son brûle-gueule** : sa pipe.

DOCUMENT 2 ÉMILE ZOLA, *La Fortune des Rougon*, I, 1871.

Le roman s'ouvre sur la description des insurrections républicaines qu'a déclenchées le coup d'État fomenté par Louis-Napoléon Bonaparte le 2 décembre 1851. Ces révoltes ont ici pour cadre le département du Var.

La bande descendait avec un élan superbe, irrésistible. Rien de plus terriblement grandiose que l'irruption de ces quelques milliers d'hommes dans la paix morte et glacée de l'horizon. La route, devenue torrent, roulait des flots vivants qui semblaient ne pas devoir s'épuiser ; toujours, au coude du chemin, se montraient de nouvelles masses noires, dont les chants enflaient de plus en plus la grande voix de cette tempête humaine. Quand les derniers bataillons apparurent, il y eut un éclat assourdissant. *La Marseillaise* emplit le ciel, comme soufflée par des bouches géantes dans de monstrueuses trompettes qui la jetaient, vibrante, avec des sécheresses de cuivre, à tous les coins de la vallée. Et la campagne endormie s'éveilla en sursaut ; elle frissonna tout entière, ainsi qu'un tambour que frappent les baguettes ; elle retentit jusqu'aux entrailles, répétant par tous ses échos les notes ardentes du chant national. Alors ce ne fut plus seulement la bande qui chanta ; des bouts de l'horizon, des rochers lointains, des pièces de terre labourées, des prairies, des bouquets d'arbres, des moindres broussailles, semblèrent sortir des voix humaines ; [...] il n'y avait pas un trou de ténèbres où des hommes cachés ne parussent reprendre chaque refrain avec une colère plus haute. La campagne, dans l'ébranlement de l'air et du sol, criait vengeance et liberté. Tant que la petite armée descendit la côte, le rugissement populaire roula ainsi par ondes sonores traversées de brusques éclats, secouant jusqu'aux pierres du chemin.

DOCUMENT 3 JOSEPH BEAUME (1796-1885), *L'Attaque de l'Hôtel de ville de Paris, le 28 juillet 1830,* 1831. Musée du Château, Versailles.

L'Hôtel de ville est un édifice symbolique. Aussi sa défense ou sa prise sont-elles capitales. C'est la raison pour laquelle Joseph Beaume, ainsi que d'autres artistes, l'a représenté au cœur des conflits.

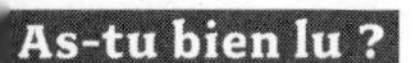

As-tu bien lu ?

1 **Document 1** : à travers les yeux de quels personnages la scène est-elle vue ? Sont-ils témoins ou acteurs ?

2 **Document 2 :** qui est le protagoniste dans cette scène ?

Le bruit et la fureur

Document 1

3 Relève quelques termes et expressions montrant que la prise et le saccage des Tuileries se déroulent dans le vacarme.

4 Relève trois scènes montrant la colère du peuple.

5 Pour quelle raison, selon le narrateur, le peuple casse-t-il tout ce qu'il peut ?

6 Comment Frédéric et Hussonnet réagissent-ils ?

Document 2

7 À quelle métaphore filée Zola a-t-il recours pour décrire la progression du peuple ? Relève des mots et expressions qui l'indiquent.

Deux points de vue

8 À quel type de focalisation a-t-on affaire dans les documents 1 et 2 ?

9 Quel est, pour chaque texte, l'effet produit ?

0 Quelle focalisation préfères-tu et pourquoi ?

Lire l'image

1 Quelle impression générale se dégage du tableau reproduit dans le document 3 ?

2 Quelles visions des combats sur les barricades livrent *La Liberté guidant le peuple* (plat 2 de couverture) et *L'Attaque de l'Hôtel de ville de Paris, le 28 juillet 1830* (document 3) ?

3 Quels points communs et quelles différences observes-tu entre les deux tableaux ?

De la défaite de l'empereur Napoléon Ier à Waterloo (1815) jusqu'à la tentative avortée de la République après les Trois Glorieuses, l'intrigue des Misérables *couvre une période de l'histoire de France particulièrement agitée et complexe dont le soulèvement des Parisiens contre Louis-Philippe en 1832 constitue l'apogée. Retour sur les événements servant de toile de fond au roman pour mieux comprendre les causes et les conséquences de cet épisode clé des* Misérables*.*

Paris, de la révolution de juillet 1830 aux barricades de juin 1832

1 De la fin de l'Empire à l'avènement de Charles X

La révolution de juillet 1830 se solde par le renversement de Charles X et consacre l'échec d'une conception de la monarchie, quinze ans seulement après la fin de l'Empire et la Restauration. Comment l'Empire a-t-il fait place à la monarchie ? Comment Charles X a-t-il accédé au pouvoir ?

● LA PREMIÈRE RESTAURATION

En avril 1814, Napoléon Bonaparte est contraint d'abdiquer pour éviter au pays de se déchirer dans une guerre civile. Condamné à l'exil, il fait ses adieux aux Français à Fontainebleau et rejoint l'île d'Elbe, tandis que le Sénat choisit Louis-Stanislas-Xavier de Bourbon pour devenir roi de France sous le nom de Louis XVIII. C'est la première Restauration[1] (du 5 avril 1814 au 20 mars 1815).

Cependant, les accords de son exil n'étant pas respectés et convaincu du fait qu'une partie des Français lui est demeurée fidèle, Napoléon décide de reprendre le pouvoir. Le 26 février 1815, il quitte l'île d'Elbe à bord de *l'Inconstant* et, le 1er mars, débarque à Vallauris, dans les Alpes-Maritimes.

● LES CENT-JOURS[2] ET LA SECONDE RESTAURATION

Rallié par de nombreux partisans, Napoléon relie Paris en quelques semaines après être passé par Digne, Grenoble, Lyon, Villefranche-sur-Saône, Chalon-sur-Saône, Auxerre, Joigny, Sens... Face à son arrivée imminente dans la capitale, les troupes royales se disloquent. Louis XVIII abandonne les Tuileries et se réfugie à Gand, en Belgique.

Pour empêcher la restauration de l'Empire, l'Angleterre, la Prusse, les Pays-Bas, le Hanovre, le Nassau et le Brunswick s'unissent et affrontent les armées napoléoniennes, qu'elles défont le 18 juin 1815 à Waterloo. Le 22 juin 1815, Napoléon abdique. C'est la fin des

1. **Restauration :** nom donné au retour de la monarchie.

2. **Les Cent-Jours :** l'expression renvoie aux cent derniers jours du règne de Napoléon (20 mars-22 juin 1815).

Cent-Jours. Il est de nouveau exilé, à l'île de Saint-Hélène cette fois. Louis XVIII reprend le pouvoir : c'est la seconde Restauration.

Le vol de l'Aigle ou le retour triomphal de l'Empereur

Après s'être échappé de l'île d'Elbe, Napoléon, accompagné d'une poignée d'hommes, débarque sur la plage du golfe Juan, à Vallauris. Il décide d'éviter la vallée du Rhône et de passer par les sentiers des Alpes. Les troupes envoyées pour l'arrêter se rallient à lui. À Grenoble, deux mille paysans munis de torches l'acclament aux cris de : « Vive l'Empereur ! » À Lyon, les canuts (ouvriers de la soie) lui font un accueil enthousiaste.

LE RETOUR DE L'ÎLE D'ELBE.

Le retour de Napoléon Ier (1769-1821) de l'île d'Elbe le 26 février 1815 après dix mois d'exil. Gravure, vers 1835.

LE RÈGNE DE LOUIS XVIII LE DÉSIRÉ

Exilé depuis la Révolution française et l'exécution de son frère Louis XVI, Louis XVIII est rappelé par le Sénat pour reprendre le pays en main après l'Empire. Tout en défendant les acquis de l'Ancien Régime et les revendications des ultras[3], il est à l'écoute de la majorité parlementaire, c'est-à-dire des libéraux. Désireux de concilier les acquis de la Révolution et de l'Empire et le retour au régime monarchique, il signe en juin 1814 (première Restauration) la Charte constitutionnelle qui instaure en France une monarchie constitutionnelle.

Monarque modéré, Louis XVIII réussit à relancer l'économie du pays ruiné par des années de guerre, même si la situation du peuple ne s'en trouve guère améliorée. Souffrant de la goutte, il s'éteint en 1824. N'ayant pas d'enfant, c'est son frère, le comte d'Artois, chef des ultras, qui lui succède sous le nom de Charles X.

Les ultras

Au début du XIXe siècle, sous la Restauration, les ultras désignent les partisans les plus conservateurs de la monarchie. Le grand-père de Marius, M. Gillenormand, fréquente les salons ultras de la capitale. Victor Hugo, dans la IIIe partie des *Misérables* (livre troisième, chap. III), explique ce que signifie le mot : « Être ultra, c'est aller au-delà. C'est attaquer le sceptre au nom du trône et la mitre au nom de l'autel ; c'est malmener la chose qu'on traîne ; c'est ruer dans l'attelage ; c'est chicaner le bûcher sur le degré de cuisson des hérétiques ; [...] c'est trouver dans le pape pas assez de papisme, dans le roi pas assez de royauté, et trop de lumière à la nuit ; c'est être mécontent de l'albâtre, de la neige, du cygne et du lys au nom de la blancheur ; c'est être partisan des choses au point d'en devenir l'ennemi ; c'est être si fort pour qu'on est contre. »

3. **Ultras :** nom donné aux plus

2 Le règne de Charles X (1824-1830)

Fervent défenseur des acquis de l'Ancien Régime, Charles X, dit « le Bien-Aimé », va s'attirer les foudres de la population par une série d'ordonnances qui déclenchent la réaction du peuple parisien et la révolution de juillet 1830 (les Trois Glorieuses) qui met fin à son règne.

● CHARLES X, ROI ULTRA

En choisissant d'être couronné en grande pompe à Reims dans la plus pure tradition monarchique, Charles X affirme dès sa prise de pouvoir sa volonté d'un retour aux valeurs de l'Ancien Régime après la Révolution et l'Empire. Après une série de mesures destinées à rassurer le peuple, qui a beaucoup souffert, il en fait adopter d'autres qui le rendent vite impopulaire, comme la loi sur le « sacrilège » prévoyant des peines très sévères pour qui troublerait les cérémonies religieuses ou profanerait les hosties consacrées, la concession d'indemnités aux émigrés[1], le licenciement de la Garde nationale, le rétablissement de la censure...

Portrait de Charles X *(1757-1836) en costume de sacre. Peinture de Paulin Guérin (1783-1855),* *XIXe siècle. Musée du Château, Versailles.*

1. La loi dite du « milliard des émigrés » indemnise en effet grassement certains de ceux qui avaient perdu leurs biens et leurs revenus pendant la Révolution.

• L'INSTABILITÉ POLITIQUE DES ANNÉES 1828-1830

Toutes ces mesures indignent et exaspèrent l'opinion libérale. Pour ramener le calme, Charles X renvoie le réactionnaire Villèle et confie le gouvernement à un libéral modéré, le vicomte de Martignac, en janvier 1828. Mais à peine celui-ci est-il parvenu à restaurer la confiance que le roi le remplace par le conservateur Jules de Polignac en août 1828. Cependant, devant la multiplication des abus et des injustices, les députés libéraux signifient au roi leur défiance envers Polignac[2].

Sentant le danger que représentent les libéraux, Charles X décide de dissoudre la Chambre des députés le 16 mai 1830 et de provoquer de nouvelles élections. Mais le succès sans précédent remporté par les libéraux aux législatives des 23 juin et 19 juillet 1830 le contraignent à tenter un coup de force pour rétablir avec fermeté son autorité : il décide de maintenir Polignac à la tête du gouvernement, recourt à l'article 14 de la Charte et promulgue les ordonnances de Saint-Cloud le 25 juillet 1830.

L'article 14 et les ordonnances de Saint-Cloud

L'article 14 stipule que « le Roi est chef suprême de l'État » et qu'il « fait les règlements et ordonnances nécessaires pour l'exécution des lois et la sûreté de l'État ». C'est en vertu de cet article que le 25 juillet 1830, Charles X promulgue quatre ordonnances connues sous le nom d'ordonnances de Saint-Cloud, par lesquelles il supprime la liberté de la presse, dissout la Chambre des députés nouvellement élue, restreint le droit de vote aux seuls propriétaires fonciers et organise de nouvelles élections.

2. La Chambre envoie au roi une « adresse » signée par 221 députés, où elle affirme devoir prendre en main

3 Juillet 1830 : les « Trois Glorieuses »

Les « Trois Glorieuses » est le nom donné aux journées des 27, 28 et 29 juillet 1830 au terme desquelles le roi Charles X est renversé. Après la promulgation des ordonnances de Saint-Cloud, le pays est sous le choc, mais il ne tarde pas à réagir. Dès le 26 juillet, la riposte commence à s'organiser...

• 27 JUILLET : LES PREMIÈRES ÉMEUTES

Faisant fi de la censure, quatre journaux libéraux décident de paraître. La préfecture réagit immédiatement en ordonnant la saisie des presses. Se sentant menacés, les ouvriers typographes s'opposent violemment aux forces de police ; ces affrontements marquent le début des émeutes. Une trentaine de députés libéraux se réunissent pour décider du parti à adopter mais ne parviennent pas à décider de la marche à suivre. En fin de journée, les émeutes tournent à l'insurrection : des barricades sont dressées dans les environs immédiats du Palais-Royal. Face aux insurgés, les 8 000 hommes du maréchal Marmont[1] ouvrent le feu. Avec les premiers morts républicains, élevés au rang de martyrs, la révolution apparaît inéluctable.

• 28 JUILLET : L'INSURRECTION

Dans la nuit du 27 au 28 juillet, l'insurrection gagne l'est et le centre de la capitale. Les insurgés se sont armés en pillant les armureries et ont dressé des barricades un peu partout. Tandis que Charles X se « retire » au château de Saint-Cloud, ses ministres trouvent refuge aux Tuileries mais la situation se dégrade au fil des heures. Les troupes du roi sont submergées. L'essentiel des combats se concentre sur l'Hôtel de ville, que les insurgés finissent par emporter et sur lequel ils font flotter le drapeau tricolore : le peuple allait-il proclamer la République ?

1. En juillet 1830, Charles X confie le commandement de l'armée royale au **maréchal Marmont**. Or celui-ci, jugé comme l'un des responsables de l'abdication de Napoléon en 1814, passe alors pour un traître.

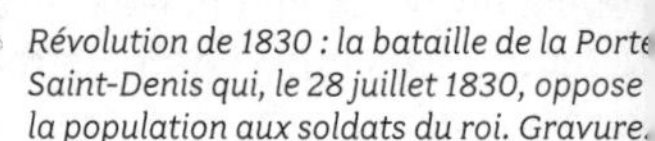

Révolution de 1830 : la bataille de la Porte Saint-Denis qui, le 28 juillet 1830, oppose la population aux soldats du roi. Gravure.

Plusieurs députés, ministres, ainsi que le maréchal Marmont tentent de convaincre le roi qu'il peut empêcher le sang de couler. Charles X refuse et déclare par ordonnance Paris en état de siège, bien décidé à écraser la révolution pour conserver coûte que coûte le pouvoir à la monarchie.

● 29 JUILLET : LE TRIOMPHE DES INSURGÉS

Au petit matin, le Louvre et les Tuileries sont pris par les insurgés, qui emportent au fil de la journée les différents lieux clés de la capitale. Défaites, les troupes royales se replient en désordre sur Saint-Cloud, pour protéger le roi. Entre-temps, les députés ont négocié et obtenu de Charles X l'abrogation des ordonnances et le renvoi de Polignac. Mais le roi a trop tardé à prendre ces décisions : la capitale est désormais aux mains des insurgés.

L'INSTAURATION DE LA MONARCHIE DE JUILLET

Grâce à une campagne de presse savamment orchestrée par des députés libéraux et des journalistes influents, destinée à empêcher les républicains de prendre le pouvoir, le duc d'Orléans est présenté comme l'homme de la situation. Le 30 juillet, au Palais-Bourbon, siège de l'Assemblée nationale, la plupart des députés se prononcent en faveur du duc d'Orléans. Après avoir longuement hésité – la situation est assez confuse et Charles X est toujours roi –, le duc d'Orléans accepte de devenir « lieutenant général du royaume » et entre dans Paris le 31 juillet. Les intrigants sont parvenus à leur fin : en quelques jours, le duc d'Orléans consolide son pouvoir en adoptant le drapeau tricolore et en confiant les ministères clés aux libéraux. Tandis que Charles X s'exile en Angleterre avec sa famille, le duc d'Orléans est reconnu roi des Français sous le nom de Louis-Philippe le 9 août 1830. Son règne marque le début de la « monarchie de Juillet ».

Révolution de 1830 : La Chambre des Députés présente au duc d'Orléans, Louis Philippe Ier (1773-1850), l'acte qui l'apppelle au trône et la Charte de 1830, au Palais Royal, le 7 août 1830. *Peinture de François Joseph Heim (1787-1865) 1834. Versailles.*

4 Le soulèvement des Parisiens lors des journées de juin 1832

Si la monarchie de Juillet a pu être instaurée sans trop de heurts, c'est principalement grâce à la désorganisation des républicains. Entre ceux-ci et le nouveau pouvoir, les relations sont extrêmement tendues. D'autant plus que les républicains ont le sentiment d'avoir été bernés.

● UNE MONARCHIE BOURGEOISE

Au cours des premiers mois qui suivent sa prise de pouvoir, Louis-Philippe est plutôt apprécié du peuple grâce à des décisions et actes symboliques, et à une série de réformes populaires engagées par le ministère formé par Jacques Laffitte. Mais, en février 1831, des émeutes provoquent la chute du ministère Laffitte, remplacé par Casimir Périer. Décidé à diriger la politique du royaume d'une main de fer, Casimir Périer envoie à plusieurs reprises les troupes royales mater les émeutiers. En mars 1832, une épidémie de choléra touche la France, faisant 100 000 victimes sur le sol national, dont 20 000 pour la seule ville de Paris. Casimir Périer est au nombre des victimes.

● LES ÉMEUTES DES 5, 6 ET 7 JUIN 1832

Cette disparition arrange plutôt Louis-Philippe qui y voit l'occasion de renforcer son pouvoir menacé en province, en Vendée et en Provence notamment, comme à Paris, où les funérailles du général Lamarque, chef de file des républicains, servent de prétexte au parti pour tenter de renverser la monarchie de Juillet.

Le 5, le cortège funèbre donne lieu à un affrontement entre les républicains et les troupes du roi dont une partie rejoint les insurgés. Louis-Philippe n'est pas décidé à quitter le pouvoir : il charge le général Mouton de rétablir l'ordre. Au matin du 6 les insurgés ont été repoussés dans le centre de la capitale où ils se sont retranchés derrière des barricades. Les combats sont violents et les insurgés sont massacrés sans pitié : on dénombrera plus de 800 morts. Le 7, l'insurrection est terminée : les meneurs ont fui ou ont été arrêtés. La tentative de coup d'État a échoué.

Les républicains devront attendre 1848 pour faire tomber la monarchie de Juillet et instaurer la République. Mais celle-ci sera éphémère puisqu'elle ne survivra pas au coup d'État fomenté par Louis-Napoléon Bonaparte (futur Napoléon III) le 2 décembre 1851.

Le comte Lamarque

Jean-Maximilien Lamarque (1770-1832) participe à plusieurs batailles durant les guerres de la Révolution française avant d'être nommé général par Napoléon et de servir dans ses armées. Pendant les Cent-Jours, il réussit à réprimer la résistance royaliste en Vendée. Resté loyal à l'Empereur, il s'oppose à la Restauration puis soutient la monarchie de Juillet avant de devenir député libéral. Ce sont les débordements advenus lors de ses funérailles, opposant les républicains aux troupes du roi, qui entraînent le déclenchement de l'insurrection de juin 1832.

Portrait du général Lamarque (1770-1832), in L'Histoire de France par Henri Martin, XIXe siècle.

« La dégradation de l'homme par le prolétariat »

Les années 1830 sont marquées par diverses calamités – mauvaises récoltes, disettes, épidémie de choléra – qui plongent le peuple dans une situation plus précaire qu'elle ne l'était jusqu'alors. Des révoltes et des conflits éclatent dans diverses provinces, notamment en Vendée et en Provence.

À Lyon, en novembre 1831, les canuts, ouvriers travaillant dans le tissage de la soie, se révoltent contre les conditions déplorables dans lesquelles ils travaillent et l'instauration d'un tarif qui leur est défavorable. Leur devise : « Vivre libre en travaillant, ou mourir en combattant ». Les forces royales présentes sur place étant submergées, et les affrontements ayant fait de nombreux morts de part et d'autre, Louis-Philippe dépêche 20 000 hommes à Lyon. Curieusement, la situation est reprise en main sans effusion de sang. Aucune promesse n'est faite, aucun engagement n'est pris, mais le tarif est abrogé et les conditions de travail sont améliorées. Cependant, cette situation ne perdurera pas.

Les canuts se rebelleront de nouveau en 1834, résistant plusieurs jours durant aux troupes de nouveau dépêchées par le roi. En 1848, ils se révolteront une nouvelle fois, et une dernière en 1849. Pour toute réponse, le roi, à chaque fois, enverra l'armée…

Honoré Daumier, Ouvrier emmené à la prison pour dettes. *Gravure, 1843.*

Petit lexique littéraire

Cadre spatiotemporel Lieux et époques auxquels se déroule le roman.

Dénouement Fin du roman, moment où le héros a triomphé de toutes les péripéties.

Dialogue Échange de paroles entre plusieurs personnages.

Discours direct Le lecteur a directement accès aux paroles prononcées par les personnages.

Discours indirect Les propos des personnages sont introduits par des verbes de parole.

Discours narrativisé Les propos des personnages sont résumés par le narrateur.

Fiction Récit de faits inventés.

Héros Personnage autour duquel se concentre l'action.

Incipit Début du roman. Moment où l'intrigue se met en place.

Narrateur Dans un roman, personnage fictif, distinct de l'auteur, qui raconte les événements. Il peut être externe, interne, ou omniscient.

Narrateur externe On parle de narrateur externe lorsque le roman est raconté par un personnage qui a été témoin des événements qu'il relate.

Narrateur interne On parle de narrateur interne lorsque le roman est raconté par un personnage qui a vécu les événements qu'il relate.

Narrateur omniscient On parle de narrateur omniscient lorsque le roman est raconté à la troisième personne par un narrateur totalement extérieur à l'intrigue, « qui voit tout et sait tout ».

Péripétie Obstacle auquel se trouve confronté le héros et qu'il doit surmonter.

Rebondissement Événement inattendu qui change radicalement le cours de l'action.

Registre On nomme registre ou tonalité la somme des impressions et sentiments nés de la lecture d'un texte.

À lire et à voir

● AUTRES ROMANS DE VICTOR HUGO

Le Dernier jour d'un condamné, 1829

Récit à la première personnes des derniers sentiments et pensées d'un condamné à mort.

Notre-Dame de Paris, 1831

Au Moyen Âge, du haut de Notre-Dame de Paris, le sonneur de cloches Quasimodo observe le monde, et tombe sous le charme de la belle Esmeralda, une gitane que le juge Frollo est bien décidé à envoyer sur le bûcher.

Claude Gueux, 1832

Emprisonné – comme de sera Jean Valjean – pour avoir volé de quoi nourrir sa famille, Claude Gueux tue le directeur de la prison et explique à ses compagnons la justice de son acte. Lui aussi sera condamné à mort et exécuté.

● SUR VICTOR HUGO

Sandrine Fillipetti
Victor Hugo
GALLIMARD, COLL. « FOLIO BIOGRAPHIES », 2011

Dans cette biographie bien documentée et passionnante à lire, Sandrine Fillipetti retrace la vie et la carrière littéraire et politique tourmentée de l'un de nos plus grands auteurs.

• SUR *LES MISÉRABLES*

Anne Ubersfeld et Guy Rosa
Lire les Misérables
José Corti, 1985

Un recueil de textes et d'études très riche, assorti d'une importante bibliographie.

• *LES MISÉRABLES* EN BD

Paape, Deligne, Hu
Les Misérables
Héliopolis, 1995

Parmi les adaptations en BD auxquelles ont donné lieu *Les Misérables*, on pourra lire celle de Paape, Deligne et Hu, très fidèle à l'esprit du roman.

• *LES MISÉRABLES* À L'ÉCRAN

Le roman de Hugo, débordant son cadre littéraire, a donné lieu à de très nombreuses adaptations, pour le théâtre, le cinéma et la télévision.

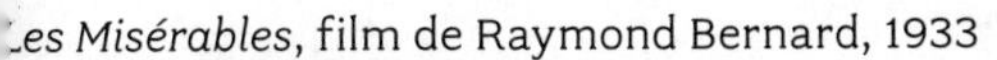

Les Misérables, film de Raymond Bernard, 1933

Avec Harry Baur dans le rôle de Jean Valjean, Charles Vanel dans celui de Javert et Charles Dullin dans celui de Thénardier...

Les Misérables, film de Jean-Paul Le Chanois, 1957

Avec Jean Gabin (Jean Valjean), Bourvil (Thénardier), Bernard Blier (Javert), Giani Esposito (Marius), Béatrice Altariba (Cosette)...

Les Misérables, film de Robert Hossein, 1982

Avec Lino Ventura (Jean Valjean), Jean Carmet (Thénardier), Évelyne Bouix (Fantine), Michel Bouquet (Javert)...

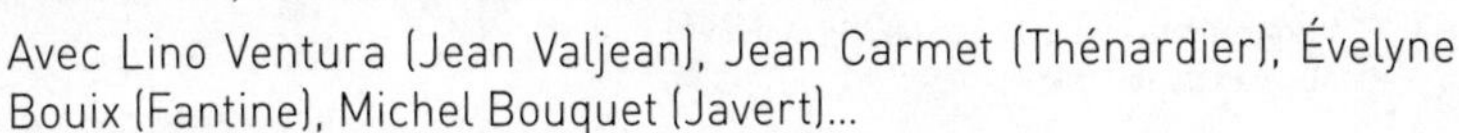

Les Misérables, film de Claude Lelouch, 1995

Avec Jean-Paul Belmondo.

Il s'agit d'une adaptation très libre du roman de Hugo, dont l'intrigue est transposée au XXe siècle.

Henri Fortin, accusé à tort du meurtre de son patron, est condamné au bagne. Sa femme et son fils se réfugient en Normandie chez un aubergiste avide d'argent. En 1940, Henri Fortin fils, ancien boxeur devenu déménageur et surnommé Jean Valjean en raison de sa force prodigieuse, aide une famille juive à fuir les persécutions nazies. Au cours de leur voyage vers la Suisse, il se fait raconter l'histoire du personnage de Hugo.

Les Misérables, téléfilm de Josée Dayan (4 épisodes de 90 min), 2000

Avec Gérard Depardieu (Jean Valjean), Christian Clavier (Thénardier), John Malkovich (Javert), Virginie Ledoyen (Cosette), Charlotte Gainsbourg (Fantine).

Table des illustrations

Page		Source
Plats 2 et 3	ph ©	Josse / Leemage
2	Coll.	Archives Hatier
7	Coll.	Archives Hatier
8	Coll.	Archives Hatier
31	Coll.	Archives du 7e Art – Photo 12
73	ph ©	J.-Y Trocaz / PMVP / Roger-Viollet
88	Coll.	Christophe L
93	Coll.	Christophe L
104	Coll.	Christophe L
119	Coll.	Archives Hatier
123	Coll.	Christophe L
143	ph ©	Bulloz / RMN
205	ph ©	Bridgeman / Giraudon
246	Coll.	Archives Hatier
253	ph ©	Bianchetti / Leemage
270	ph ©	Josse / Leemage
275	ph ©	Heritage Images / Leemage
277	ph ©	Josse / Leemage
280	ph ©	Heritage Images / Leemage
281	ph ©	Josse / Leemage
283	ph ©	Bianchetti / Leemage
284	Coll.	Archives Hatier

Iconographie : Hatier Illustration
Principe de maquette : Marie-Astrid Bailly-Maître & Sterenn Heudiard
Suivi éditorial : Luce Camus, assistée de Julie Trenque
Illustrations intérieures : Martin Maniez
Mise en page : CGI

Achevé d'imprimer par L.E.G.O. S.p.A. - Lavis (TN) - Italie
Dépôt légal: 96284-4/04 - Novembre 2013